btb
Aus Freude am Lesen

btb

Zu den Herausgeberinnen

Elfriede Jelinek, geboren 1946 in Murzzuschlag/Steiermark. Sie lebt in Wien und München. Werke u. a.: »wir sind lockvögel, baby!«, 1970; »Die Liebhaberinnen«, 1975; »Die Klavierspielerin«, 1983; »Oh Wildnis, oh Schutz vor ihr«, 1985; »Lust«, 1989; »Totenauberg«, 1991; »Die Kinder der Toten«, 1995; alle Reinbek bei Hamburg. Theaterstücke u. a.: »Was geschah als Nora ihren Mann verlassen hatte«, 1977; »Clara S. musikalische Tragödie«, 1982; »Burgtheater«, Posse mit Gesang, 1982; »Krankheit oder Moderne Frauen«, 1987; »Wolken Heim«, 1990; »Totenauberg«, Ein Stück, 1991; »Sportstück«, 1997; »Er nicht als er (zu, mit Robert Walser)«, 1998.

Brigitte Landes, geboren 1946 in Frankfurt/M. Sie lebt als freischaffende Regisseurin, Dramaturgin, Übersetzerin und Autorin in Hamburg. Bücher: »Theaterbuch 1« (Herausgegeben zusammen mit Horst Laube), München 1978; »Es gibt keinen Hund« Das futuristische Theater. Frühe Texte der Moderne, München 1989.

Elfriede Jelinek
Brigitte Landes
(Hrsg.)

Jelineks Wahl

Literarische Verwandtschaften

btb

Umwelthinweis:
Alle bedruckten Materialien dieses Taschenbuches
sind chlorfrei und umweltschonend.

btb Taschenbücher erscheinen im Goldmann Verlag,
einem Unternehmen der Verlagsgruppe Bertelsmann

1. Auflage
Deutsche Erstveröffentlichung Juli 1998

Umschlaggestaltung: Design Team München
Umschlagfoto: Todesfoto von Robert Walser

Satz: Uhl + Massopust, Aalen
RK · Herstellung: Augustin Wiesbeck
Made in Germany
ISBN 3-442-72369-8

Inhalt

VORWORT

Jelineks Wahl oder Dichterin zu Gast

Ein großer Schauspieler, der in einer einsamen Winternacht einen noch größeren Dichter für sich entdeckt hat, rezitiert dessen größte Gedichte an einem publikumsüberlaufenen Sommerabend. Das geschieht seit vielen Jahren bei den Salzburger Festspielen, immer am Sonntag. Wer nicht in die heilige Messe gehen mag, geht in eine schöne Lesung im Landestheater. Der Dichter muß allerdings tot sein. Die Heiligen in der Kirche sind auch tot.

Im Sommer 1998 versuchen wir etwas anderes. Wir nehmen an, daß Literatur, Dichtung weder Bildung noch Erbauung ist – sondern Kunst: bald sengend hell, bald furchterregend düster. Was in diesem Salzburger Sommer gelesen, gesprochen werden soll, überlassen wir weder der Erlebnis-Auswahl von Schauspielern noch der Gelehrten-Auswahl eines Dramaturgen. Eine Dichterin kommt als Gast. Sie sagt uns, läßt andere sagen, was für sie unentbehrlicher Wort-Laut ist.

Daraus entstand dieser Band.

Er ist keine Rangliste der Weltliteratur, aber auch kein selbstverliebt subjektives »Dokument«. Elfriede Jelinek hat Antworten gesucht auf unsere Frage, wer in der Literatur deutscher Sprache ihre Ahnen, Geschwister, Kinder sind. Eine Zeitgenossin, die ihr Werk nicht zu verläßlicher Klassizität gerundet hat, die uns noch überraschen und treffen wird – sie sammelt hier das, womit andere Dichter sie überrascht und getroffen haben.

Zwischen den ausgewählten Texten stehen Jelineks Texte über diese Texte – oft Dichtungen von eigenem Rang. Die poetische Einheit eines Welt-Blicks aber, die diese Sammlung von antiken Anthologien wie von US-»textbooks« unterscheidet: sie wohnt schon in der Wahl, nicht erst im Kommentar. Da sprechen Freundesstimmen aus nächster Nähe; da verflechten sich Flüsterlaute aus Sternenferne mit ihnen. Sie feiern eine Art Séance: als habe die Geisterbeschwörerin E. J. fremdartigste Materialisierungen poetischer Energie bewirkt.

So könnte in diesem Sommer 1998 sogar die vielerprobte, konventionsgeschützte Form der »Dichterlesung« etwas Gewagtes, Abenteuerliches bekommen. *Hölderlin meets Plath:* Die Texte mögen von denen, die sie schrieben, und von der, die sie gewählt hat, im gleichen Atemzug zeugen.

Ivan Nagel

ELFRIEDE JELINEK

nicht bei sich und doch zu hause

Wer ist denn schon

wer ist denn schon bei sich
wer ist denn schon zu hause
wer ist denn schon zu hause bei sich
wer ist denn schon zu hause
wenn er bei sich ist
wer ist denn schon bei sich
wenn er zu hause ist
wer ist denn schon bei sich
wenn er zu haus bei sich ist
wer denn

Elfriede Gerstl

Auf der Werkbank der Dichtung wird auf die Sprache eingeschlagen, damit sie etwas herausbildet. Was sie nicht freiwillig tun will. Der Sprache paßt es nicht, daß, anstatt sich mit etwas herumzuschlagen, nun auf sie eingeprügelt wird. Daß man sie in eine andre Form zwingt. Sie will vielleicht lieber, ganz entspannt, im Gespräch geschehen, bei dem die Sprechenden dann ganz sie selber bleiben dürfen. Sie will nicht gern verbogen werden. Gefährlich zu sein, das wäre auch schön, dabei aber unschuldig bleiben! So hätte sies denn gern, die Sprache. Es ist ihr aber manchmal nicht erlaubt, denn einer schickt sie hinaus, nachdem sie unter dem Hammer gewesen und, oft, recht billig verschleudert wurde, und dann darf sie stiften gehen. Was denn stiften? Den Bleistift stiften? Nein, der Stift stiftet gewiß nicht die Dichtung, umgekehrt, die Dichtung ermöglicht die Sprache und was der Stift notiert, ein Stift, der keinen Herrn hat und kennt und sich selbst nicht kennt, weil ein andrer ihn führt. In Deutschland nennt man (nannte man früher) ja den Lehrling einen »Stift«. Wer ist also sein Herr, wer ist die gelassene Hand, die von der Hand läßt die Worte, die dann überraschend schnell allein gehen können, und ihr Schöpfer rennt schreiend hinter ihnen her. Wer ist wichtiger? Wer von welchen beiden, man müßte sie ja beide kennen, um zu wissen, auf wen man dabei setzen soll.

Wer ist denn schon zu Hause bei sich, wer ist denn schon sein eigener Herr? Wer es wäre, der würde sofort wieder von sich fortstreben, kaum, daß er sich kennengelernt hätte, denn was er da kennengelernt hätte, wäre, daß er von seiner Existenz beherrscht wird, die nicht dasselbe ist wie sein einsames Ich: eine leere, aber formatierte Diskette, der wir den Namen Ich geben, wird beschrieben, indem man sich mit sich selbst identifiziert und eine Identität erlangt. Da man sich auf dieser Diskette abspeichert, kann man von ihr auch wieder fortgehen, das Ich bleibt ja da aufgeschrieben, und die Rückkehr zu sich besteht darin, daß man sich immer wieder überschreiben kann nach jedem Aufbruch, nach jeder Rückkehr zu sich. Man kann sich sorgen, daß man in diesem Überschreiben eine der alten Identitäten verliert, man kann sorgfältig sein im Aufbewahren der Identität, und man kann auch aufhören, sich um sich zu kümmern und, anstatt seiner selbst, etwas anderes speichern: dann wird man selbst zur Sprache.

Man verschwindet unter ihr. Man hört auf, an sich festzuhalten, vergißt sich irgendwann und wird zu dem, was man spricht. Und indem man sich losläßt und, als Person, amorph wird, alles sein kann und nichts, kann man beginnen, von sich auszugehen, nicht um zu denken oder zu handeln, sondern um in dem, was man sagt, zu sein, ohne dabei jedoch an sich angebunden zu sein. Man wirft sich hinaus, und man ist der, der wirft, und die Schnur mit dem Köder, die geworfen ist, aber, im Geworfensein, denjenigen vergißt, der man selber ist und der die Ernte endlich einbringen möchte. Und die arme Beute ist man auch.

Sprache und Dichtung und der, der über sie zu Bericht sitzt, damit die Sprache nicht Bericht bleibt, sondern sich darüber erheben kann wie ein Blitz, ja, auch der kommt einmal wieder runter und trifft einen, der danach nicht mehr derselbe ist und nicht mehr dasselbe sagt. Wer weiß was von sich? Und spricht, wer mehr von sich weiß als ein anderer, deshalb wahrer? Oder wird er wahrer, wenn er gleichzeitig abwesender ist als die werten Anwesenden, die sich ja immer versammeln, wenns was zu reden gibt, aber das Buffet danach ist natürlich wichtigcr.

Ich möchte also wissen, wer diese von der Sprache Geschlagenen sind, die gezwungen wurden, beiseite zu treten, damit sie sich nicht in sich aufhalten, wenn dieser Blitz zuschlägt. Es kann ein Sprechen geben, durch das die Hülle des Sprechers zertrümmert wird, weil es nicht in den Sprecher hineingegangen ist. Es ist zwar aus ihm herausgekommen, aber man hat es nicht hineingehen sehen. Es war überhaupt: zu viel. Daher mußte er ausweichen und wurde auch später nicht mehr aufgesammelt.

Mir scheint an den Dichtern, die ich versammeln möchte, die Nichtsgewißheit das Gemeinsame zu sein. Die Dichtung dieser Nichtsgewissen kann den Anschein des Unwirklichen erwecken oder den der beruhigendsten, sichersten Wirklichkeit, nur daß im letzteren Fall der Dichter zwar der Wirklichkeit, aber seiner selbst nicht sicher ist. Jedenfalls ist er nicht heimisch und weiß auch nicht, wo sonst er es sein sollte. Und auch in sich ist er nie zu Hause. Dichter, die, wenn sie ich sagen, nicht sich selbst meinen, auch wenn sie unaufhörlich um ihr Ich kreisen mögen. In der Musik (»Verdämmern ohne sich zu meinen«) z. B. der späte Schumann, auch Schubert.

Mir ist dabei, als eine Art Ikone, das Totenfoto von Robert Walser vor Augen. Der Dichter liegt im Mantel hingeworfen in den Schnee (wie Schuberts »Trän aus meinen Augen«, da die kalten Flocken das heiße Weh durstig einsaugen und dabei selber schmelzen. Es bleibt nichts übrig und doch: alles ist da!), und sein Hut ist ihm vom Kopf gefallen und liegt dort neben ihm. So wie Walser selbst ein Leben lang neben sich hergegangen ist, auch später, wenn er neben Carl Seelig herging und in den diversen Gastwirtschaften einkehrte. Ein Bild, das Trakl – in Heideggers Interpretation – vom Irren entwirft (»des Wahnsinns sanfte Flügel«...), vom Wandern in der Abgeschiedenheit, wo man etwas sieht, das kein andrer sehen kann. Der Dichter folgt also dem Wahnsinnigen, der gestorben ist und aus der Ferne den Bruder ruft. So rufen sie beide einander, wie die Sprache ihren Gegenstand und umgekehrt, wie der Sprecher sich selbst, bis, wie ein Hund, den seine beiden Besitzer gleichzeitig rufen und der sich, zwischen beiden gefangen, hinlegt und einschläft, die Sprache, in scheinbarer Leere, da ihr Gebieter nicht und nicht ankommen will, weil ja ihr Gegenstand auch nicht da ist, schlafen sich legt.

Mich interessieren also Dichter, die abseits gehen und fremd bleiben, auch sich selbst fremd, Verstörte, die aber besessen sind von der Präzision des Ausdrucks, als wollten sie sich bis zuletzt an etwas festhalten, bevor sie ihr eigenes Denken in den Verfall führt und sie den Verstorbenen nachsterben müssen. Das kann auch dann geschehen, wenn sie mondäne, urbane Flaneure, ja Dandys (männliche wie weibliche!) sein mögen wie z. B. Walter Serner, der offenkundig ganz in der Welt ist und sich doch durch Sprache, scheinbare Absurditäten, Clownerien (Cabaret Voltaire) unaufhörlich wieder aus ihr herausarbeitet (der Tod des Dandys im KZ – Gibt es eine größere, schrecklichere Absurdität?). Der Dandyismus ist eine Schule der Paradoxie, und Oscar Wilde beklagt in dieser Hinsicht den »Verfall der Lüge«, ja, er führt den trivialen Charakter vielen Schrifttums »zweifellos« auf den Verfall der Lüge als einer »Kunst, einer Wissenschaft und einer geselligen Unterhaltung« zurück, und Lügen und Dichten sind miteinander verwandt. Und beim Lügen muß man sich notwendigerweise außerhalb seiner selbst stellen, vielleicht darf man noch nicht einmal einen Seitenblick auf sich wagen, weil man sonst unsicher würde. Der beste Lügner ist der, der nichts von sich wissen will, damit er ALLES sagen kann.

Also ist auch Serner mit seiner Faszination für Gauner, Verbrecher und ihr kodifiziertes Rotwelsch ein Dichter des Unterwegs, wie Trakl, der, nach Franz Josef Czernin, Worte geradezu aufruft, die gerade durch ihre Allgemeinheit für das Gedicht gebraucht werden. Erste Dinge, wie aus Kinderbüchern, die »benannt werden, wenn noch nicht speziell oder spezialisiert mit ihnen umgegangen wird«. Es wird also »benannt um zu benennen«, vielleicht um sich ausschließlich im Gesprochenen zu orientieren und sich selbst dabei vermeiden, umrunden zu können, und sein Werk ganz dem des Deutenden zur Verfügung anzuvertrauen, nachdem man sich daraus geräumt hat, bzw. nachdem man auch noch aus der Versammlung, die der Dichter selbst ohnehin niemals betreten hätte, fortgewiesen wurde, ohne auf sich, aber auch ohne auf etwas anderes verweisen zu dürfen, dem wandernden Fremden nach, dem Abgeschiedenen in der Abgeschiedenheit. Nur in dieser Abwesenheit ist der Dichter dann da. Der lebt ja so gern in seinem Grab mit den Toten! Er nimmt doch, wie Robert Walser, »mit Vergnügen von hoffnungsarmer, kranker, schwacher, angsterfüllter Welt Abschied, um im erquicklichen, lieben guten Grab von allen Unsicherheiten und von allen Mühseligkeiten auszuruhen« (er sagt nicht einmal, daß er von DER Welt Abschied nimmt! Das würde ja bedeuten, daß es eine bestimmte gibt, und das Abschiednehmen wie das Abwesendsein wären dann etwas Stolzes, Freiwilliges, die etwas Gewissem, etwas Eigenem gelten würden, dessen man sich versichern könnte).

Wir würden uns dort, in diesem Negativ eines Negativs, das aber deshalb noch lang kein Positives ergibt, in diesem Grab eines Grabes, nicht aufhalten wollen, und es darf uns nur ja nichts aufhalten beim Weitergehn. Der eine spielt in seinem Grab ruhig mit den Schlangen, der andre verliert schon im Leben jede Fassung, damit er sie uns dann akribisch überliefern kann, denn sie ist ja, auch wenn er sie verworfen hat: von ihm, der seiner selbst gewiß ist. Nach Heidegger streben in Hölderlins Dichtung die Gesetze der Winke der Götter auseinander und zueinander und dazu muß die »Stimme des Volks« kommen, die sie auslegt (»... und wohl Sind gut die Sagen, denn ein Gedächtniss sind Dem Höchsten sie, doch auch bedarf es Eines, die heiligen auszulegen.«). Der Dichter selbst ist ein Hinausgeworfener, in dieses Zwischen. Und Hölderlin selbst, der späte, Verwirrte, der sich Scardanelli nennt, fällt schließlich ganz heraus aus dieser Volkes/Gottesstimme, aus der Sagenwelt, in der man weiß, was da zu sagen ist, und zwar weil es ja von irgendwelchen Altvorderen gesagt worden ist, nicht im Sinn des Sagens, sondern im Sinn der Sage (das Volk in seiner »Zugehörigkeit zum Seienden im Ganzen«, wer hört da nicht Heideggers berüchtigte Rektoratsrede leise aus dem Radio im Hintergrund?), also der Volksweisheiten und Sprüche, in denen das Dunkle, das einen ängstigt, um jeden Preis einen Namen bekommen muß, damit etwas erklärt wird, selbst wenn es phantastisch, ja märchenhaft klingt und man seiner selbst endlich wieder gewiß sein kann. Ich möchte wissen, was wegbleiben oder ankommen muß, damit diese Gewißheit verschwindet, damit der Abgrund keinen Grund mehr braucht, daß es ihn gibt. (Ganz gewiß nicht ist ein Abgrund gemeint, der ausgestanden werden muß, den die Dichter heroisch aushalten müssen, um das sogenannte Große zu schaffen, nicht in diesem letzten Stolz, daß sie, diese Dichter, die einzigen seien, die in diesen Abgrund überhaupt hineinreichen können. Ich meine eher die steile Schlucht, die Robert Walser neben Carl Seelig auf einem ihrer letzten gemeinsamen, von Seelig notierten Spaziergänge (30. 9. 54) mit kotigen Schuhen hinabtaumelt, -rutscht, eigensinnig, daß dort der Weg sein müsse, bis man schließlich widerwillig zugeben muß, daß man sich verlaufen: vergangen hat.

Der kranke Hölderlin schreibt vollkommen klar. Der kranke Robert Walser, von dem man bis heute nicht weiß, ob er krank je gewesen ist, schreibt vollkommen einfach, verständlich, fast kindlich. Schön könnte es, meint er, auch sein, Diener zu werden (und er war es auch für eine kurze Zeit, und er hat es beschrieben), dann würde man übersehen, außer man leistete seinen Dienst nicht richtig und machte damit den Herrn auf sich aufmerksam. Besser aber ist die Unaufmerksamkeit von jedem, und sogar der kann man noch entfliehen wie Hölderlins Götter, wer spürt deren Spur? Der gesunde Hölderlin spürt ihr nach, der oft unscheinbaren, aber er behält noch die Fährte, die Hinterlassenschaft eines Befehls, einer Weisung, und er singt noch in der Spur wie der Ängstliche im Wald. Später dann nicht mehr: Scardanelli wie Walser krallen sich nun an einer Harmonie fest, von der sie wissen, daß es sie nicht gibt, und daß sie sie daher auch beim Singen nicht treffen werden. Sie werden den rechten Ton nicht treffen. So singen sie nur mehr vor sich hin, beim Gehn. Endlich weiß der Niemand, daß er einer ist. Der eine im Turm hat nur mehr seinen Tisch, der andre hat gar nichts, er falzt Papier, klebt Tüten, sortiert Erbsen, faltet Stanniol. Da der Niemand nichts besitzt, das ein andrer haben wollte, wird er unsichtbar, unauffällig, wird übersehen und dabei »dem kleinen Geschäft des eigenen Lebens unbeobachtet nachgehen, so unsichtbar, wie es ein Hausdiener sein soll, der kleine Dienste ruhig, unbedroht und in Gelassenheit erledigt« (William Gass). Er gestattet der harmonischen Welt, »das Disharmonische von sich zu stoßen«. Walser geht spazieren, er setzt seine Spur, und er spricht sogar sehr viel über sich und die Kunst, ja, er wird oft sogar recht eigensinnig, was das Ziel der Wanderungen mit Seelig betrifft. Er will dort und dorthin und dort dann einkehren, oder nein, wir gehen noch ein bißchen, obwohl er längst eingeliefert worden ist, obwohl er längst »geliefert« ist. Er hätte seit langem schon den Schlüssel zur Anstalt Herisau haben können und sich selber aufsperren, aber er besteht darauf, daß ihm aufgesperrt wird. Ja, Walser pocht auf sich. Aber er pocht auf sich, indem er sich aufgegeben hat. Vielleicht muß er deshalb so penibel seine Spur in die Erde, in den Schnee treten (schreiben tut er ja schon lange nicht mehr!), damit ihm diese eigene Spur nicht aus der Hose rutscht, und auf einmal wären dann die Füße weg, und es gäbe gar kein Weitergehen mehr. Und beim Gehen kann man viel sehen, ist das der Grund, weshalb man geht? Oder geht man, damit man, im Betrachten, davon absentiert ist, etwas zu tun? Daß man sich etwas wünscht, nur damit man es nie bekommt? Daß man nur auf dem Papier etwas riskiert, und irgendwann auch dort nicht mehr?

Walser geht vielleicht am Ende nur mehr, um nicht schreiben zu müssen, denn auch das Schreiben selbst würde noch zuviel Selbstbehauptung verlangen von einem, der nicht mehr zuständig ist. Zuständig ist ein altmodisches Wort für Adresse, für die Heimatanschrift, von der aus geschrieben wird (früher gabs auch noch den »Heimatschein«), aber zuständig ist der Dichter in einem Irren-Haus. Dort ist er eingeliefert, und dort kann er sich immer wieder abliefern. Diese Anstalt ist für ihn zuständig (wie sie es auch für einen Friedrich Glauser ist, der sich das Schreiben und das Veröffentlichen, ja sogar das Wegschicken der Post von »kunstsinnigen« Irrenärzten hat erkämpfen müssen), daher kann man sich dort abgeben wie einen verlorenen Gegenstand, dort kann man sich in eine Obhut begeben, und nur am letzten Tag des Lebens fällt einem der Hut dann endgültig hinunter.

Der eine schreibt nicht mehr, weil er nichts mehr müssen muß, das von der Öffentlichkeit eingesehen werden könnte, er selbst hat es ja endlich eingesehen, daß man nichts mehr von ihm will, und selbst wenn man etwas wollte, der Angesprochene hätte sich längst vergessen, da ihm nichts mehr zugedacht und nur noch Ungesprochenes zu erfahren wäre – einc Bahn ist eine Bahn, in der man fährt, eine andre Bahn, auf die man, oder das Denken, das Erfinden, das Sprechen geraten könnten, gibt es nicht; der andre, Glauser, will ja noch, unbedingt, aber man läßt ihn nicht, und sogar die eigene Hochzeit mit Berthe erlebt er, grad um eine Nacht, nicht mehr. Wanderer, beide. Die »Leidenschaft für das Normale« (Leo Navratil), für Ruhe und Frieden, Ordnung und Harmonie ist das ergreifendste, ergreifender ist nur noch Schlaf, das, außer dem Tod, vollkommenste Fortsein, die vollkommenste Abwesenheit. Und dann kommt aber gleich die Schwester der Abwesenheit, die Schönheit, welche wiederum die vollkommenste Anwesenheit ist, weil man sie – und sie ist ja leider nie die eigene! manchmal gehört sie einer Saaltochter in einem Café, einem Mädchen, das hinter einem Verkaufspult steht, und die wollen sie partout nicht hergeben, die Schönheit – niemals übersehen kann, und von dem Kranken, der ja selber gern übersehen würde und daher voll Freude mit dem Finger auf die Schönheit zeigt, damit man ihn selbst dahinter vergessen mag, immer wieder beschworen wird (das häufigst gebrauchte Wort in der Literatur der Schizophrenen ist offenbar »schön«), damit sie von ihr an der Hand genommen und mitgezogen werden. »Und die Vollkommenheit ist ohne Klage« (Hölderlin/Scardanelli).

Der Kranke wird, könnte man vielleicht sagen, zu einer Lücke, durch die die Welt hineinschaut, man staunt, aber er selbst, der sich nicht mehr fassen kann, ist nicht die einzige Lücke in diesem Lücken-, in diesem Lügengewebe: Nicht nur die Krankheit des Geistes, auch der Tod schaut ins Leben hinein, den Kranken an der Schulter beiseite drängend, weil der ja, da gerade noch lebend, nicht durchsichtig ist, und der Tod, der bei den Lebenden als Traum verkleidet auftritt, auch etwas sehen möchte, er will schließlich sehen, wen er sich da abholt. Oder sind die Toten (bei Celan: die Hingemordeten, beim noch gesunden Hölderlin die Toten, die für das Vaterland, das liebe, gefallen sind, übrigens »nicht einer zuviel«!) die Realität, und die Lücke bestünde darin, daß niemand ihnen ihr Leben wieder zurückgeben kann? Für Celan ist die Schwester, jede Schwester, jede Mutter die von den Nazis Verbrannte, die in der Anonymität der Vernichtungslager verschwunden ist. Mit dieser historischen Erfahrung der ultimativen Verwerfung durch Gott wird aus dem simplen Umgraben der Erde, um die Toten zu bestatten (und Erde, also das Totenmaterial, ist in allen und jedem, die Menschen sind daraus gemacht und werden wieder dazu), das Material, aus dem lebende Tote sind: »Es war Erde in ihnen, und sie gruben. Sie gruben und gruben, so ging ihr Tag dahin, ihre

Nacht…«, es wird also nicht nur Erde verworfen, umgegraben, um Leichname hineinzutun, sondern die lebenden Leichname sind selber die Verworfenen, die Umgegrabenen, die Lücken-Büßer, die in ihre einst helle Schar selber riesige Lücken gerissen haben und nun nicht und nicht dafür büßen wollen, und man kann Gott nur ähnlicher werden, indem man in sich seine Schöpfung verwirft, indem man sich selbst verwirft. Man kann ihn nur mehr anrufen »O einer, o keiner, o niemand, o du: Wohin gings, da's nirgendhin ging?« (Celan), man kann ihn nur als einen anrufen, den es nicht gibt, und als einer, den es selbst nicht gibt. Und von dem es nichts geben kann. Auch nicht und erst recht nicht einen Nachkommen, der von einem abstammt. Auch Imre Kertész schreibt »Kaddisch für ein nicht geborenes Kind« oder seinen »Roman eines Schicksallosen« (auch Binjamin Wilkomirski seine »Bruchstücke«) nicht, indem er Erinnerung sucht oder gar sich selber, sondern, im Gegenteil, um sich selbst immer wieder auszusparen, um den blinden Fleck der Erinnerung herum, der aber kein Fleck ist, sondern alles was da ist, da es drumherum ja auch nichts gibt, und gerade dieses Nichts im Nichts, dieses Kleist'sche Hart zwischen Nichts und Nichts, erfordert die größte Präzision der Beschreibung, da das Subjekt sich in ihr ja verlieren soll, längst verloren hat, ohne es noch zu wissen. Das Beschriebene, Personen wie Ereignisse, kann man im Nachhinein nicht wieder zum Vorschein bringen, sondern man muß sie, indem sie immer wieder neu geschaffen und geschrieben werden, auch immer wieder aufs neue verschwinden lassen: die manisch vollgeschriebenen und doch immer leer bleibenden Flecken in Celans Gedichten (auf die ästhetische Kritik Reinhard Baumgarts an seiner »Todesfuge« hat er geantwortet, man habe ihm damit die Mutter, die Schwester noch einmal umgebracht), das Totengebet für ein Kind, das es nicht gegeben hat und nicht geben konnte, das aber, gerade dadurch, genau in dem »Nein« auf die scheinbar harmlose Frage, ob man Kinder habe, immer wieder eben nicht existieren darf. »Ganz ausgeschlossen«, wie man, als äußerste Verneinung, sagt. Und die Sprache stimmt! Weil der so Befragte eben aus der Welt der Lebenden dauerhaft ausgeschlossen wurde, ist alles, was er je sagen könnte, vollkommen ausgeschlossen.

Jelineks Wahl I

ELFRIEDE JELINEK

wer ist denn schon bei sich zu haus:

Robert Walser und Friedrich Glauser

»Mit ein paar Worten gelingt es Ihnen immer, mich mundtot zu machen«, schreibt Friedrich Glauser an seinen Psychiater Müller, der ihn immer gefördert hatte und Gesprächspartner gewesen war, ein Verständiger, sogar Verstehender also, und doch muß davon auch etwas zurückkommen an den sogenannten Patienten, etwas, das nicht ärztliche Leistung wäre, sondern etwas, das auch der Arzt, die Autorität, sich hätte selbst abringen müssen, um es, als seinen eigenen Einsatz, auf den Tisch zu werfen. Walser wie Glauser waren Patienten, und sie mußten auch geduldig sein und vieles andere mehr, was sie nicht waren. Was sie waren.

In der Literaturgeschichte wird man förmlich überschüttet von tragischen, unglücklichen, skurrilen Schicksalen, doch diese zwei sind unter den tragischsten. Sie sind unter den komischsten. Zwei, die geleuchtet haben und auch scheinen konnten, indem sie schrieben, also Schein produzierten, aber dieser Schein ist nicht auf sie gefallen, obwohl sie für dieses Scheinen immer offen gewesen sind wie die berühmte Heidegger'sche Lichtung im Wald, ohne die der Schein der Sonne nicht hinunterfallen kann bis auf den Grund, und die der Schein nur durchmißt. Das was für diesen Schein offen sein müßte, war ihnen »von Amts wegen« nicht gestattet, denn sie sind immer sozusagen umschlossen, eingeschlossen gewesen,

Robert Walser beinahe die letzten dreißig Jahre seines Lebens, und fast diese ganze Zeit hat er nicht mehr geschrieben. Wenn die Offenheit für das Scheinen nicht gegeben ist, dann kann man sich nirgendwo mehr aufhalten. Kein Aufenthalt ohne Bewegung, und wenn man sich, mit seltenen Ausnahmen, nur an einem Ort aufhalten darf, dann gibt es halt auch das Freie nicht mehr und auch keine Bewegung.

Diese Schriftsteller sollten, wie andre auch, endlich zur Sache kommen, sagen die »Kenner« ja immer, sagten sie natürlich auch zu unseren beiden, diese Auskenner, unter ihnen viele Ärzte, die, indem sie den Dichtern den Weg nach draußen versperrt haben, sich selbst als Brennglas fühlen mochten, das überall, wo gewünscht, beliebig wo, die kleine kreisrunde Lichtung, den tanzenden Lichtfleck, hinlenken konnte. So haben sie sich das wohl vorgestellt! Die tragbare Lichtung für den kleinen Literaturfreund! Durch dieses kleine Loch muß er kommen, und geht er nicht hindurch, dann kriegt er auch unser schönes transportables Licht nicht! Glauser hat sich bis zuletzt jede Briefmarke fürs Porto erkämpft, Walser hat mit allem aufgehört und seine Tüten geklebt, bis er im Schnee tot umgefallen ist. Sein Hut gleich neben ihm, auch gefallen. Auf einem Feld der Unehre. In einem Wald voller Bäume, den man bekanntlich, vor lauter Bäumen, manchmal nicht sieht. Man sieht das nicht, worin man längst ist, weil man zu dicht dran ist. Und wo ist jetzt diese blöde Lichtung, in der das Helle mit dem Dunkel spielen kann? Das Lichte (»das Leichte«, nicht »das Helle«, Glauser wie Walser schreiben ja unübertroffen »leicht«) macht noch nicht, daß der Dichter, der Leser was sieht; sondern damit das Geschriebene in den Leser hineinfallen kann, muß er in sich erst Platz gemacht haben dafür. In seinem Dunkel.

Andere wieder sehen Seltenes im Wald, wo sie in der Abgeschiedenheit wandern und sich freuen, daß das kein andrer sieht: Beeren, Pilze, Tiere. Walser sieht, was jeder sieht. Er ist gleichzeitig dicht dran und weit weg, und er legt sich die Dinge auf wie der Fußballspieler den Ball, den jeder andre Spieler auf dem Feld, das eine einzige Lichtung ist, die aber eigens zum Spielen gemacht, plattgewalzt worden ist, ebenso und unaufhörlich begehrt wie der Einkäufer die Waren. Wo die Lichtung so groß geschlagen ist, geht alles hinein und jeder kann jedes haben. Aber bitte. Gern. Jederzeit. Beehren Sie uns bald wieder.

Walser und Glauser sind Autoren, die uns sagen, wir können sie gern haben. Jederzeit. Ja, wir können sie gern gernhaben. Da stehen sie also mit ihren Warenkörben, die beiden, die wenig einzukaufen und, scheinbar, wenig anzubieten hatten. Was Walser betrifft, so sieht Jürg Laederach einen genialen Trick (aber natürlich ist Walser kein Trickbetrüger, er ist das genaue Gegenteil!) darin, daß der vom Markt der Angebote Ausgeschlossene die Preisliste ganz genau studiert, nicht um sich etwas zu wünschen, sondern um ertragen zu können, daß er nicht einkaufen darf. Es wird, nach Laederach, das, was einem, da man nichts kaufen kann, entgeht, umgedreht in »Verkündigung nicht nur dessen, was einem nicht entgeht, sondern in Reklame für das, was derjenige, dem alles entgeht, mehr hat, als derjenige, der es kriegt«. Auf diese Weise gewinnt der Verlierer (und größere, begabtere Verlierer als Walser und Glauser sind kaum noch vorstellbar) immer. Und daher kommt auch meine Beschämung, die gewiß mancher teilt, der Walser liest, und für die z. B. Canetti ein deutliches Empfinden gehabt hat (»Ich frage mich, ob es unter denen, die ihr gemächliches, sicheres, schnurgerades akademisches Leben auf das eines Dichters bauen, der in Elend und Verzweiflung gelebt hat, einen gibt, der sich schämt«), nicht angesichts des stolz gewordenen Dieners, der die Herrschaftsverhältnisse einfach umkehrt und eine schreckliche Macht über den lebensunfähigen und -ungeübten Herrn, der in allem auf ihn angewiesen ist, gewinnt (da wäre der frühere Knecht ja einer, »für den man sich schämen muß«), sondern angesichts des bescheidenen Dieners, der bescheiden auch bleibt und ohne Teilnahme, freiwillig, ja, der Teilnahme ablehnt, auch eine solche an ihm selbst, der sich tausendmal lieber alles wegnehmen läßt von denen, wie wir es sind. Auch damit ist schon viel zuviel gesagt. Es werden ja immer Rechnungen angestellt, damit unter dem Strich etwas herauskommt. Einer, dem man die Tür abgeschlossen hat (und der den Schlüssel verweigert hat), der nicht herausgekommen ist, hat sogar den Strich verwehrt, mit dem überhaupt etwas hätte abgeschlossen werden können. Jedes Ergebnis ist aus jedem Grund nicht möglich. Aber wenn es doch eines gäbe, dann könnte man es, obwohl man es nicht gewollt hätte, freudig begrüßen und mit ihm begründen, warum man es trotzdem nicht gewollt hat.

FRIEDRICH GLAUSER

Daten wollen Sie?

Also: 1896 geboren in Wien von österreichischer Mutter und Schweizer Vater. Großvater väterlicherseits Goldgräber in Kalifornien (sans blague), mütterlicherseits Hofrat (schöne Mischung, wie?). Volksschule, drei Klassen Gymnasium in Wien. Dann 3 Jahre Landerziehungsheim Glarisegg. Dann 3 Jahre Collège de Genève. Dort kurz vor der Matur hinausgeschmissen, weil ich einen literarischen Artikel über einen Gedichtband eines Lehrers am dortigen Collège verfaßt hatte, Kantonale Matur in Zürich. Ein Semester Chemie. Dann Dadaismus. Vater wollte mich internieren lassen und unter Vormundschaft stellen. Flucht nach Genf. Rest können Sie in »Morphium« nachlesen. Ein Jahr (1919) in Münsingen interniert. Flucht von dort. Ein Jahr Ascona, Verhaftung wegen Mo. Rücktransport. 3 Monate Burghölzli (Gegenexpertise, weil Genf mich für schizophren erklärt hatte). 1921–23 Fremdenlegion. Dann Paris Plongeur. Belgien Kohlengruben. Später in Charleroi Krankenwärter. Wieder Mo. Internierung in Belgien. Rücktransport in die Schweiz. 1 Jahr administrativ Witzwil. Nachher 1 Jahr Handlanger in einer Baumschule. Analyse (1 Jahr), während der ich in Münsingen weiter als Handlanger in einer Baumschule gearbeitet habe. Als Gärtner nach Basel, dann nach Winterthur. In dieser Zeit den Legionsroman geschrieben (1928/29), 30/31 Jahreskurs Gartenbauschule Oeschberg. Juli 31 Nachanalyse. Jänner 32 bis Juli 32 Paris als ›freier Schriftsteller‹ (wie man so schön sagt). Zum Besuch meines Vaters nach Mannheim. Dort wegen falschen Rezepten arretiert. Rücktransport in die Schweiz. Von Mai 32 bis Mai 36 interniert. Et puis voilà. Ce n'est pas très beau, mais on fait ce qu'on peut.

Morphium

Ich bin auf einem Umweg zum Morphium gekommen. Während des Krieges war das Bedürfnis, die tägliche Wirklichkeit zu ignorieren, auch in neutralen Ländern sehr stark. Da ich Alkohol in großen Quantitäten vertrage, ohne berauscht zu werden, suchte ich nach einem andern Mittel und begann mit Äther. Aber dieses Gift ist unangenehm. Sein Geruch ist schwer zu vertreiben und bleibt als penetranter Geschmack tagelang im Munde zurück. Auch greift der Äther die Lunge an. Während einer Erkältung bekam ich mitten in der Nacht eine starke Lungenblutung, mußte um Mitternacht einen Arzt aufsuchen; dieser machte mir eine Morphiumeinspritzung und ließ mich konzentriertes Salzwasser trinken. Ich erinnere mich noch genau an die Wirkung dieser Einspritzung. Plötzlich wurde ich ganz wach. Ein sonderbares, schwer zu beschreibendes Glücksgefühl »nahm von mir Besitz« (man kann es kaum anders ausdrücken). Trotzdem es mir damals materiell sehr schlechtging, war alles plötzlich verändert, die Not hatte ihre Wichtigkeit verloren, sie war nicht mehr vorhanden, ich hielt das Glück in den Händen; es war, um einen schlechten Vergleich zu gebrauchen, so, als ob mein ganzer Körper ein einziges Lächeln wäre. Und dann lag ich wach, bis zum Morgen.

Eine Woche später mußte ich ins Spital. Ich spuckte noch

immer Blut. Im Spital war der Medikamentenschrank unverschlossen. Ich nahm dort hin und wieder Morphium, schluckte es, da ich keine Spritze hatte. Nachher waren die Nächte immer sehr schön: kein Schlaf, sehr intensives Denken, ich schrieb Gedichte. Als ich das Spital verließ, war ich schon an das Gift gewöhnt, doch nicht so, daß es mir schwierig gewesen wäre, damit aufzuhören. Ich nahm ziemlich lange nichts mehr. Dann ging ich nach Genf, dort begann die Not von neuem. Ich hatte kein Geld oder nur wenig, aß unregelmäßig. Wenn man keine bestimmte Arbeit hat, sucht man Zerstreuung. Wieder begann ich Äther zu nehmen, wieder war der Geruch mir und meinen Wirtsleuten bald verleidet. Der Apotheker, bei dem ich Äther holte, ein kleines buckliges Männchen, gab mir auf mein Verlangen Morphium, ohne Rezept. Die Gesetze über Betäubungsmittel waren damals noch nicht so streng wie heute. Zuerst schluckte ich das Zeug, dann kaufte ich mir eine Spritze. Und so begann das Unglück. Zuerst war es sehr schön. Ich konnte ausgezeichnet arbeiten, schrieb manchmal 15 Seiten am Tag, gab daneben noch Deutsch- und Französischstunden. Essen war Nebensache, was ich verdiente, bekam der Apotheker. Dieser Mann mußte ein Sadist sein. Denn plötzlich weigerte er sich, mir weiter Morphium zu geben. Vielleicht bekam er es auch mit der Angst zu tun. Was blieb mir übrig, als selber Rezepte zu schreiben? Ein ehemaliger Schulkamerad, dessen Vater Apotheker war, zeigte mir, wie solch ein Rezept formuliert werden muß: Mo. mur. (Morphium muriaticum, was gleichbedeutend ist mit hydrochloricum), dazu destilliertes Wasser, die Angabe, es sei für Injektionen… das genügte. Es genügte, bis ein Apotheker Verdacht schöpfte und den Arzt, dessen Namen ich mißbrauchte, anrief. Besuch eines Detektivs (der Mann hatte einen roten Schnurrbart und einen unangenehmen Geruch an sich), Konfrontierung mit dem klageführenden Apotheker, Protokollaufnahme bei dem zuständigen Polizeikommissar – ich mußte unterzeichnen, dann durfte ich, nach einer wohlgemeinten Verwarnung, wieder gehen.

Aber es ist unmöglich, eine Entwöhnung allein durchzuführen. Nach zwei Tagen stand ich wieder vor dem Kommissar (außerdem hatte ich noch ein Fahrrad gestohlen, um mir Geld zu verschaffen), und diesmal wurde ich eingesperrt. Die erste Nacht verbrachte ich im Kotter. Ein kleiner Raum, etwa sechs Meter auf vier, Bretter, die als Pritschen dienen sollten, in einer Ecke das Klosett, das mit Uhrwerkgenauigkeit alle 5 Minuten rauschte. Als ich nachmittags gegen zwei Uhr eingeliefert worden war, war der Raum leer und roch penetrant nach einem Desinfektionsmittel. Am Abend war der Raum voll, etwa zwanzig Leute waren aneinandergeschichtet: Betrunkene, kleine Delinquenten, Chauffeure, Kutscher, die irgendeine Verordnung übertreten hatten.

Die Nacht war unangenehm. Es war Juli und sehr heiß. Trotzdem fror ich, wie dies ja immer bei Entwöhnungen der Fall ist. Gegen Mitternacht hielt ich es nicht mehr aus, ich schlug mit den Fäusten gegen die Tür. Endlich kam der »Brigadier« und erkundigte sich, was denn los sei. »Aha, der Morphinist«, sagte er nur. Er gab mir ein großes Glas Rum, brachte mich in einen anderen Raum, in eine Zelle, und gab mir Decken. In dieser Zelle hatte ich nur einen Mitinsassen, dem es geradeso schlechtging wie mir. Er erbrach die ganze Zeit, denn er hatte zuviel getrunken. Außerdem wurde er vom heulenden Elend geplagt und fürchtete, niemals mehr die Luft der Freiheit atmen zu können. Ich mußte ihn trösten, und das war günstig, denn es ließ mich ein wenig das eigene Elend vergessen.

Am Morgen wurden wir einem Kommissar vorgeführt, der einen blonden Fahnenbart trug. Ich wurde nach St. Antoine, dem Staatsgefängnis, gebracht und erhielt eine Einzelzelle. Es war mir sehr schlecht. Alle Entwöhnungserscheinungen stellten sich ein: Brechdurchfall, Angst, Schmerzen, die den Körper durchwanderten. So ist es eben mit dem Morphium. Monatelang hat man Kopfweh und andere Übel mit Hilfe des Betäubungsmittels unterdrückt. Aber sie sind nicht verschwunden, sie haben sich in allen Winkeln des Körpers versteckt und lauern dort auf die Zeit, in der das Mittel fehlt. Dann brechen sie insgesamt hervor, überfallen den Körper… es sieht aus, als sollte bewiesen werden, daß uns das Schicksal kein Leid schenken will… Nur aufzusparen erlaubt es und eine einmalige Erledigung.

Ich fiel von einer Ohnmacht in die andere. Zwischendurch hörte ich die Glocke des Collège, den Lärm der Pausen. Das war traurig. Vor vier Jahren war auch ich in diese Schule gegangen und hatte oft zu den vergitterten Fenstern aufgeblickt. Nun saß ich selber hinter solch einem Fenster. Da ich damals noch literarisch veranlagt war, fiel mir das Gedicht Verlaines ein, das auch im Gefängnis geschrieben worden ist:

»Der Himmel überm Dach
Ist still und lcisc,
Ein Baum über dem Dach
Zieht seine Kreise.«

Da ich die Klingel dauernd in Bewegung setzte, wurde es dem Gefangenenwärter zu dumm. Er steckte mich in eine andere Zelle, wo ich Gesellschaft hatte: einen deutschen Spion und einen Ein- und Ausbrecher. Sie waren beide sehr kameradschaftlich, gaben mir Zigaretten, der Spion war reich und kredenzte mir Wein. Dann kam der Arzt, und eine Viertelstunde später war ich im Spital.

Die Entwöhnungserscheinungen sind, wie gesagt, reichlich unangenehm. Die Nase trieft, man muß niesen, zehnmal hintereinander, fast bis das Herz stehenbleibt. Überhaupt, das Herz benimmt sich am gemeinsten. Dann ist da das Gähnen, bis man Kieferkrampf bekommt. Das Leintuch brennt wie ein riesiges Nesselblatt, der Magen kann nichts vertragen, man merkt plötzlich, daß man eine Galle besitzt; man merkt verschiedenes und weiß schließlich mit seinem Körper ziemlich Bescheid. Die Nächte besonders sind eine Quälerei: Man wälzt sich am Boden; kurz, wenn man in Verbindung mit Rauschgiften von künstlichen Paradiesen spricht, kann man bei der Entwöhnung gut von einer künstlichen Hölle sprechen.

Nach zwei Tagen wurde ich in die Irrenanstalt Bel-Air überführt. Da eine Verurteilung als ein »Fleck auf der Ehr« angesehen wurde, gelang es durch Konnektionen mit Genfer Magistratspersonen, mich für verrückt erklären zu lassen. Ich bekam den Stempel: »Dementia praecox« (jetzt nennt man dies Schizophrenie).

Ich kam nach Münsingen, wo ich ein Jahr lang blieb, um dann nach Ascona »auszuwandern«. Zwei Monate konnte ich mich halten, dann begann die Geschichte von neuem. Im Grunde gibt es nichts Uninteressanteres als das Leben eines Morphinisten. Es beschränkt sich auf Perioden, in denen er das Gift nimmt, und Perioden, in denen die Gesellschaft ihn zwingt, sich das Zeug wieder abzugewöhnen. Alle Gründe, die man erfindet, um die Sucht zu entschuldigen, können sich literarisch und poetisch sehr gut machen; konkret ist es eine Schweinerei, denn man ruiniert sich sein Leben damit. Unsere europäische Gesellschaft ist eben so eingerichtet, daß ein Morphinist von vornherein als »anormal« betrachtet wird, vielleicht, weil das Gift allzusehr individualistisch macht. Der Alkohol fördert die Geselligkeit, fördert eine gewisse Brutalität. Opium läßt Minderwertigkeitsgefühle entstehen; vielleicht könnte man noch weiter gehen: nur der nimmt Morphium, der unter allzu starken Minderwertigkeitsgefühlen zu leiden hat. Im Osten ist die Situation wohl anders.

Morphium (und Opium auch, da Morphium der aktivste Bestandteil des Opiums ist) hebt die Hemmungen auf. Aber nicht nur das. Der Körper versucht das Gift zu neutralisieren und produziert Gegengifte. Diese Gegengifte wirken sehr unangenehm auf die Nerven; um nun diese Gegengifte wieder zu neutralisieren, steigert man die Dosis, um die Wirkung, die »euphorische« Wirkung, wieder hervorzurufen. So entsteht ein Kreislauf, ein »circulus vitiosus«, dem zu entrinnen eigene Kraft nicht ausreicht. Daher die immer wiederkehrende Notwendigkeit einer Entwöhnung. »Aber«, werden die ganz gescheiten Leute sagen, »wenn Sie doch wissen, was Ihnen bevorsteht (wir wollen einmal die strafrechtlichen Konsequenzen aus dem Spiel lassen und nur die Qualen einer Entwöhnung, die Sie so anschaulich schildern, in Betracht ziehen), warum beginnen Sie dann immer von neuem?« Darauf weiß ich keine Antwort. Es muß so ähnlich sein wie eine starke sexuelle Bindung; gegen eine solche helfen auch alle Vernunftgründe nichts.

Morphium ist relativ harmlos, verglichen mit Kokain. Wenn ich an die Zeiten zurückdenke, in denen ich neben dem Morphium auch Kokain genommen habe, so schaudert es mich gelinde. Zugegeben, man lernt viel. Ich kann mich nicht mehr über Verrückte wundern, die Stimmen hören, denn ich habe selbst Unsichtbare sprechen gehört. Das war in Belgien. Ich wohnte in einem möblierten Zimmer, über einem Café; dort mahlte ein mechanisches Klavier erbarmungslos uralte Schlager, gewöhnlich bis um zwölf Uhr nachts. Der Arzt, der mir die Gifte verschrieb, wohnte in einer Vorstadt und war selber Morphinist. Man kommt mit sonderbaren Leuten zusammen. An jenem Abend hatte ich keine größere Menge genommen als sonst, aber vielleicht hatte sich das Gift in meinem Körper aufgespeichert. Kurzum, ich lag im Bett. Da hörte ich deutlich vor meiner Zimmertür Leute reden: »Den werden wir uns jetzt holen, das geht nicht mehr so weiter. Sein ganzes Geld gibt er für Rauschmittel aus. Da müssen wir einen Riegel vorschieben.« Und unter meinem Fenster im Hof hörte ich andere Leute, die sprachen: »Jetzt stellen wir vor sein Fenster ein Faß, wenn er zum Fenster hinausspringen will, so fangen wir ihn ab.« Sie mögen es mir glauben oder nicht: Ich hatte nicht den Mut, nachzusehen, ob die Leute, die sprachen, auch wirklich vorhanden waren. Ich zog meine Sonntagskleider an, schluckte sechs Gramm Veronal und schnitt mir mit einer Gilletteklinge die Pulsadern auf. Das heißt, die Adern hab ich wohl nicht getroffen, sondern nur die Venen. Denn am nächsten Tag bin ich aufgewacht, mein Bett war voll Blut, aber ich lebte noch. Es war gerade Faschingsdienstag. Natürlich brachte man mich ins Spital. Die Entwöhnung war unangenehmer als früher, denn es kam noch eine Veronalvergiftung dazu. Ich bin dann in diesem Spital als Krankenwärter geblieben und habe bald nachher wieder angefangen. Und diesmal endete es noch schlimmer. Ich zündete nämlich Feuer in meinem Zimmer an (wieder waren es die Stimmen, die mich plagten, ich wußte diesmal, und auch das erstemal, daß sie in Wirklichkeit nicht bestanden; aber trotzdem mußte ich handeln, als sprächen sie wirklich), wurde in die Tobzelle gesperrt und kam dann in ein belgisches Irrenhaus, das von Mönchen verwaltet wurde. Von da an habe ich weder Morphium noch Kokain genommen.

Komisch war die Rückreise. Drei Mönchlein begleiteten mich. Die Anstalt hatte mit Rücktransporten ins Ausland schlechte Erfahrungen gemacht. Die letzten Male waren die Kranken einfach auf irgendeiner Station verduftet, und das bedeutete eine Blamage für die Brüder. Diesmal wollte man die Sache recht machen. Darum bekam ich eine so imposante

»Garde du Corps«. Und um ganz sicherzugehen, mußte ich mir noch einen mit einem Schloß versehenen Gürtel um die Lenden legen lassen, der eine Schlaufe besaß, die mein rechtes Handgelenk an den Körper fesselte. Auch dieser Riemen war mit einem Schloß versehen.

Ich kam nach Münsingen zurück, blieb dort jedoch nur zwei Monate; dann beschloß der Regierungsrat des Kantons Bern, ich sei wegen liederlichen Lebenswandels auf ein Jahr in eine Strafanstalt zu versorgen. So kam ich nach Witzwil. Ich kann nicht behaupten, daß mir dies Jahr geschadet hat. Ich lernte einen der wertvollsten Menschen kennen, der mit großer Güte eine undankbare Arbeit verrichtete, den Direktor von Witzwil, Kellerhals. Vielleicht ist dieser Mann eine rühmliche Ausnahme. Aber durch den Verkehr mit ihm wird man doch gezwungen, gewisse Protesteinstellungen, die man gegen die Gesellschaft nun einmal hat, zu revidieren. Auf den Rat des Direktors versuchte ich es mit der Gärtnerei.

Ich kam nach Liestal in eine Baumschule. Morphium nahm ich keins mehr. Es war zu umständlich, sich das Gift zu verschaffen, die Gesetze waren strenger geworden. Aber ganz ohne Gift konnte ich nicht leben. So versuchte ich es mit Opium.

Opium ist ein brauner Stoff, der sonderbar aromatisch-bitter schmeckt. Gewöhnlich wird er in Form einer alkoholischen Lösung verschrieben, einer Tinktur. Diese Tinktur ist relativ leicht auf falsche Rezepte zu erhalten, denn sie wird häufiger als Morphium verschrieben gegen Bauchschmerzen, gegen Durchfall. Apotheker sind weniger mißtrauisch gegen derartige Rezepte. Wenigstens war dies vor einigen Jahren noch so. Schließlich aber kam doch wieder die Katastrophe. Der Apotheker in Liestal hatte die Flasche, die die Tinktur enthielt, in Reichweite aufgestellt. Was war einfacher, als in die Apotheke zu gehen, ein Aspirin zu verlangen, um ein Glas

Wasser zu bitten, weil man die Tablette gleich einzunehmen wünsche – und während der Apotheker den Laden verließ, einen großen Schluck aus der Flasche zu nehmen? Es ging eine Zeitlang, dann merkte es der Mann, und da er wußte, daß ich gewöhnlich nach der Arbeit, am Abend kam, stellte er einen Detektiv hinten im Laden auf. So wurde ich geschnappt. Ich sah schon wieder Witzwil vor mir, aber zufälligerweise war der Statthalter dieses Städtchens ein sehr anständiger Mensch. Er überredete den Apotheker, die Klage zurückzuziehen, die Summe, die das von mir entwendete Opium ausmachen sollte, wurde auf zwanzig Franken reduziert, so daß die Klage nicht offiziell weiter verfolgt zu werden brauchte – und ich wurde schon am nächsten Tag entlassen.

Inzwischen hatte ich doch einiges dazugelernt. Ich ging freiwillig nach Münsingen, um eine Entwöhnung durchzumachen. Sie war sehr milde: Der Arzt, der mich behandelte, ging langsam mit den Dosen herunter und beschränkte die Quälerei auf ein Mindestmaß. Und dann schlug er mir vor, mich in psychoanalytische Behandlung zu nehmen. Ich willigte ein.

Die Anstalt verließ ich bald darauf, ich war kaum zwei Monate interniert gewesen. In einer Baumschule nahm ich Arbeit an und ging jeden Tag eine Stunde zu jenem Arzt. Die Analyse steht augenblicklich nicht hoch im geistigen Kurs, viel wird gegen sie eingewandt; unberechtigt sind diese Einwände meist, weil sie von Leuten erhoben werden, die nie eine Analyse durchgemacht haben und ihre Weisheit aus Büchern schöpfen. Die Schwierigkeit dieser Behandlungsart, vor allem auch die Notwendigkeit, die sie nur auf jene Schichten beschränkt, die ein gewisses geistiges und psychologisches Training hinter sich haben, wird immer verhindern, daß sie populär wird. Auch daß der Baumeister dieser Lehre ein Jude war, wird bornierten Leuten stets ein leichtfaßliches polemisches Argument in die Hand geben.

Man verlernt das Lügen in der Analyse: das ist einer ihrer Hauptvorteile. Ich meine nicht das tagtägliche Lügen, ohne das ein geselliges Leben einfach unmöglich würde, sondern das gefährlichere: das Sich-selbst-Belügen. Erste und einzige Vereinbarung, die Ihnen zu Beginn der Kur verkündet wird: Alles zu sagen, was Ihnen einfällt. Sie denken natürlich, das ist leicht. Es ist schwieriger, als siebzig Kilometer ohne Wasser in der Sonnenhitze zu marschieren. Denn unwillkürlich halten Sie mit den wichtigsten Dingen immer zurück. Sie *können* nicht alles sagen. Es gibt reservierte Gebiete, in jeder Seele, die so empfindlich sind, daß sie die Scheinwerferbeleuchtung des gesprochenen Wortes einfach nicht vertragen.

Man kann eine Analyse nicht erzählen. Was sich da in den vielen Stunden ansammelt und klärt, läßt sich mit menschlichen Worten nicht ausdrücken, trotzdem der Analytiker sich immer wieder bemüht zu formulieren. Ein Beispiel: Ganz zu Beginn der Analyse kam mir einmal der Satz in den Sinn, den ich lachend und seine Blödigkeit betonend aussprach: »Ich bin die Mutter.« Um diesen Satz kreiste die ganze Analyse. Meine Mutter ist gestorben, als ich vier Jahre alt war. Ich lebte dann allein mit meinem Vater und spielte die Rolle der abwesenden Mutter. Als sich mein Vater dann wieder verheiratete, gab es in den Untergründen, wo nicht Logik und Verstand herrschen, sondern der Bilderdienst, fast unauflösliche Konflikte: kindliche Eifersucht, die stärker und qualvoller ist als die Eifersucht der Erwachsenen. Durch die überenergische Haltung meines Vaters wurde ich in eine passive, weibliche Rolle gedrängt. (Schon an diesem Beispiel ist leicht zu sehen, wie schwierig ein genaues Darstellen der Sachlage ist: denn natürlich hätte ein anderer Mensch mit einer von der meinen verschiedenen Konstitution ganz anders reagiert. Er hätte den offenen Kampf aufgenommen.) Ich versuchte mich auf Schleichwegen zu behaupten, durch Katastrophen immer wieder das verlorene Interesse des Vaters zu erringen. Und diese Katastrophensucht blieb mir auch später. Da ich nicht ausgesprochen kriminell veranlagt bin, war das Nehmen von Rauschgiften eine willkommene Methode, immer wieder neue Konflikte zu schaffen, in denen ich der leidende, der weibliche Teil war. Die Gesellschaft übernahm später die Rolle des Vaters, wenigstens in meinem Innenleben. Ich war in des Wortes richtigster Bedeutung ein »Leidsucher«. Zufrieden war ich eigentlich immer erst, wenn ich im Gefängnis oder im Irrenhaus war.

Und noch eine andere Wirkung haben das Opium und die ihm verwandten Gifte: Sie unterdrücken die Sexualität. Zum Morphium kam ich nach einem Liebeserlebnis, das schlecht ausging. Im »Unbewußten« zog ich die Konsequenz und rettete mich auf eine kindliche Stufe zurück, auf eine Stufe, in der die Beschäftigung mit den Sensationen des eigenen Körpers den Lustgewinn abgibt. Darauf ist man dann noch stolz: Man kann das »Du« entbehren und sich ganz auf das »Ich« konzentrieren. Es rächt sich: denn ganz allein kann man nicht leben, und die Frau, die man dann für sich beansprucht, leidet, man kommt sich selbst als Schuft vor... die Komplikationen werden so unerträglich, daß man eine Katastrophe sucht, um einen Ausweg zu finden. Wird man dann schließlich eingesperrt, so zieht man auch die letzte Konsequenz und versucht es mit dem Selbstmord. Gewöhnlich ist aber irgendeine tiefere Schicht noch viel zu stark aufs Weiterleben eingestellt, und der Selbstmord mißlingt, obwohl man bewußt alles versucht hat, um ihn herbeizuführen.

Ich muß mich ob dieses langen Exkurses entschuldigen. Ich wollte nur an einem konkreten Beispiel zu zeigen versuchen, welche Aufschlüsse über das eigene Innenleben die Analyse geben kann. Daß man derartige Beispiele nicht einfach aus der Luft greifen kann, sondern eigene Erlebnisse dazu verwerten muß, ist selbstverständlich. Manche können es für Schamlosigkeit oder Überschätzung der eigenen Persönlichkeit halten: Ich möchte gerne diesen Verdacht abwehren und betonen, daß mir nur daran lag, eine verschriene Methode an Hand eigener Erlebnisse zu schildern.

Die Psychoanalyse ist kein Universalheilmittel. Meine erste Kur hatte ein Jahr gedauert. Sie war schwieriger als eine andere, weil die Opiomanie mit der Zeit nicht nur psychisch bedingt ist, sondern auch organische Veränderungen hervorruft. Der Körper, die Zellen haben sich derart an das Gift gewöhnt, daß sie ohne dasselbe nur schlecht zu leben vermögen. Der Opiumhunger ist quälender als der gewöhnliche Hunger. Bei der geringsten Verstimmung, bei kleinen Schmerzen lockt das Mittel, dessen beruhigende Eigenschaften man nur zu gut kennt. Vergessen sind dann die Leiden, die man darob hat ertragen müssen, die Stumpfheit, die sich mit der Zeit einstellt, der Zeitverlust (denn schwierig ist es, sich das Zeug zu verschaffen), die Geldausgaben, die fixe Idee, um die schließlich das ganze Leben kreist, die Demütigungen, die Minderwertigkeit, das schlechte Gewissen. Oder ist das schlechte Gewissen doch die stärkste Lockung?

Kurz, ich vermochte mich nach der Analyse ein paar Monate zu halten. Dann, nach einem schweren Erlebnis, griff ich doch wieder danach. Neue Entwöhnung – diesmal brüsk. Gar keine Wirkung. Ich hatte kaum die Anstalt verlassen, stürzte ich schon in eine Apotheke. Können Sie sich einen Menschen vorstellen, der, kommt er in eine neue Stadt, vor allem Ausschau nach Apotheken hält? Landschaft? Museen? Bauten? Uninteressant. Apotheken sind wichtig.

Es brauchte eine neue sechsmonatige Analyse, um mir wieder den nötigen Halt zu geben. Aber ich kann nur mit einer Frage schließen, einer Frage, die ich mir selbst stelle, und einer Hoffnung, der ich Glauben schenken möchte: Vielleicht gelingt es diesmal?

Selbstanzeige

Vor vier Jahren hab ich ein Gedicht geschrieben (übrigens hat es niemand abdrucken wollen), dessen erste Strophe lautete:

»Wir werden nie in Mikrophone spucken
Und niemals tagen in Vereinen, Kommissionen;
Wir werden nie in Einfamilienhäusern wohnen
Und nie vom Schreibtisch genialisch in die Linse gucken.«

Als Strafe für das Gedicht muß ich am nächsten Sonntag vor dem Mikrophon lesen; in einen Verein bin ich auch eingetreten, und, um das Maß voll zu machen, wohn ich in einem Einfamilienhaus (es enthält zwar nur *ein* Zimmer, aber immerhin...), und in die Linse hab ich auch geschielt, wie Sie feststellen können.

Die Geschichte, die ich Ihnen vorlesen werde, spielt in einem kleinen Posten im südlichen Marokko. Ein Jahr lang, von 1922 bis 1923, hab ich in Gourrama gelebt – und später hab ich versucht, die merkwürdig faulige Luft dieses Postens in einem Roman einzufangen. Aber den Roman hat kein Verleger annehmen wollen, und da man von ungedruckten Romanen nicht leben kann, hab ich umgesattelt. Ich bin Gärtner geworden. Baumschule, Gemüsekulturen, ein Jahr in der Gartenbauschule Oeschberg. Dort hat man mir sogar ein Diplom verabreicht...

Doch man entgeht seinem Schicksal nicht. Ich habe dann zwei kleine Geschichten geschrieben – und die hat mir ein Mann angenommen, der nun tot ist. Dieser Mann hat damals behauptet, ich müsse weiterschreiben, es sei etwas an meinen Sachen. Wir sind wohl einige in der Schweiz, die Hugo Marti nicht vergessen werden, denn er war unser Bruder, und wir sind ihm dankbar.

Meinen unverdaulichen Roman habe ich dann liegen lassen, weil ich gedacht habe, die Verleger könnten mit ihrem Urteil doch recht haben...

Aber Kriminalromane liest heutzutage jeder – mit Recht, finde ich. So habe ich einen Schweizer Kriminalroman geschrieben, dessen Held ein einfacher Berner Fahnder ist: der Wachtmeister Studer. Und da die Leute das Buch nicht ungern gelesen haben, so hat der Studer einen zweiten Fall enträtseln müssen. Der spielte in einem Irrenhaus. Ich weiß nicht, warum sich so viele Leute über das Buch geärgert haben – getröstet aber hat es mich, daß der letzte Brief, den mir Hugo Marti schrieb, gerade von diesem Buch handelte – und daß *er* es gut gefunden hat. Es heißt: *Matto regiert.*

Es kann sein, daß Sie am Sonntag ärgerlich werden: Sobald der Sprecher ankündigt, ein Dichter werde aus eigenen Werken lesen, stellen Sie das Radio ab. Aber vielleicht bringen Sie die nötige Geduld auf, sich die ersten Sätze anzuhören. Das verpflichtet Sie zu nichts. *1937*

Mattos Puppentheater

Für Bruno von Klaus

Eine chromgelbe Stoffmaske bildet den Vorhang. Die Löcher der Augen sind groß und leer. Eine schrille Stimme spricht:

Unzählige Träume singen dunkle Worte, spielen verdeutete Bilder. Durch unzählige Träume zieht der trommelnde Rhythmus. Auf offenen Händen tragen sie Bauten seltsam verschnörkelt, oder sie umgeben sie mit fernen, grauen Tagen. Was sind ihnen Namen und Gesetze, und was die heutige Stunde? Durch lautlose Hallen gleitet ihr Schritt, und die

Verachtung, die sie fühlen, macht ihn schwebend. Sie preisen mit stummem Mund den einzigen Herrn, der die Maske zerriß.

Der Vorhang zerreißt in zwei Teile.

Drei bärtige braune Männer stehen hölzern in abgetragenen Anzügen. Eintönig im Chor:

Ich bin Christus Jesus.

DER ERSTE: Und er ergriff mich auf offener Landstraße und warf mich ins Gras, das Gesicht in die Erde gepreßt. Da erkannte ich, daß ich Er war. Er ist auferstanden in mir, ich bin Er. Nun muß ich an den Eisenstäben rütteln, aus denen mein Kreuz geschmiedet wird. Er starb am Holz, nun muß ich am Eisen sterben.

DER ZWEITE: Ich bin der erste Wassertropfen. Ich drang bei der Taufe in einen Kopf. Ich löste und ward Erlösung. Nun zergeht das Gehirn langsam in mir. Wachsend zersprenge ich den Kopf, taufe Umgebende, löse, erlöse nach und nach die Welt. Bin ich nicht wahrhaft der Heiland?

DER DRITTE: Ich bin der ewige Mörder. Mein Beispiel wird nachgeahmt. Ich ließ mich töten, um den Menschen das Morden zu lehren. Den Tod bringe ich und befreie die Seele. Bin ich nicht der Erlöser?

ALLE DREI: Ich bin Christus Jesus.

Ein Wärter in weißer Schürze klirrt mit dem Schlüsselbund, rufend, sehr rauh:

Ins Bett, ins Bett.

Eine schwarze Maske verhüllt die Öffnung der Bühne. Man hört von ferne ein Horn blasen. Die schrille Stimme:

Die Töne des fernen Hornes verweben sich im Zimmer zu stachligem Schleier, der müde Köpfe peinigt. Das Schluchzen singender Stimmen auf nahen Straßen übertönt die Schwermut des träumenden Schlafsaals. Sie haben vergessen, daß heute einsamer gelber Sonntag ist. Sie sollen nicht klagen unter rotgesprenkelter Decke.

Die Maske zerreißt.

Ein Schlafsaal. Fünf Betten an der Hinterwand, die von zwei vergitterten Fenstern durchbrochen wird.

Ein weißbärtiger Mann richtet sich auf im ersten Bett. Weinerlich:

Sie ist tot, sie ist nicht tot. Also lebendig. Ich soll sie wiedersehen, hat der Pfarrer am Grab gesagt. Wiedersehen im Paradies. Nun bin ich im Paradies und suche, suche: *(Er wühlt unter der Bettdecke, zieht sein Taschentuch hervor.)* Hier ist sie, hier ist sie! *(Er lacht leise und fällt zurück.)*

Ein kräftiger junger Mann steht aufrecht im zweiten Bett. Zwei Narben, blutrot, am Hals:

Fort, fort! Ich bin keusch. Nein, nicht fangen, niemals! Glaubst du, ich wolle schmutzig werden? Glaubt ihr das wirklich? Nicht küssen, nein! Oh, der Geschmack im Mund! Ich muß ein Gänseblümchen essen, um den Geschmack zu vertreiben. Fort, fort, nie wieder, nein! *(Er fuchtelt mit den Armen, fällt aufs Bett, sucht unter dem Kopfkissen, steht auf.)* Lieber tot als unrein. *(Er schneidet mit dem Messer in die roten Narben. Blut zieht zwei rote Streifen über das kurze weiße Nachthemd. Erstarrt bleibt er stehen.)*

Der graue glatte Mann im dritten Bett bleibt ruhig sitzen, die Augen auf nahen unsichtbaren Punkt gerichtet. Er spricht sachlich, als müsse er einen wichtigen Punkt deutlich erklären:

Ich bin so gescheit, wissen Sie, daß ich den Neid meiner Schwiegermutter erregte. Sie mischte mir Gift ins Sauerkraut. Aber ich war klüger als sie. Soda schlucken, einzige Rettung. Dann riß ich das Fenster auf und erklärte der lauschenden Menge meine Rettung. Sie haben gejubelt. Aber der Neid. *(Er nuschelt weiter.)*

Im vierten Bett liegt ein rothaariger Kopf wie abgeschlagen auf dem Fußende. Ein roter Schnurrbart fällt über den Mund.

Sie quälen mich täglich. Ein Hurenhaus, dieses Haus. Raffiniert eingerichtet. Fernkinematographie. Sehen Sie auf der Wand die schamlosen Liebesszenen? Natürlich der Direktor. Unglaublich. Ich habe das Glück gesucht, kommt es jetzt zu mir? *(Der Kopf verschwindet, Schluchzen.)*

Auf der Kante des fünften Bettes sitzt eine blonde Gestalt, die Ellbogen auf die Knie gestützt:

Nun haben sie mich eingesperrt, weil meine Träume ihre Welt verengten. Sie konnten nicht mehr atmen, denn meine Träume drückten die Menschen gegen die Mauern der kantigen Häuser. Meine Träume waren Netze, in denen ich zappelnde Menschen fing. Man hat es mir polizeilich verboten. Doch meine Träume kannten keine Polizei und wuchsen gegen die Menschen. Nun flattern sie hinter Gitterstäben und zerreißen die Flügel an fremden Träumen.

Eine Tür öffnet sich. Der Nachtwärter tritt ein mit der Laterne, sieht den blutgestreiften Mann aufrecht stehen. Zuckt die Achseln, geht hinaus. Eine Telefonklingel schrillt. Im Schlafsaal Schluchzen, Lachen, Murmeln durcheinander.

Der Arzt tritt ein mit dem Nachtwächter. Beide reiben sich die Augen.

DER ARZT: Messer sind verboten. Selbstmordversuche sind eine schwere Pathologie, die bis zur Unheilbarkeit sich auswachsen kann. Chloral geben Sie ihm, morgen Bad. Gute Nacht.

Eine grüne Maske senkt sich.

Vor dem Puppentheater steht ein lange spitze Gestalt, deren Umrisse stetig wechseln, von farbigen Lichtern umspielt. Das Gesicht ist undeutlich, wird dünn, schmal, bläht sich auf, nimmt vielgestaltige Formen an, während es langsam spricht, mit schriller Stimme wie früher:

Der Kulissenschieber und Regisseur hat das Vergnügen, sich vorzustellen. Gute Komödien sind selten, man versteht nicht mehr, Tragik und Komik in sympathischen Dosen zu mischen. Ich erlaube mir, einige Träume darzustellen, die in meinem Kopf spielen. Daß die Schauspieler, die meine Träume spielen müssen, lebende Menschen sind, ist nebensächlich. Ich nehme mein Material, wo ich es finde. Ich war erstaunt über die Fülle der freiwilligen Schauspieler. Auch bitte ich, die unwillkürliche Mystik geistig entschuldigen zu wollen, ich werde versuchen, sie bisweilen durch den wissenschaftlich geschulten Inspizienten zu korrigieren. Vielleicht klatschen Sie, wenn der Psychiater durch eine gescheite Erklärung einen Traum deutlich macht. Die Maske, die meinen Kopf bedeckt, den Schauplatz meiner Träume, zerreiße ich hiermit zum dritten Mal und bitte um gütigste Aufmerksamkeit.

Nachdem die spitze Gestalt verschwunden ist, zerreißt die grüne Maske.

Papierene Bäume wachsen in eingezäuntem Hof. Grelles Sonnenlicht zeichnet die deutlichen Schatten gestikulierender Gestalten auf dem Boden ab. Einige tragen seltsame Gebilde auf weit ausgestreckten Armen. Der dicke rote Mörder trägt eine festverschnürte Schachtel auf zitternden Händen. Er ist dick und behaart. Murmelt:

Ich bin Milliardär. Dies ist meine Schatzkammer. In ungeheurem Gewölbe glänzen Karfunkel, Diamanten und rotes gemünztes Gold. Ich mußte töten, um leben zu können. Dann war ich im Kerker. Aber ein Geist hat mich beschenkt. Nun bin ich reich und lebe von meinen Zinsen. *(Er streichelt die Schachtel.)*

Ein kleiner spitzer Mann fuchtelt mit dünnen Armen, hält dann seine Hosen fest, die rutschen. Plappernd:

Je parle toutes les langues, ich spreche deutsch, ma si signore, la lingua di Dante, sureley, I speak English very well. Und noch anderes. Ah oui Monsieur, la tour de Babel, je suis professeur de langues, à l'école polytechnique de Bienne, mais oui, certainement. *(Er plappert weiter, plötzlich ein lauter Ruf:)* Der Turmbau zu Babel ist gelungen, nur wegen mir.

Ein zitternder Greis geht langsam, mit müden Schritten, über den knirschenden Kies, eintönig:

Ich bin, der von Anbeginn die Schuld brachte auf Erden. Ich muß leiden, und die Menschheit wird wegen mir gestraft. Ich habe den Krieg verursacht, die Soldaten morden, um meine Schuld zu tilgen. Ich trage Berge von Schuld auf meinen Schultern, nur Blut kann sie lösen.

Grinsend tritt ein Mann zu ihm, der ein rotes Taschentuch als Turban um die niedere Stirn geschlungen hat:

Verehrtester, nur Ihr Vorname ist an dieser Angelegenheit schuld; Sie heißen Wilhelm Offergeld, zwei Namen, die durchaus nicht zusammenpassen. Hießen Sie Karl, wäre die ganze Angelegenheit verschoben. Angelegenheit ist das richtige Wort.

Durch die Gruppen schiebt sich ein bebrillter Herr mit weit vorstehendem Spitzbauch. Bestoppeltes Kinn, dicke rote Hände, deren Finger wurstartig angeschwollen sind.

Na, wie geht's? Schuldig sind Sie am Krieg? Warum sind Sie so starrköpfig. Das sind fixe Ideen.

Ein hagerer, ebenfalls bebrillter Herr in weißem Mantel hat sich zum ersten gesellt.

DER SPITZBAUCH: Beachten Sie bitte. Sehr interessantes Motiv. Hypertrophiertes Schuldgefühl als leicht erkennbarer unabreagierter Minderwertigkeitskomplex einerseits, und hier typische Paraphrenie als Folge von Trunkenheit und entsetzlicher Heredität.

DER HAGERE: Frappant, frappant.

DER SPITZBAUCH *(deutet auf den Mörder, der eifrig in seiner Schachtel sucht):* Sehr sonderbarer Fall, Herr Kollege. Freiheitsberaubung hat bei ausgezeichneter Kost und adäquater Beschäftigung eine sonderbare Form der Megalomanie hervorgebracht, die bisweilen zu manischen Depressionen sich steigert. Zwölf Jahre Zuchthaus, es ist nicht zu glauben, haben diesen Zustand hervorgebracht.

DER HAGERE: Frappant, frappant.

DER SPITZBAUCH: Die Nerven der Leute sind nicht mehr sehr widerstandsfähig. Hier brachen, bei diesem Fall, nach einigen Tagen der Beobachtung Tobsuchtsanfälle aus, die eine Unterbringung in gedeckeltem Bad nötig machten. Nun ist Ruhe in seinem Geiste eingetreten, er besitzt Schätze und setzt uns Renten aus.

DER HAGERE: Uns Renten aus. Uns Renten aus. *(Er rückt an der Brille, die bis zur Nasenspitze vorgerutscht ist.)*

Beide lachen, gehen weiter. Der kleine spitze Mann fuchtelt wieder mit dünnen Armen, plappert:

Herr Direktor, Monsieur le directeur, je parle toutes les langues. Vous aussi? Ah, très bien. Wir zerstören, wir zerstören, langsam, aber sicher, die Sätze der Sprache. Alle Sprachen sprechen, schwatzen, schwatzen. Wir können endlos reden, n'est-ce pas, Monsieur le directeur?

Der Hagere und der Spitzbauch zucken gleichzeitig die Achseln; zusammen

Lalomanie.

Eine violette Maske senkt sich.

Matto steht wieder, von Lichtern umspielt, vor dem Theater, verbeugt sich.

Ich wollte dich, verehrtes Publikum, vom Ernst der Wissenschaft überzeugen. Vielleicht genügt diese Probe dir nicht.

Ich schalte eine kurze Szene ein, zur Belehrung, denn mein Theater wurde zu diesem Zwecke gebaut.

Matto verschwindet, der Vorhang zerreißt.

Der Spitzbauch sitzt in braunem, kahlem Zimmer einem jungen Menschen gegenüber, der traurig auf den Boden starrt. Der Spitzbauch hält ein schwarzes Notizbuch in der Hand, schreibt, den Bleistift bisweilen an feuchten Lippen benetzend.

DER SPITZBAUCH: Sie wissen, wo Sie sind?

DER JUNGE MANN: Im Irrenhaus.

DER SPITZBAUCH: Sehr gut. Warum im Irrenhaus?

DER JUNGE MANN: *(schweigt)*

DER SPITZBAUCH: Das wissen Sie doch. Weil... nun, weil...

DER JUNGE MANN: Weil ich Schulden gemacht habe.

DER SPITZBAUCH: Warum haben Sie Schulden gemacht?

DER JUNGE MANN: Weil ich kein Geld hatte.

DER SPITZBAUCH: Ausgezeichnet. Weil Sie kein Geld hatten. Warum hatten Sie kein Geld?

DER JUNGE MANN: Weil ich von zu Hause fortlief.

DER SPITZBAUCH: Merkwürdig klar geantwortet. Nun will ich Sie untersuchen.

Der Spitzbauch tritt an den jungen Mann heran, legt ihm die eine Hand aufs Auge, nimmt die Hand weg, wiederholt die Bewegung. Nickt:

Pupillarreflex ausgezeichnet. Epilepsie ausgeschlossen. Syphilis nicht wahrscheinlich, sagen wir lieber, fast unwahrscheinlich. *(Klopft mit einem kleinen Hammer auf die Kniescheibe des Patienten. Der Fuß schnellt vor.)* Ausgezeichnet, ausgezeichnet. Das Rückenmark durchaus normal, sehr gut, sehr gut. Nun sagen Sie mir, was fehlt Ihnen eigentlich?

DER JUNGE MANN *(trocken)*: Nichts.

DER SPITZBAUCH: Ich bitte Sie, nichts! Das ist keine

Antwort. Ihr Vater hat Sie hergebracht. Er wird wohl wissen, weshalb.

DER JUNGE MANN: Rufen Sie ihn doch.

Der Spitzbauch drückt auf die Klingel, worauf der Vater in der Tür erscheint, groß, weißbebartet. Er wendet sich nie an den Sohn, ignoriert ihn. Ausschließlich zum Direktor.

DER SPITZBAUCH: Also, Herr Nationalrat, wollen Sie mir vielleicht in Gegenwart Ihres Sohnes mitteilen, warum Sie seine Internierung wünschen.

DER VATER *(dumpfe Stimme)*: Weil er ein verkommenes Subjekt ist.

DER SPITZBAUCH: Verkommenes Subjekt könnte man vielleicht unter die Krankheitsform ›moral insanity‹ – moralischen Schwachsinn – rubrizieren. Haben Sie Belege?

DER VATER *(zieht ein großes Bündel Papier aus der Tasche, entknotet die Schnur, breitet große Bogen vor sich aus)*: Hier, der Polizeirapport *(liest eintönig vor)*: »…Daß man es in ihm mit einem vollkommen verbummelten Studenten zu tun hat, der seine Tage in Wirtschaften verbringt, die Nacht zum Tag macht und alle Leute um Geld angeht. Behauptet, malen zu können. In seinem Zimmer fanden wir gemalte Bilder nackter Weiber und ein Buch, betitelt ›Geschlecht und Charakter‹. Es schien uns unsittliche Themen zu behandeln. Auch lagen verschiedentlich Haarnadeln, von weiblichen Personen herrührend, auf dem Boden, was auf Konkubinat und außerehelich unverheirateten Verkehr schließen läßt, welche Handlung verstößt gegen § –, Absatz – des Bundesgesetzes von 1898. Infolgedessen wurde…. usw.« Genügt das?

DER SPITZBAUCH *(zum jungen Mann)*: Kennen Sie nicht die moralischen Gesetze?

DER JUNGE MANN: *(schweigt)*

DER SPITZBAUCH: Ihr Schweigen ist beredt. *(Zum Vater)* Haben Sie andere Belege?

DER VATER: Hier das Maturitätszeugnis, hier das Impfzeugnis, hier eine Expertise des Nervenarztes Dr. Stralo Wasser *(liest wieder)*: »...welche Eigenschaften auf eine gewisse Infantilität des Charakters schließen lassen, und, um Schädigungen verschiedener Drittpersonen vorzubeugen, unbedingt baldmöglichste Internierung wünschen lassen.«

DER SPITZBAUCH: Das genügt, Herr Nationalrat.

DER VATER *(drückt dem Spitzbauch die Hand, ab.)*

DER SPITZBAUCH *(läutet, zum Eintretenden)*: Oberwärter, Patienten auf Abteilung fünf. *(ab)*

DER OBERWÄRTER *(Lichter spielen um seine Gestalt)*: Ich will dir flammende Rosse auf dunklen Hügeln zeigen und grelle Farben in einsamen Zimmern. Du sollst vergessen, daß jahrelang du in Zerrspiegel geblickt hast, sollst lernen zu schlafen, den tiefen, traumlosen Schlaf. Ich will die Gespenster verscheuchen, deren faulig schimmernde Gesichter dich quälen könnten zur Nacht, sitzend an deinem knarrenden Bett.

Eine rote Maske fällt. Näselnde Obertöne spielen einen sonderbaren Tanz. Unter den Klängen zerreißt die Maske, die drei Heilande tanzen auf der Bühne, singend:

Wir preisen den Herrn, der uns schenkte den Traum, wir preisen den Herrn, der grüne Sterne trägt auf metallener Stirn. Wir preisen ihn, wir preisen ihn. Die Erde ist traurig und leer, und die Menschen lachten schrill und falsch unserer allumfassenden Liebe. Der Herr heilte uns vom Verstand, wir predigten der Einsamkeit, die lautlos uns lauschte. Wir beten zur leuchtenden Lampe, wenn sie erlischt, zur Nacht, wenn sie dunkelt, zu den Bäumen, denen der Mond schwarze Schatten anzeichnet. Der Herr herrscht über die Nacht und den Tag, wir spielen und tanzen.

Der junge Mann tritt ein am Arme des Oberwärters.

DIE HEILANDE *(singen weiter)*: Er besucht uns zuweilen in unkennbaren Gestalten. Die Sonne ist fern, und die Sterne fallen, ziehen Kreise, fallen. Wir lieben den Herrn, der die Sprache der Blitze versteht.

MATTO *(als Oberwärter)*: Mein Reich ist von dieser Welt. Wir wollen nicht philosophieren. Wer den Tanz verlernt hat, draußen, in grauer Staubluft, lernt ihn zwischen farbig leuchtenden Wänden. Ich könnte sagen, der Tanz sei heilig, doch was ist Heiligkeit. Ich möchte nicht pathetisch sein, sondern unverständliche Märchen erzählen. Schlafe!

Der junge Mann liegt ausgestreckt auf dem Boden, während die Heilande um ihn tanzen. Ein schwarzes Tuch verhüllt das Puppentheater. Auf diesem schwarzen Hintergrund hebt eine weiße Gestalt sich ab, in langem Mantel. Sehr einfach sprechend.

Selig sind, die arm am Geiste sind, denn das Himmelreich ist ihrer. *(Pause. Mit sanfter, klangloser Stimme.)* Es zog ein Mann aus, das Heil zu suchen, und kam in graue Städte. Sein Kopf stieß hart an die scharfen Häuser und schmerzte. Sein Herz verwundete sich an den sterbenden Augen der Hunde, am hungrigen Blick verblödeter Kinder. Er suchte das Heil im Rascheln grüner Blätter, im Knallen springender Knospen. Doch es waren Geräusche, leere Geräusche. Dann sprach er zu den Menschen: ›Liebet euch untereinander!‹ Da ward er gefesselt, und endlose Fragen stachen durch sein Gehirn. Da entdeckte er ein nahes Reich in seinem Kopfe, mit samtenen Hallen, in denen lautlose Tänzer sprangen. Da sprach er: ›Das Himmelsreich ist in euch‹, und versank in stummes Wasser.

Die weiße Gestalt verlöscht wie eine Kerzenflamme. Die Stimme, leise und fern:

Das Himmelreich ist in euch.

1919/20

Ehe mit Nausikaa

Wenden Sie bitte das Gesicht ein wenig von mir weg... so... jetzt ist es besser. Ihr Profil ist ein wenig hart, wie überhaupt Ihr Gesicht zwei verschiedene Ausdrücke hat... Und diese Zweiheit ist das Interessante an Ihnen... Nein, durchaus nicht, ich sage das nicht jedem Kunden, ich meine es wirklich ehrlich... Sie glauben mir nicht?... Ich weiß, ich weiß, Sie meinen, es sei eine erniedrigende Beschäftigung, sich den Kunden dieses Lokals allabendlich aufzudrängen und sie inständigst zu bitten, sich abzeichnen zu lassen, der Lohn ist gering, und wenn Sie finden, daß meine Zeichnungen auch künstlerisch nichts taugen, so kann ich Ihnen nur recht geben... Aber was wollen Sie, man muß leben, ich bekomme keine Arbeitskarte hier in Frankreich, ich muß sehen, wie ich mich durchschlagen kann... Und einen Vorteil hat ja diese Beschäftigung, ich habe die Nacht für mich, und am Tage kann ich schlafen; so vermeide ich es, gewisse Blicke zu sehen, Blicke... Ich bin nämlich verheiratet...

Wenn Sie tanzen wollen, mein Herr, bitte... Lassen Sie sich nicht abhalten, ich kann die Zeichnung auch später beenden. Und wenn ich Sie ein wenig beobachten kann, während Sie sich bewegen, so wird es dem Ausdruck, den ich Ihrer Physiognomie zu geben gedenke, nichts schaden. Es hängt doch alles zusammen. Der Gang und das rhythmische Schreiten übers Parkett, wenn Sie eine Frau im Arm halten, es sind gute Mädchen hier, geben Sie der Erwählten ein kleines Trinkgeld, und Sie werden mit Erstaunen feststellen, daß Sie plötzlich wunderbar tanzen können, auch wenn Sie in Ihrem Heimatland bei Hausbällen nie fähig gewesen sind, einen Tango zu tanzen. Es sind gute Mädchen, ich kann sie Ihnen warm empfehlen, sie werden Sie nicht ausplündern, im Gegenteil. Und wenn Sie sich ein wenig am Tanze erfreut haben, haben Sie vielleicht Zeit... Gegen drei Uhr leert sich das Lokal, und dann können wir plaudern... Ich plaudere gern... Der Patron des Lokals ist mir wohlgeneigt, und wir können dann einige Flaschen Vouvray trinken, und ich erzähle Ihnen... Lieben Sie Monologe?... Ich erzähle übrigens interessant, ohne mich rühmen zu wollen... Ich will Ihnen dann die Geschichte Nausikaas erzählen, Nausikaas, der Tochter des Phäakenkönigs, aber der Schluß wird anders sein als beim alten Homer... *Mein* Odysseus hatte keine Penelope daheim, die auf ihn wartet, und darum hat *meine* Geschichte auch eine andere »moralité«. Geschichten sind wie Fabeln, sie müssen einen belehrenden Schluß haben, finden Sie nicht?... Aber ich schwatze und schwatze, gehen Sie jetzt tanzen. Darf ich Ihnen Fräulein Berthe vorstellen? Berthe, du darfst dann mit uns eine Flasche Wein trinken, der Herr lädt dich ein. Tanze recht gut mit ihm, mein Kind, während ich an meiner Zeichnung herumstrichle und mir, mit Ihrer Erlaubnis, mein Herr, einen Cognac mit Selterswasser zu Gemüte führe. Mein Gemüt braucht derartige Stärkungen, es ist ein wenig abgestumpft und dennoch so zart; daß es leicht, sehr leicht umkippt, und dann gibt es Tränen... Das wollen wir verhüten...

Sie sehen, meine Prophezeiung war richtig. Die Musik packt ihre Instrumente zusammen, der Chasseur bringt den letzten Pärchen ihre Garderobe, manchmal, wenn die Tür sich öffnet, hören Sie das Surren eines Anlassers, müde, wie das Summen einer Hummel im Herbst... Wollen wir Wein trinken? Er ist nicht teuer... Ich will Ihnen gestehen, daß ich zehn Prozent vom Preis der Flasche bekomme, ich werde sie redlich mit Fräulein Berthe teilen, denn Berthe braucht Geld. Sie hat eine kranke Schwester daheim – früher war sie... Aber das interessiert Sie wohl nicht... Setz dich neben den Herrn, mein Kind, er wird nichts dagegen haben. Gib ihm die Geduld, die er nötig haben wird, um mir zuzuhören, und wenn du müde bist, mein Kind, leg deinen Kopf an seine Schulter, er wird nichts dagegen haben... Und er wird es auch nicht seiner Frau erzählen... Frauen brauchen nicht alles zu wissen... Übrigens, hier ist Ihr Bild, gefällt es Ihnen? Ja? Ein wenig merkwürdig vielleicht, aber das schadet nichts. Ich kann Ihnen ein Geschäft empfehlen, dort werden Sie einen passenden Rahmen finden. Nein, haben Sie keine Angst, dort bekomme ich keine Prozente... Ein Freund von mir führt dieses Rahmengeschäft...

Nun will ich beginnen. Sie haben auch das Gymnasium besucht? Ja?... Desto besser. Ich bin in Genf in die Schule gegangen... Wir hatten einen Lehrer, sein Bart war lang und grau, er gab uns pedantisch Noten und trug sie mit kleinen Ziffern in ein Büchlein ein, manche mit roter Tinte, manche mit schwarzer... »Gunumai se anassa«... »Ich knie vor dir, o Jungfrau«... Anassa! Ist das Wort nicht schön? Die drei ›A‹, sie klingen so weiß... Können Sie sich die Szene vorstellen? Odysseus, mit Schlamm bedeckt, nackt, sicher war sein Gesicht voll Schrammen und sein Bart verklebt und verwildert... Im Schilf hat er sich versteckt, als er den Gesang der Mädchen hörte, die zum kleinen Bach herniedergestiegen, um Wäsche zu waschen. Und die Jüngste, sehr schlank war sie, und sicher trug sie einen weißen Chiton, an ein kleines schmales Segelboot mußte sie erinnern. Nausikaa, Anassa – die Jungfrau. Er hatte sie erkannt, sogleich, der göttliche Dulder Odysseus... Ja, wissen Sie, damals waren die Dulder noch göttlich. Es gab nicht viele, die das weinrote Meer befuhren und Schiffbruch erlitten, und darum...

Gewiß, auch ich trage einen Bart, einen kurzen schwarzen Bart, gelockt, und ich finde, er steht mir gut... Sie müssen mir meine Eitelkeit zugute halten... ich besitze nur wenig, und auf etwas muß der Mensch doch stolz sein dürfen; ich bin stolz auf meinen kurzen gelockten Bart. Gefällt er dir auch, Berthe, mein Kind? Trinken Sie, mein Herr, Sie sind heute zu Gast bei Odysseus, und Sie werden es erzählen dürfen in Ihrer Heimat, daß Sie ihn getroffen haben in einer Bar, angetan mit Smoking und Pumps, ihn, der einmal besungen worden ist in der Menschheit Jugend von einem blinden Sänger – aber der jetzt nicht einmal einen Reporter finden wird, der ihm einige Zeilen widmet in einer Tageszeitung...

Verlassen wir den pompösen Stil, er wird Sie ermüden... ich habe nicht vor Troja gekämpft, ich bin nur vor Verdun verwundet worden. Sehr jung war ich damals. Kaum achtzehn Jahre. Aber ich war begeistert und habe mich anwerben lassen... Und dann habe ich mich nicht mehr zurechtgefunden. So ließ ich mir von einem Freunde ein kleines Segelboot kaufen und beschloß, damit den Atlantik zu überqueren... Jawohl, ich war der erste, der diesen Gedanken hatte, Alain Gerbault ist nur ein kleiner Nachahmer... Und an diesem, ich gestehe es, etwas verrückten Plan, war jener Lehrer schuld, der mit uns den Homer gelesen hat, sein Bart war lang und grau – sicher hat er nie Sehnsucht gehabt nach dem weinfarbenen Meer... Der Atlantik ist nicht weinfarben, nicht einmal wenn ihn die untergehende Sonne bescheint... Ich gebe zu, es war eine Verrücktheit, mich in einem einsamen Boot aufs Wasser hinauszuwagen, ich, der ich das Segeln auf dem Genfer See erlernt hatte. Gewiß, ein wenig hatte ich geübt, Proviant hatte ich mitgenommen für zwei Monate... Aber dann kam der Sturm, er war schön, gewiß, er war sehr schön – aber ich wurde schwach, bekam Fieber... Ich will Ihnen nicht all meine Leiden aufzählen, ich war nach Süden abgetrieben worden, und halb bewußtlos wurde ich an eine Insel gespült. Graziosa hieß sie, wie ich später erfuhr, und sie gehört zu den Azoren. Dort traf ich Nausikaa zum ersten Male, aber ich war noch kein Odysseus... Ich war jung, sehr jung, obwohl ich älter aussah – der Bart war mir gewachsen auf meiner verrückten Reise. Ich wurde an Land gespült, mein kleines Segelboot ging in Brüche, ich lag im Sand und streckte sicher die Zunge heraus wie ein durstiger Hund. Durst hatte ich, das kann ich Ihnen restlos bestätigen, jawohl mein Herr, und der Durst war so stark, daß ich an nichts anderes denken konnte, als an Wasser und wieder Wasser...

Finden Sie diesen Vouvray nicht ausgezeichnet? Auf Ihr Wohl, mein Herr, auf dein Wohl, Berthe, mein Kind... Und vergessen Sie nicht, mein Herr, daß ich zehn Prozent von jeder Flasche erhalte... Wir wollen noch eine bestellen. Es dauert noch zwei Stunden, bis die Putzfrau kommt, dann gehe ich am liebsten heim, jetzt steht der Nebel schon dick in den Straßen, ich werde das erste Métro nehmen und heimfahren und schlafen. Heimfahren zu Nausikaa, denn, um die Pointe vorwegzunehmen, später habe ich die zweite Nausikaa getroffen und sie geheiratet – eben weil ich keine Penelope daheim hatte und keinen göttlichen Schweinehirten...

Graziosa hieß die Insel, und der mich fand, war ein kleiner Plantagenbesitzer. Er hatte Reben und Ananas, er exportierte brav und fleißig, er tyrannisierte die andern Bewohner der Insel – er hatte sich das Exportmonopol gesichert... Glauben Sie nicht auch, daß jener Vater der Nausikaa, der König der Phäaken, etwas Ähnliches gewesen ist? König? Was waren damals schon Könige? Großbauern wahrscheinlich, schlau, wie unsere Bauern... Und sie trieben Handel, verkauften ihre gemästeten Kälber, vielleicht exportierten sie Pferde und Wein nach Ithaka... Sie hatten Sklaven und Diener, sie hatten sicher auch Mißernten, und ich bin überzeugt, es gab bei ihnen auch Krisenzeiten und eine soziale Frage... Aber Homer erzählt uns leider nichts davon...

Der Bauer, der mich fand, der ungekrönte König der Insel, hatte nur eine Tochter. Sie war sechzehn Jahre alt, trug lange schwarze Zöpfe, und dazu waren ihre Augen blau... Ich blieb auf der Insel zwei Monate, ich zeichnete Nausikaa, und Nausikaa liebte mich... Nein, das ist keine Eitelkeit. Zeigen Sie mir ein junges, naives Mädchen, das sich nicht in einen weitgereisten Mann verliebt... Viele sind nicht einmal so erpicht auf Tenöre, glauben Sie mir... Giganten der Landstraße und des Meeres sind ihnen manchmal lieber... Mein Gott, eine alte Wahrheit! Junge Mädchen lieben die Liebe, und sie haben Sinn für Heldentum, auch wenn das Heldentum uns ein wenig abgeschmackt vorkommt. Schelten Sie sie darum nicht... Berthe, mein Kind, du bist müde, der Rauch brennt dir in den Augen, laß deine Lider darüber fallen und lehn den Kopf an die kräftige Schulter des Herrn, der uns diesen Abend schenkt... Aber bleib noch ein wenig bei uns. Ich brauche deine Gegenwart, und meine Worte klingen besser, wenn du auch flüchtig nur ihnen lauschest.

Ich hätte sie heiraten können, die kleine Nausikaa auf der Insel Graziosa, dann wäre ich der Nachfolger geworden des ungekrönten Königs, hätte das Exportmonopol geerbt... aber wahrscheinlich wäre ich schon lange vorher in der fruchtbaren Erde der Insel begraben worden. Am Ende der ersten Woche schon, kaum erholt, mußte ich einige portugiesische Jünglinge verboxen, und ich war froh, daß ich oft die Schule geschwänzt hatte, um boxen zu lernen. Ich hatte einen guten Schlag mit der linken Hand – der mir oft zustatten gekommen. Aber diese Portugiesen kamen gleich mit dem Messer – das war ungemütlich. Mein rechter Unterarm war gewöhnlich verbunden. So war ich froh, daß ich mich einmal auf einem Schiff des Königs von Graziosa verstecken konnte, das nach Vigo fuhr. Nausikaa weinte nicht, als ich Abschied von ihr nahm. Übrigens, ich weiß gar nicht mehr, wie sie in Wirklichkeit hieß...

Trinken wir noch eine Flasche? Bleiben Sie ruhig sitzen,

sonst stören Sie Berthe, das arme Kind. Wissen Sie, daß dieses kleine Mädchen sehr tapfer ist und dazu noch »honnête«, wie wir hier sagen? Unglaublich, aber wahr. Die Stammgäste haben sie lieb. Man kann sprechen mit ihr, sie ist klug, das Kind, und es gibt immer noch Männer, die solche Eigenschaften zu schätzen wissen. Wenn manchmal ein Mann, ein Betrunkener meistens, allzu zudringlich wird, flüchtet das Kind zu mir. Ich habe auch hier schon boxen müssen, der Patron war wütend, fast hätte er mir sein Lokal verboten, aber dann hat er es sein lassen. Ich bin so etwas wie eine Attraktion, eine bescheidene natürlich. Und manchmal kann ich Betrunkene sogar ohne Uppercut beruhigen... Das sind ganz wertvolle Kenntnisse, glauben Sie mir, in solch einer Umgebung...

Gunumai se anassa... Ich knie vor dir, o Jungfrau, seist göttlich du oder sterblich... Warum kann ich diese Hexameter nicht mehr vergessen? Neunundneunzig von hundert lesen sie in der Griechischstunde, neunundneunzig vergessen sie, und beim Hundersten klingen sie nach, ein Leben lang, bestimmen das Leben, biegen es ab. Mein Lehrer, sein Bart war lang und grau, nicht kurzgelockt wie der meinige, er trug kleine Ziffern in sein Büchlein ein, und mir gab er einmal eine Sechs, das war die beste Note, weil ich die Stelle auswendig gelernt hatte, jene Stelle, die beginnt: Gunumai se anassa... Anassa! Wieviel schöner ist das Wort als unseres: Jungfrau! Vièrge, Virgo, die Worte der anderen Sprachen, sie sind alle dumpf, sie haben nicht das Königliche, den weitschreitenden Gang wie das alte griechische ›Anassa‹...

Damals bin ich glücklich in Vigo angekommen. Den Magen hatte ich mir ein wenig verdorben... Zu viele Ananas, zuviel süßer Wein... Was wieder ein Beweis ist, daß sogenannte Delikatessen eigentlich verflucht langweilig und ungesund sind, so für den täglichen Gebrauch. Wie Ihnen auch dieser exzellente Vouvray verleidet würde, müßten Sie ihn jeden Tag zum

Mittag- und Abendessen trinken... Wie Ihnen jede schöne Frau endgültig unerträglich wird, sobald Sie sie geheiratet haben... Eine Ehe... Wissen Sie, eine Ehe ist eine komplizierte Sache. Penelopen sind selten, aber Penelopen sind unersetzlich. Sie können stricken und nähen, sie können braten und einen Haushalt führen... Sicher war Penelope nicht schön, und wenn die Freier so zudringlich wurden, so war es wohl nur, weil sie die Frau des Odysseus für eine reiche Witwe hielten. Aber Penelope hatte ihren Mann gern, solche Frauen sind immer treu, von einer guten, warmen Treue, sie wissen zu schweigen, sie sind anspruchslos, sie wollen nicht immer Romantik und Heldentum, sie sind zufrieden mit wenigem, und vor allem, sie haben Sinn für Humor. Nausikaa, so sehr ich sie verehrt habe in meiner Phantasie, Nausikaa, mein Herr, ist Romantikerin. Und bekannt dürfte es ein, daß Romantiker weiblichen und männlichen Geschlechts keinen Sinn für Humor haben. Sie wollen Steigerung, sie wollen das Absolute – mein Gott, das Absolute! Als ob es so etwas gäbe im menschlichen Leben! Ich habe Nausikaa geheiratet – und...

Nein, es ist keine Barphilosophie, die ich Ihnen hier auftische. Glauben Sie, ich hätte es einmal zustande gebracht, meine Frau zum Lachen zu bringen? Niemals. Und eine Frau, die nie lacht!... Sie hat damals gemeint, sie heirate ein Ideal, einen göttlichen Dulder, und ich bin nur ein einfacher Mensch, der durch den Krieg einen kleinen Knacks bekommen hat, eine gewisse Wandersucht... Ich bin ein harmloser Mensch, trotz all meinen scheinbar romantischen Erlebnissen... Ich konnte gut erzählen, und ich erzählte ihr mein Leben, so wie sie es wünschte dargestellt zu hören... Denn wir passen uns ja immer unwillkürlich unserem Zuhörer oder unserer Zuhörerin an. Und das ist ein Fehler, ein großer Fehler...

Ich habe ihr vom Amazonenstrom erzählt und von einem Ameisenvolk, das alle Gesetze der Strategie kannte, besser als die Indianer – gegen die Indianer konnten wir uns wehren, aber die Ameisen haben uns gezwungen, den Rückmarsch anzutreten… ich habe ihr erzählt von einem Flug über den Atlantik – natürlich mißlang er, genauso wie meine Segelbootfahrt, ein anderer hat ihn dann ausgeführt – was wollen Sie, ich bin der Vorläufer, und Vorläufer sind die Sündenböcke der Erfolgreichen, sie nehmen das Pech auf sich, um es von den Erfolgreichen abzuwenden. Es gibt auf der Welt nur ein gewisses Quantum Pech, ist dieses verbraucht, so steht dem Erfolg nichts mehr im Wege. Zu bedauern sind die Pechvögel, aber sie sind notwendig. Gewöhlich feiert man sie nach einigen hundert Jahren, aber was nützt es diesen armen Teufeln…

Vor diesem Flug über den Atlantik habe ich etliches unternommen, das dürfen Sie mir glauben. Ich kenne das Riff, ich kenne Borneo, ich habe versucht, die Wüste zu durchqueren, mit einem kleinen Auto, das ich selbst entworfen hatte – Citroën hat mir dann meine Erfindung gestohlen, und er ist mit einer Kolonne bis Timbuktu gekommen…

Dann mißlang mir der erste Flug, ich stürzte ins Wasser. Aber diesmal war keine Graziosa in der Nähe, ich war weit nach Norden abgetrieben worden, so nahm mich eine Fischerbarke auf. Wie ich das Geld aufgetrieben hatte zu all diesen Unternehmungen? Ich weiß es heute selbst nicht mehr. Ich habe es immer gefunden. Freunde, die mir glaubten, Zeitungen, die Vertrauen hatten… So durfte ich den Flug zum zweiten Male wagen… Mit technischen Einzelheiten will ich Sie verschonen. Es kam wieder ein Sturm, der mich bedenklich an jenen Sturm erinnerte, der damals mein kleines Boot so schlecht behandelt hatte und all mein Süßwasser ausgetrunken hatte… Ich fiel wieder ins Meer, und ich hatte Glück im Pech. Denn es war an einer Stelle, die auf der Route der großen Luxusdampfer lag. Und solch ein »schwimmendes Hotel«, wie man diese Schiffe in der blumenreichen Sprache der Zeitungen nennt, fischte mich halb verhungert auf. Ich war natürlich ein Held und wurde als solcher behandelt. Wenn Sie wüßten, wie langweilig Heldenverehrung für die Helden selber ist! Ich bin ein einfacher Mensch, ich trinke gern einen guten Tropfen Wein, ich esse mit Behagen Chateaubriand aux pommes oder Homard à l'américaine, und wenn ich mein ganzes Leben lang versucht habe, verrückte Sachen auszuführen, so war es ganz sicher nicht um der Sensation oder des Heldentums willen, sondern einfach weil ich keine andere Möglichkeit fand, mein Leben zu fristen. Ich fristete buchstäblich mein Leben, indem ich es aufs Spiel setzte. Und ich versichere Ihnen, daß fünfundneunzig Prozent – übrigens sehen Sie an meiner Vorliebe für Prozentrechnung, daß ich eigentlich ein mißratener Kaufmann bin –, daß fünfundneunzig Prozent aller sogenannten Helden – als da sind: Rennfahrer, Flugkünstler, Forschungsreisende, Rekordschinder – Menschen sind, die Angst vor der Arbeitslosigkeit haben...

Sie hören, ich schweife ab, nur um dem Zwang zu entfliehen, Ihnen meine traurige und groteske Geschichte zu erzählen. Traurig und grotesk ist sie nämlich, wie alles im Leben, und nur Dichter verstehen es, das Traurige und Groteske so zu komponieren, daß es schön wirkt und versöhnlich. Ich bin kein Dichter...

Ich wurde also als Held gefeiert auf jenem Schiff. Es war ein großes deutsches Schiff, es gab viele Passagiere darauf, und ein reicher Herr zahlte meine Überfahrt. Ich erhielt eine Luxuskabine... Aber nicht das wollte ich Ihnen erzählen. Als ich aufgefischt wurde (ein Matrose war ins Wasser gesprungen, um einen Strick um mich zu schlingen, ich war so schwach, daß ich mich nicht hätte halten können – denken Sie, zwei Tage in einem Rettungsring, und das viele Salzwasser, das ich geschluckt hatte...), als ich endlich an Bord gezogen wurde, sah ich wohl nicht viel anders aus als der göttliche Dulder Odysseus. Ich war fast nackt, mein Unterhosen waren zerfetzt, mein Hemd hatte keine Ärmel mehr, ich hatte das Bewußtsein verloren… Als ich die Augen aufschlug, lag ich auf den harten Planken des Decks, und ein Matrose schien meine Arme für Brunnenschwengel zu halten. Er pumpte ununterbrochen. Es war heller Tag, eine ganz freundliche Sonne schien mir in die Augen, ich schloß sie halb, weil das Licht mich blendete. Da hörte ich Schritte, die näher kamen. Ganz deutlich das Klappern hoher Stöckelschuhe. Und als ich die Augen aufmachte, den Kopf zur Seite wandte, der Richtung zu, aus der die Schritte kamen – sah ich Nausikaa… Sie trug ein kurzes weißes Kleid, einen Chiton, ihr Haar war blond und bedeckte gerade den Nacken, ihre Beine waren sehr gerade, sie trug keine Strümpfe, nur weiße Stöckelschuhe… Diese Schuhe störten mich – Nausikaa hat sicher Sandalen getragen. Aber dies war auch das einzige Störende… »Gunumai se ansassa«, flüsterte ich, und ich war wieder ein Gymnasiast und ein Romantiker. Denn Romantik ist eine Pubertätserscheinung, und es gibt Menschen, die ihr Leben lang nicht aus der Pubertät herauskommen… Ich hatte gedacht, ich sei von dieser Kinderkrankheit endgültig kuriert, nach dem Erlebnis auf Graziosa… Aber wer von uns wird jemals vollständig immun sein gegen gewisse Krankheiten?

Sie hieß Dora, und schon der Name hätte mich stutzig machen sollen. Sie pflegte mich, wie sicher Nausikaa den göttlichen Dulder gepflegt hatte. Und sie hielt mich für einen Heros, für einen Übermenschen, für einen Mann auf alle Fälle, der Übermenschliches geleistet hatte. Und ich hatte den Flug doch nur gewagt (um ganz ehrlich zu sein), weil er mir alles in allem wohl eine halbe Million Dollar eingebracht hätte, und damit hätte ich meine Schulden bezahlen können… Aber versuchen Sie einmal zu widerstehen, wenn eine Frau Sie anbeten will... Sie lassen es sich gefallen, Sie zitieren Homer, plötzlich sind Sie in eine ganz literarische Situation verstrickt, und wenn eine Situation einmal literarisch wird, dann sind Sie rettungslos verloren... Die Literatur macht es sich so einfach. Da gibt es wenig tägliche Sorgen, und wenn einer Schulden hat, gewinnt er das große Los oder begeht Selbstmord – zwei schöne, endgültige Lösungen, nach denen der Roman schließen kann...

Mein Roman läuft weiter, und es ist kein Roman mehr. Es ist alltägliche Wirklichkeit, und die ist schwerer zu formen. Jawohl...

Und doch, beachten Sie einmal, wie klug das Leben im Grunde ist. Es hat mich gewarnt, es hat mir gezeigt, wie kitzlig im Grunde diese ganze Nausikaa-Situation war (entschuldigen Sie den Ausdruck). Das Leben, es hatte mich einmal an die Insel Graziosa gespült, hatte mir deutlich gesagt: Hier hast du das Glück, das du ersehnst, hier hast du die kleine Königstochter und den Vater, der König ist. Und zugleich hatte es mir eine Lektion erteilt – das Leben, Messerstiche, Eifersucht der Bevölkerung, so, als wolle es sagen: Es ist aussichtslos, das Ganze, sobald man nicht eine Penelope daheim hat, die jede Nausikaa-Verführung neutralisiert. Ich hätte mich nach einer Penelope umtun sollen, aber ich war immer gehetzt... Das ist wohl meine Entschuldigung, bleibt wohl meine Entschuldigung... Ein gescheiter Kerl war Odysseus. Er beugte sich vor. »Nur keine Sentimentalitäten!« sagte er, und schlau, wie er war, pries er den am glücklichsten – makartatos exochon allon –, der durch die Gabe reicher Brautgeschenke Nausikaa in sein Haus werde führen können... Mit reichen Brautgeschenken... Nausikaa war schon reich, aber ihr Zukünftiger mußte auch Geld haben. Und Odysseus war ein Schiffbrüchiger, der nicht einmal ein Hemd hatte... Das konnte nicht gut kommen...

Auch ich war ein Schiffbrüchiger, auch ich hatte kein Hemd... und Dora war reich. »Es wird für uns beide langen«, sagte sie, »mein Vater hat Geld...« Er war nicht gerade reich, er war wohlhabend, ein Weinhändler aus der Provence, der in Paris ein kleines Vermögen erworben hatte und eine Schwedin geheiratet hatte – darum waren Doras Haare blond...

Ich bin von Nausikaa geheiratet worden... Das ist ein trauriges Los. Ich werde nie mehr meine Penelope finden. Sie werden es mir erspraren, Ihnen unsere Verlobungszeit zu schildern... Ich spielte meine Rolle gut, nur allzu gut. Der Vater war dagegen, die Mutter war dafür... In New York haben wir uns trauen lassen... Der Vater bezahlte meine Schulden. Dann sollte ich noch einmal versuchen, den Ozean zu überqueren. Aber ich hatte genug und drückte mich. Das war die erste Enttäuschung für Dora-Nausikaa... Wir kehrten nach Frankreich zurück. Der Vater verlor sein Geld in einem Schwindelunternehmen. Ich sollte Arbeit suchen...

Wissen Sie, solange man allein ist und einem Traum nachjagt, ist man fähig, etliche Verrücktheiten zu begehen – um Geld zu verdienen? Um Nausikaa zu finden?... Aber wenn Sie einmal mit Nausikaa verheiratet sind, ist der Traum zu Ende. Sie kann nicht einmal ein Beefsteak ordentlich braten! Und Nausikaa konnte Wäsche waschen. Ich gebe meine Smokinghemden in eine Wäscherei. Der alte König säuft, die alte Königin ist recht lieb zu mir, sie braut mir jeden Abend einen starken Kaffee, das kann sie... Und Nausikaa? Nausikaa verwelkt und liest Alexandre Dumas, Victor Hugo und Musset. Den *Grafen von Monte Christo* hat sie schon dreimal gelesen... Und Blicke wirft sie mir zu! Verstehen Sie jetzt, daß ich lieber in einer Bar sitze und Fremde abkonterfeie? So geht die Nacht herum... Am Tage schlafe ich. Man kann mir daheim nicht viel vorwerfen... Ich bringe Geld, nicht viel, es langt gerade... Und dann hab ich ein paar gute Kameraden, Flieger, die manchmal hierherkommen, und kleine Freundinnen, in allen Ehren natürlich, wie Berthe zum Beispiel – ich bin kein Schürzenjäger… Man arrangiert sich sein kleines Leben, es ist nicht mehr heroisch, es ist still geworden… Die Menschen sind interessant, besonders wenn sie sich zeichnen lassen oder wenn man sie beobachten kann, welche Mühe sie sich geben, lustig zu sein, wenn sie sich einmal vorgenommen haben, sich zu amüsieren…

Berthe, mein Kind, wach auf. Dein Kopf war sicher den starken Schultern des Herrn ein leichtes Gewicht. Aber nun will er heim… Ich werde dich bis zur Metro begleiten, und wir fahren zusammen bis Denfert-Rochereau. Dort muß ich umsteigen, und du fährst weiter.

Und Ihnen, mein Herr, danke ich für das freundliche Zuhören. Hier ist Ihr Porträt, es kostet hundert Franken, was in der Währung Ihres Landes nur wenig macht. Und morgen werde ich die zehn Prozent beim Wirt einziehen, die zehn Prozent, die ich von unseren geleerten Flaschen zugute habe… Die Putzfrau erscheint. Louis, der Herr will zahlen, er ist ein nobler Herr, du wirst zufrieden sein, Louis…

Und dann, mein Herr, vergessen Sie nicht, Berthe ein kleines Geschenk zu machen. Sie hat bei uns ausgeharrt – ein Mädchen hat an Ihrer Schulter geschlafen, diese Augenblicke werden eine schöne Erinnerung für Sie sein, Sie werden an Paris nicht als an einen Ort des Lasters denken… Glauben Sie mir, die zarten Erinnerungen sind die schönsten…

Und Sie werden zurückkehren zu Ihrer Penelope. Denn dies sehe ich Ihnen an. Sie haben eine Penelope gefunden. Halten Sie sie fest, auch wenn Sie sie manchmal langweilig finden, auch wenn Sie sich sehnen nach Abwechlung, nach einer… einer Nausikaa. Seien Sie dankbar, mein Herr, dankbar dem Schicksal, dankbar dem Leben. Sie haben die Sicherheit – auch wenn es Ihnen einmal schlechtgeht – jemand wird Ihnen zur Seite sein, der mit Ihnen steht und fällt... Das ist viel, mein Herr, glauben Sie mir das, und dies ist die »moralité« meiner Geschichte...

Denn, mein Herr, ich bin ein Moralist, ich kenne mich ein wenig aus in den Menschen. Sie traten so unternehmungslustig in dies Lokal. Sie wollten sich eine vergnügte Nacht leisten, mein Herr, einen kleinen Seitensprung. Die Frau wird es nie erfahren, dachten Sie. Penelope sitzt daheim und hütet Telemachos. Ich bin noch jung, dachten Sie, Abwechslung muß sein. Und Sie suchten mit den Augen nach einem hübschen Gesicht...

Nun, mein Herr, ich habe mich an Sie herangemacht. Ich habe Sie gezwungen, mir Porträt zu sitzen, ich habe Sie mit Berthe, dem Kinde, tanzen lassen, denn ich kenne Berthe, sie ist lieb und gut, sie kann reden, aber sie ist ungefährlich, wie jedes Mädchen, das daheim Kummer hat... Und dann habe ich Sie festgehalten, die ganze lange Nacht... Danke, Paul. Geben Sie Paul, dem Chasseur, auch ein Trinkgeld, er ist sechzehn Jahre alt und müde, siehst du, Paul, das ist ein nobler Herr, schlaf wohl, mein Junge... Sagte ich Ihnen nicht, daß der Nebel dicht sein wird in den Straßen... Wünschen Sie ein Taxi?... Hole dem Herrn ein Taxi, Paul... Die ganze lange Nacht habe ich Sie festgehalten mit meiner Erzählung von Nausikaa, und Sie haben gut zugehört... Und glauben Sie, ich hätte dies getan, um hundert Franken für meine schlechte Zeichnung herauszuschinden? Weit gefehlt, mein Herr. Ich habe es getan, um Ihrer Penelope einen kleinen Dienst zu erweisen... Sie sind kein Odysseus, Sie sind ein seriöser Herr, Sie sollen seriös bleiben... Es klingt reichlich moralisch, ich weiß es. Aber glauben Sie, Ihre Frau hätte nichts gemerkt? Penelopen haben den Fehler, klug zu sein. Sie hätte es erraten, sie hätte nichts gesagt, aber sie hätte gelitten, mit einem kleinen Lächeln in den Mundwinkeln... Sie saß den ganzen

Abend neben Ihnen, haben Sie das nicht bemerkt? Ich habe sie gesehen, Ihre Penelope, sie hat große Augen, sie ist nicht schön, ihre Freundinnen behaupten, sie hätte Kuhaugen, und vergessen, daß Juno, die große Göttin, bei Homer immer die Kuhäugige heißt, was sicher ein Kompliment war... Hier kommt Ihr Taxi, mein Herr, steigen Sie ein. Ich will dem Chauffeur noch sagen... Hören Sie, Jean, überfordern Sie den Herrn nicht. Er ist ein Freund von mir... Wissen Sie, ich kenne alle Chauffeure hier in der Gegend...

Und nun schlafen Sie wohl, mein Herr, gehen Sie morgen Ihren Geschäften nach, bringen Sie Penelope das Bild, das ich von Ihnen gezeichnet habe... Und grüßen Sie Madame sehr ehrfürchtig von einem, der auf Nausikaa hereingefallen ist...

Komm, Berthe, mein Kind, nimm meinen Arm. Willst du noch einen Kaffee?... Leben Sie wohl, mein Herr...

ROBERT WALSER

»Gibt es verkannte Dichter unter uns?«

Antwort auf eine Umfrage der »Neuen Zürcher Zeitung« (1926)

Was mich betrifft, so habe ich mich keineswegs über Verkanntheit zu beklagen. Ich kenne Leute, die sich nach mir sehnen. Individualitäten umwerben mich. Frauen von nicht zu mißverstehender gesellschaftlicher Bedeutung freuen sich, wenn ich nur in geringem Grad artig zu ihnen bin. Jeweilen frühmorgens erquickt sich meine Daseinslust an feinstem holländischen Kakao. In meinen Schränken liegen nicht die besten, aber bekömmlichsten Weine. Meiner Meinung nach werden die Dichter im großen und ganzen nur beinahe zu gern und zu rasch anerkannt. Infolgedessen bekommt man sie dann satt. Mich laden Mädchen zum Tee im sonnigen Freien ein, stellen mich ihren Müttern vor, schreiben mir schmeichelhafte Briefe, die die Schubladen meiner Ziertische mit ihren Zartheiten schmücken. Man gibt sich um mich die erdenklichste Mühe. Um geschmackvoll zu bleiben, spiele ich den Gleichgültigen und erscheine undankbar. In dem Grade, wie ich mit meiner Anerkanntheit zufrieden bin, wünschte ich meinen Kollegen ähnliches. Meine Verleger teilen mir mit, sie seien entzückt von mir. Sie hoffen in einem fort das beste, und ich verhindere sie nicht an der Ausgestaltung der vorzüglichen Meinung, die sie sich über mich bildeten. Anderseits unterstütze ich sie aber auch darin nicht. Meine dichterischen Produkte reisen munter und zirkulieren unentwegt durch die Presse. Hie und da fliegt mir ein Goldvögelchen aus blasser und unbekannter Hand zutraulich zu. Täglich beschäftigt mich irgendein Problem. Allgemein gesprochen halte ich nichts für so gesund als eine kräftige Portion Verkennung, die gewiß auch Nachteile haben mag, aber aus fröhlicher Verarbeitung dessen, was nachteilig ist, wächst Vorzügliches.

Walser über Walser

Hier können Sie den Schriftsteller Walser sprechen hören.

An Herrn Walser, den Schriftsteller!

So lauten Adressen von an mich gerichteten Briefen, als wollten mich gewisse, um mich besorgte Leute an mein Schriftstellertum mahnen.

Schläft sie etwa in mir, die Schriftstellerei?

Wollen mich Wohlwollende etwa wecken?

Als ich zum Beispiel einst den »Gehülfen« erlebte, schlief der Schriftsteller Walser zunächst auch. Sonst wäre ich ja ein unnatürlicher Gehilfe gewesen.

Um »Geschwister Tanner« zu schreiben, bedurfte es langen Gewartethabens, was natürlich unbewußt stattfand. Ich würde einen Schriftsteller eher an den Menschen als an den Schriftsteller erinnern. Die Schriftstellerei stammt ja aus dem Menschlichen.

Mir sind Menschen bekannt, die der Meinung sind, es werde zu viel geschriftstellert. Wie zum Beipiel auch zu viel gemalt wird.

Ich bin auch dieser Meinung, und daher beunruhigt mich

der scheinbar zur Zeit schlafende Schriftsteller Walser keineswegs. Mich freut vielmehr sein Verhalten.

Als ich in Wirklichkeit »Gehülfe« war, hatte ich da eine Ahnung, daß aus diesem Stück Erleben ein »Wirklichkeitsroman«, also aus dem wirklichen Wirken ein schriftstellerisches entstehen würde? Nein, keine Spur.

Walser lebte damals auch schon, schlief auch schon, schrieb auch schon denkbar wenig. Aber weil er sich dem Erleben uninteressiert hingab, d. h. unbekümmert um Schriftstellerei, will also sagen, noch nichts schrieb, so schrieb er seinen »Gehülfen« Jahre später, d. h. nachher. Er kam deshalb nicht vor unbefriedigter Buchherausgabelust um.

Alles was Schriftsteller Walser »später« schrieb, mußte von demselben »vorher« endlich erlebt werden.

Kann ein Mensch, der nicht schriftstellert, morgens überhaupt seinen Kaffee trinken?

Ein solcher wagt kaum zu atmen!

Und dabei spaziert Walser täglich jeweilen noch ein Stündchen, statt sich sattzuschreiben. In seiner Natürlichkeit findet er Vorwände, Serviertöchtern beim Tischdecken behilflich zu sein. Warum erlebte Walser einst allerlei?

Weil der Schriftsteller fröhlich in ihm schlief, ihn also am Erleben nicht hinderte. Er meint daher, man täte gut, ihn in einer breitangelegten Ahnungslosigkeit zu lassen, und er bittet Besorgte um etwa zehn Jahre Geduld, indem er seinen Kollegen allen erdenklichen Erfolg wünscht. Warum läßt Walsers Ruhm jeden andern weniger kühl als ihn selbst?

Als ich zum Beispiel »Die Geschwister« schrieb, wie unberührt von Berühmtheit war ich da! Wäre ich schon berühmt gewesen, so wäre das Buch nicht zur Welt gekommen.

Ich wünsche also unbeachtet zu sein. Sollte man mich trotzdem beachten wollen, so werde ich meinerseits die Achthabenden nicht beachten. Die Niederschrift meiner bisherigen

Bücher war keine erzwungene. Ich meine, daß Vielschreiben noch nicht ein reiches Schrifttum ausmacht. Möge man mir nicht mit den »früheren Büchern« kommen! Man überschätze sie nicht, und den lebenden Walser wolle man nur versuchen, zu nehmen, wie er sich gibt.

Lebenslauf 1929

Ich wurde in Biel, Kanton Bern, geboren, wo ich das Progymnasium besuchte, das ich mit vierzehn Jahren verließ. Die Lehrzeit auf der Kantonalbank in besagter Stadt nahm drei Jahre in Anspruch. Bis zum dreißigsten Jahre blieb ich als kaufmännischer Angestellter in diversen Handelsinstituten tätig, wonach ich in Berlin ernsthaft zu schriftstellern begann, indem ich Bücher schrieb, die von einem Verleger zur Veröffentlichung angenommen wurden, der mir Vorschüsse zahlte, damit ich fortfahre, mich literarisch zu beschäftigen. In Berlin blieb ich so lange, bis ich zur Einsicht gelangte, daß es für mich vielleicht vorteilhaft sein könnte, in die Schweiz, das heißt nach Biel zurückzukehren, wo ich angenehme Erfahrungen mit Spazierengehen machte, indem ich jeweilen über diese Art von Lebensweise so poetisch wie möglich Bericht ablegte. Seit etwa sieben Jahren bewohne ich Bern. Ich bin nicht sehr in der Stimmung, mich schreibend zu äußern, glaubte jedoch dem Wunsch der Anstaltsleitung, einen Lebenslauf zu verfassen, Folge leisten zu sollen, was ich hiermit tat.

Spaziergang (I)

Ich habe einen wohligen, kleinen, appetitlichen Spaziergang gemacht, leicht und angenehm wickelte er sich ab. Ich ging durch ein Dorf, dann durch eine Art von Hohlweg, dann durch einen Wald, dann über ein Feld, dann wieder durch ein Dorf, dann über eine eiserne Brücke, unter welcher der breite, sonnige, grüne Strom vorüberfloß, dann den Strom langsam entlang und so fort, bis es Abend wurde. Doch ich muß wieder zu dem Wald zurückkehren. Übrigens werde ich sehr wahrscheinlich auch über die Brücke noch etwas zu sagen haben. Im Wald war es so heilig-still, so feierlich, und als ich aus dem feuchten, dunkelgrünen Tannenwald herauskam, sah ich am Rand des Waldes zwei Kinder, die Holz zusammengelesen hatten, und die so helle Gesichter und Arme hatten. Die Wintersonne warf einen milden, goldenen Wunderglanz über den Feldhügel, über grüne Wiesen und dunkelbraunes Ackerland. Kahle, schwarze Bäume standen in der Sonne. Da sah ich, indem ich so ging, ein neues Kindergesicht, ein süßes, welches mich anlächelte. Und dann kam ich, wie gesagt, zu der Brücke, die ganz im Golde und im Silber der Sonne schimmerte und zuckte. Wonnig und großartig floß das Wasser unter der Brücke. Später, im Feldweg, begegnete mir eine Frau, deren ich mich darum erinnere, weil sie mich so freundlich grüßte. Da dachte ich: »Welch ein Vergnügen ist es doch, unter Menschen sein zu dürfen.« Die Häuser am anderen Ufer des Flusses standen so schön, so frei auf der grünen Anhöhe, und die Fenster waren voll gelben Schimmers. Eine Schar Vögel flog in den brennenden Abendschimmer hinein. Ich verfolgte mit meinen Augen die Kette, bis sie verschwand. Eine Seite der Welt war ruhig und warm und dunkel, die andere war kalt und goldig und schimmernd-hell. Ruhig, Schritt für Schritt, ging ich weiter, bis ich einbog ins Land. Alsdann sah ich einige Leute, eine Frau und ein Kind unter abend-schwärzlichen Bäumen. Ihre Augen sahen mich so fragend an. Dann ging ich neben einem Haus vorbei, das ganz allein und auf freiem weiten Felde stand, ein zierliches, wunderseltsames altes liebes Gärtchen davor oder daneben. Das Gärtchen umzäumt von einer wunderlichen, phantastischen Hecke. Nun wurde mir mit einem Mal alles zu Traum, Liebe und Phantasie. Alles, was ich jetzt anschaute, nahm große und hohe Form an. Die Gegend selber schien zu dichten, zu phantasieren. Sie schien über ihrer eigenen Schönheit zu träumen. Das Land war wie versunken in ein tiefes, musikalisches Denken. Ich blieb bezaubert von der Schönheit, die mich umgab, stehen und schaute mich aufmerksam nach allen Seiten um. Es war Abend geworden, das Grün sprach eine herrliche abendliche Sprache. Farben sind wie Sprachen. Dem Haus, bei dem ich stand, hing das Dach in die Fenster hinab wie eine Kopfbedeckung in die Augen. Sind nicht die Fenster die Augen der Häuser? Ich mußte jetzt zum Halbmond hinaufblicken, der hoch über dem Waldberg stand. Wundersam war es mir, zu sehen, wie die dunkle Erde so warm, so gesellig, so wohlig-ruhig dalag, und wie der Mond da oben in der schimmernd-blassen und kalten Himmelseinsamkeit schwebte und glänzte. Seine Farbe war ein scharfes, eisigkaltes Silbergrün. Göttlich schön und unaussprechlich dunkel stand der Wald mit seinen reizenden Tannenspitzen unter dem graziösen Herrscher, dem herrlichen Mond. Ich kam an einem anderen Haus vorüber, eine Frau stand an der Tür, und ein Kätzchen kauerte neben ihr. Ich ging mit meinen Gedanken in das Haus hinein und blieb mit ihnen darin wohnen. »Wie sind Menschen und Häuser einander ähnlich«, sagte ich murmelnd zu mir selber. Dunkler und dunkler wurde es. Abende sind Gottheiten, und am Abend ist man wie in einer süßen, hohen, wehmutreichen Kirche. Am blassen

Himmel stand jetzt ein feuriges, süßes Rot. Es war, als sei der Himmel eine Wange, die vor Glück und vor Seligkeit erglühe. Ein Bauernbursche führte eine braune Kuh neben mir vorüber. Die kleinen Dorfkinder sagten gar wunderschön aus dem zunehmenden Abenddunkel heraus guten Abend. Alle Gesichter waren rötlich angeglüht vom rosig-glühenden Abendrot. Schon zeigten sich die Sterne. Da war gerade das Wirtshaus am Weg. Ich ging hinein.

Wie immer

Die Lampe ist noch da,
der Tisch ist auch noch da,
und ich bin noch im Zimmer,
und meine Sehnsucht, ah,
seufzt noch wie immer.

Feigheit, bist du noch da?
und, Lüge, auch du?
Ich hör' ein dunkles Ja:
das Unglück ist noch da,
und ich bin noch im Zimmer
wie immer.

Wenn Schwache sich für stark halten

Selten ließ sie mich zu einem Wort kommen; wenn ich eines aussprach, achtete sie gar nicht darauf. Vielleicht hat sie mich von jeher absichtlich vernachlässigt, weil sie mich glücklich sah. Meine Augen mußten mich ihr verraten. Schon zu Anfang meiner Beziehung zu ihr, die seltsam ist, schenkte ich ihr Veilchen. Sie ließ sie zu Boden fallen, ich flink wie ein Wiesel auf das Fallengelassene zu, sie hielt die Hand, die schöne, still dar, damit ihr das Bouquet zum zweitenmal überreicht werde, und küßte, küßte? Nein, berührte bloß, berührte? wiederum nein, atmete bloß heiß und dumm, man ist immer dumm, wenn man heiß ist, ihre Finger an. Oh, ich war selig: die Finger, in die ich hineindrückte, was da duftete und mich einige Rappen gekostet hatte, die blöden Blümchen, denen ich an Blödigkeit und treulicher Liebhaberei glich. Ich duftete wohl selber auch vom Duft und von Wünschen, ewig dem Mädchen lustig, knabenhaft zu dienen und für die Dienste halbe oder ganze Schalksmienen zum Dank einzustecken. Es war etwas Liebes, Spitzbübisches an ihr, und ich liebte beide Teile; beides Wesentliche floß für mich in eines und blieb fortan in meiner armen Teufelsseele bildlich-unzertrennlich, daß man mich hätte zerschneiden müssen, um den eingesogenen, eingefangenen Schatz hervorzugraben. Gerne, ach, zu gerne würde ich dieses mein Leben hingegeben haben, nur hielt ich es zum Aufopfern für zu schlecht. Wie gesagt, sie überließ mich im Salönchen meistens mir selbst. Einmal ließ sie ein Büchelchen Papier, Nötchen usw., fallen, ich raffte sie mit dem Mund, dem höchsteigenen, auf; sie lachte über meine Fertigkeit und über die Fröhlichkeit, die aus derselben zu ihr hinaufstrahlte, zu der Hohen, die sie mir war. Ich sollte doch nicht so dumm tun, sondern bedenken, daß mich Leute sähen, setzte sie mich zurecht. Sie schien mich gerne zu korrigieren; ich wieder war mit unvergleichbarer Lust der Korrigierte und Zurredegestellte. Da brachte ich geringer Mensch in abscheulich-altem Mantel ihr unversehens Juwelen. Das war ein Abenteuer! Ediths Augen glänzten im Entzücken und Entsetzen, voll Hochachtung vor mir und wieder mit unnennbarer Geringschätzung. Das Näschen rümpfend und mich mit herausfordernder Fraglichkeit betrachtend, nahm sie den Schmuck ohne jedes Lächeln und ersuchte mich, ihr die Rechnung vorzulegen, damit sie sähe, daß die Kostbarkeit bezahlt sei. Ich tat, was sie verlangte, und da war sie zufrieden, aber mehr mit sich als mit mir. Sie behandelte mich von da an liebloser, noch bedeutend schlechter als vorher. »Ob ich Ihnen wohl die Hand jetzt küssen darf«, wagte ich sie zu fragen. »Was bildet sich der Herr da ein«, war alles, was ich von ihr zu kosten bekam. Vor ihrem Blick schlug ich den meinigen nieder. Ich muß beifügen, daß ich die Demut zum Teil zu meinem Vergnügen nur spielte. Es war so süß für mich, sie so recht mutig, hochmütig zu machen. Man gönnt den Zarten gern das Glück, sich allerlei einzureden, an eine Stärke zu glauben, die sie nicht haben, die sie bloß vom Gutmütigen geborgt bekommen. Schwache sehen so hübsch in der Einbildung aus, sie seien die Starken. Edith »interessierte« mich einfach kolossal.

Liebe ist ein zu schönes Wort, als daß ich's leichtsinnig in den Mund nähme; ich möchte, was es bedeutet, lieber nur empfinden…

Der Dichter

Der Morgentraum und der Abendtraum, das Licht und die Nacht; Mond, Sonne und Sterne. Das rosige Licht des Tages und das bleiche Licht der Nacht. Die Stunden und die Minuten; die Wochen und das ganze liebe Jahr. Vielmals schaute ich zum Mond empor wie zum heimlichen Freund meiner Seele. Die Sterne waren meine lieben Kameraden. Wenn in die blasse kalte Nebelwelt hinab die Sonne goldig schien, wie freute ich mich da. Die Natur war mein Garten, meine Leidenschaft, meine Liebste. Alles, was ich sah, war mein eigen, der Wald, und das Feld, die Bäume und die Wege. Wenn ich in den Himmel sah, glich ich einem Prinzen. Aber das Schönste war der Abend. Abende waren mir Märchen und die Nacht mit ihrer himmlischen Finsternis war für mich ein Zauberschloß voll von süßen und undurchdringlichen Geheimnissen. Oft durchdrang die Nacht der seelenvolle Ton einer Handharfe, von irgendeinem armen Manne gespielt. Da konnte ich lauschen, lauschen. Da war alles gut, gerecht und schön, und die Welt war voller unaussprechlicher Herrlichkeit und Heiterkeit. Aber ich war auch ohne Musik heiter. Ich fühlte mich umgarnt von den Stunden. Ich redete mit ihnen, wie mit liebevollen Wesen, und bildete mir ein, daß auch sie mit mir sprächen, ich schaute sie an, wie wenn sie ein Gesicht gehabt hätten, und hatte das Gefühl, als ob auch sie mich still betrachteten, wie mit einer seltsamen Art von freundlichen Augen. Oft kam ich mir wie im Meer ertrunken vor, so still und geräuschlos und lautlos lebte ich dahin. Ich pflegte einen vertraulichen Umgang mit allem, was kein Mensch merkt. Daran, an was zu denken kein Mensch sich Mühe gibt, dachte ich tagelang. Doch war es ein süßes Denken, und nur selten besuchte mich die Trauer. Mitunter sprang es wie ein unsichtbarer übermütiger Tänzer zu mir in die abgelegene Stube hinein und reizte mich zu einem Lachen. Ich tat niemand weh, und auch mir tat niemand weh. Ich war so hübsch, so schön beiseit.

Ich wanderte

Ich wanderte und wandre noch,
doch war mein Gehn nicht immer gleich.
Bald trug ich Heiterkeit in mir.
Bald, wie es auch dem Himmel geht,
Verlor sich plötzlich meine Lust
in einen langen Tag von Leid –

Jelineks Wahl II

ELFRIEDE JELINEK

wer ist denn schon bei sich

Friedrich Hölderlin/Scardanelli, Georg Trakl, Ernst Herbeck, Werner Schwab

Es kommt darauf an, ob man in guter Beziehung zu seinem Geist steht, der nicht Stoff ist. Und dennoch ist er weich, sogar dehnbar. Ist er Überzug? Bezug? Ist er das, wo der Körper hineingestopft wird, oder wird vielmehr er in den Körper hineingelegt? Kann er da nicht allzu leicht wieder rausfallen? »Und ein Engel singt im Hain, Nah im Hain Kinder in den Schlaf hinein« (Trakl), sollen Kinder in den Schlaf hineingestopft werden, damit man endlich nichts mehr von ihnen hört? Oder damit sie in einen anderen Zustand geraten, der Tod sein könnte, aber auch eine andre Form von Grenze, an der man von sich selbst suspendiert ist, sich und andren nicht verantwortlich? Und Kinder sind ja in den meisten Ländern überhaupt noch nicht verantwortlich für sich, die Eltern sind es für sie, und sie sind in erster Linie nach außen gerichtete Wesen, deren Innenleben erst, durch Erfahrung, wachsen muß. Wird ihnen also dieses »Nach Außen« genommen, bleibt ihnen weniger als uns, weil ja noch weniger in ihnen drinnensteckt. Ihr Schlaf ist also dem Tod ähnlicher als unsrer, vielleicht aber auch nicht, da sie ja, jung wie sie sind, dem Tod meist ferner sind als wir. Wer, der nicht Kind, ist ebenfalls nicht verantwortlich zu machen für das, was er in seinem Wachsein alles tut? Einer, der nicht genug Bewußtsein von sich zusammenraffen konnte und daher im Wachen wie im

Schlaf mit leeren Händen dasteht, dennoch aber übervoll ist von etwas, das er nicht kennt, nicht greifen kann, aber kennenlernen möchte, damit er sich selbst endlich fassen kann? Soll man es sich so vorstellen, daß irgendwelche Gesänge unausgereifte Menschen in den Schlaf hineinstecken können, eben wie ein Kissen in seinen »Bezug«? Erst einmal muß eine Ansicht von der Welt aufgenommen werden, und dann kann man eine Ansichtskarte davon anfertigen, man muß nur noch den richtigen Ausschnitt wählen, damit es nach etwas ausschaut, zumindest nach dem, nach dem man vorher schon Ausschau gehalten hat. Es ist entscheidend, was man später darauf sehen soll. Man muß vorher eine Vorstellung davon haben, dann kann man auswählen.

Wege sind auf der Landschaft drauf, doch manche werden vergessen oder nicht eingeschlagen, andre werden eingeschlagen wie Fenster, aber dahinter ist ein leeres Haus, dunkler als die Dämmerung draußen. Von draußen weht es manchmal herein, weil ja die Fenster nicht ganz dicht sind. Jede Flamme flackert dann, jede Glühbirne verliert die Fassung, jedes Aufleuchten gerät außer sich, denn daß es einen Geist gibt, bedeutet Entsetzen, auch Wut, das Böse. Damit diese Flammen nicht mit uns umspringen wie sie wollen, muß man freundliche Ruhe schaffen. Nichts wünschen diejenigen, die außer sich sind, mehr. Das ist dann, laut Leo Navratil, nach den Ängsten und Schrecken der Psychose, die der Kranke hinter sich hat, das chronische Stadium, welches das der Besserung ist. Die Leidenschaft gilt dann dem Frieden, der Ordnung, der Ruhe und, vor allem, dem Normalen. Es entsteht Dichtung, die die Harmlosigkeit herbeizuzwingen sucht, was immer scheitern muß. Wird sich der Kranke der Absurdität seines dauernden Schönredens bewußt, ist er durchaus auch zu Ironie imstande, jener Fähigkeit, von der man immer anzunehmen hatte, sie würde ein Abstandnehmen von sich voraussetzen. Nun, auch diejenigen, die verzweifelt in sich selbst zurückstreben, haben dennoch einen gewissen Abstand zu sich, es kommt nur auf den Platz des Betrachters an bzw. darauf, in welche Richtung man grad unterwegs ist. Raus oder rein, das sagt man oft zu Kindern, die die Tür nicht und nicht schließen wollen.

Das, was in einem Ordnung schaffen kann, ist oft banal, klischeehaft, konventionell, auf früher Erlerntes gegründet, und hätte das Lernen noch in der Volksschulzeit stattgefunden, egal. In der Not kann man darauf zurückgreifen. Wie in eine Schultafel ist das, was man von sich weiß, mit quietschender Kreide eingraviert, doch die Kreide läßt sich ja so leicht wieder wegwischen! Der Kranke muß immer wieder auf sich selbst zurückgreifen, sozusagen auf seine Substanz, die inzwischen nur mehr aus dem besteht, was er sich mühsam angelernt hat, die paar Brocken Ordentlichkeit, Sauberkeit und wie die Menschen sich im Leben verhalten sollen. Der Kranke ist, was er weiß, seine Identität darunter ist weggewischt. Er bleibt sich übrig, es bleibt ihm gar nichts andres sonst übrig, alles übrige ist unter seinem Griff verschwunden, sogar oft das Vermögen, seine Sinne zu gebrauchen bzw. ihnen noch zu trauen. Das behindert die Außenwelt, die gern zu ihm herein möchte, um ihm etwas auszurichten, und bricht auch den andren Weg, seinen Zugang zu ihr, ab. Sein Geist ist derzeit leider verreist, unterwegs, und plötzlich bemerkt er, daß er hinter sich herrennt und daß er aber gleichzeitig sich selbst vorausgegangen ist. So bleibt er in diesem Unterwegs, das ein Dazwischen ist, wo es nicht vor- und nicht zurückgeht, gefangen. Die Grimasse, die das Denken dem Geist schneidet, bleibt stecken: Haben sich nicht manche von uns, auch wieder als Kinder (manche sagen, die Geisteskrankheit sei ein Kindheitszustand des Geistes, aber so lieb ist die Krankheit nicht zu uns, daß sie uns zurückversetzen könnte! Sie wirft uns weg, ohne uns an andrem Ort wieder einzusetzen), gefürchtet angesichts der Warnung, daß uns, wenn wir weiter Grimassen schnitten, das »Gesicht steckenbleiben werde«? Es würde dann ein bestimmter Ausdruck, den man als einen schrecklichen gewollt hat, mittendrinnen stehenbleiben, und wir wären in ihm gefangen, er aber auch in uns. Durch größte Offenheit und Schlichtheit zu Fremden, zu allen Fremden, könnte man es, nein, nicht wiedergutmachen, aber davon vielleicht ablenken. Es ist dabei viel Arbeit zu leisten, sich selbst zu versichern, alles sei ganz normal. So sagt sich der späte Hölderlin vertrauensvoll selbst vor, was es alles gibt: »Es knüpft an Gott der Wohllaut, der geleitet Ein sehr berühmtes Ohr, denn wunderbar Ist ein berühmtes Leben groß und klar, Es geht der Mensch zu Fuße oder reitet.« Das gibt es alles, und man kann es daher aufzählen zum Beweis, daß man es weiß. Nicht für die Schule, sondern fürs Leben.

Manche wollen mit ihrem Sprechen auch bemänteln (im folgenden: behüten!), was mit ihnen geschehen ist, als hätten sie eine Ahnung davon, daß es so auch nun wieder nicht sein könne, aber wenn man es mit einer gewissen ruhigen Autorität vortrüge, würden die meisten davon absehen können, wie seltsam man ist, da kein Geist mehr die Zügel hält. Ist der Geist denn nicht da, um seinen Besitzer ins Fremde zu versetzen? Ist der Besitzer dem Geist fremd geworden, kann er versuchen, sich selbst wieder zurück ins Eigene zu versetzen, oder? Das alles bedeutet Anstrengung, denn dauernd ist man unterwegs, wo die Wunder anzutreffen sind, denn dort, wo man nicht ist, dort ist das Glück, das nie dort ist, wo man zu Haus ist, also rasch: weg von sich! Fort mit sich! Ins Fremde, das man sich selbst ist! Und wird das nicht gestattet, dann verstummen die Dichter, verstummt Robert Walser mehr als zwanzig Jahre, und schreiben die meisten andren nur, wenn man es ihnen ausdrücklich befiehlt, nicht mehr aus sich heraus jedenfalls, weil das ja der Normalzustand für den Kranken ist: Er ist kaum mehr zu Hause anzutreffen, damit »es« ihn dort nicht treffen kann.

Nach Thomas Macho ist denkbar, daß die christliche Idee der Auferstehung aus der Erfahrung des unerwartet plötzlichen Erwachens aus todesähnlicher Bewußtlosigkeit gekommen ist. Aus der Erfahrung des Außer-sich-Geraten-Könnens rührt umgekehrt vielleicht die trügerische Illusion, daß man tatsächlich aus sich selbst abreisen könne. Zu spät merkt man, daß es nicht der Himmel ist, wo man ankommt, bzw. daß man, wo der Himmel ist, nicht stehenbleiben kann. Egal. Man erlebt oft das Beste, wenn man unterwegs ist und dabei dennoch in sich bleibt, oder, besser gesagt: In sich zu bleiben, bedeutet bereits, daß man reist. Und es gibt auch Reisende, die reisen, ohne je daheim gewesen zu sein, seltsam, denn abfahren kann ja nur, wer zuvor irgendwo fix gewesen ist: »Drei oder vier Stationen vor Wien, wollte ich mir zufällig die Haare am Kopfe glätten und den Hut abnehmen, oben mit der Hand in die Haare greifen. Als ich an dem Scheitel des Kopfes ankam, fühlte ich zwischen den Fingern, am Kopfscheitel eine Kapelle mit 4 Nischen oder Höhlungen. Über diese wunderbare Erscheinung am Kopfe betroffen, setzte ich den Hut auf, ohne ein Wort bis nach Wien mit meinem Begleiter geredet zu haben.« So spricht ein Kranker, der 1874 »dienstlich transferiert« wird ins Spital (zitiert aus Leo Navratil). Jetzt sollen sich alle, bittet der »Patient«, davon überzeugen, in welch wunderbarem Zustand sein Kopf ist, damit, nein, nicht damit der Kranke es beweisen kann, sondern damit die Zeugen es jederzeit bezeugen können, was auch nötig gewesen wäre, denn: auf einmal war die Erscheinung wieder weg! Wäre die Visite der Ärzte später gekommen, hätten sie das schöne Bauwerk auf dem Kopf dort gar nicht mehr angetroffen! Ein Glück, daß sie zur rechten Zeit da waren, an ihm vorbeigezogen sind, schreibt der »Preelat, Regulator der Flüsse« Thomas Wieser aus der LandesMusterSiechenAnstalt (und was nicht noch alles!) zu Klosterneuburg. Ehrenbürger ist er auch noch, Schriftsteller, Landesschulinspektor, ein Reformator von Spitälern. Und vieles mehr. Und jeder dieser Wichtigen hängt seinem Traum nach, und alle diese Verstörten schlafen den Schlaf des Ungerechten, denn sie würden gern erwachen, können es aber nicht.

Es ist vielleicht ganz einfach: alles, was geschrieben ist, ist wahr, weil es geschrieben ist. Und es hat den Vorteil, auch noch wahr zu sein, ohne aufgeschrieben worden zu sein, wie Oswald Tschirtner uns, ohne daß ihm jemand widersprechen könnte, sagt (er schreibt es aber trotzdem auf, damit wir es uns merken): »Schmerz ist unangenehm. Man spürt ihn kaum. Ich wünsche jedem alles Gute, der bei Schmerz helfen kann. Ich bin für Frieden...« Na, ich wünsche auch jedem alles Gute, so was kann ich jederzeit unterschreiben. Besser, ich tue es jetzt, weil ich vorhin die Schritte von einem Fremden gehört habe, der nicht mein Bruder ist, denn ich persönlich habe keinen Bruder. Doch auch ich bin in einem Haus geboren. Fremde sterben übrigens auch, aber ihre Gesichter sollen mir nicht erscheinen, auch ohne das kann ich sie nämlich beschreiben, wenn ich will. Andere müssen erst bei sich anschreiben lassen, Schulden machen, bevor sie etwas aufschreiben können, denn sie haben sich selbst vorausgelebt, mußten ihren Abschied nehmen und sollen sich jetzt noch aufbringen, indem sie nachträglich von sich abschreiben was nie gewesen ist, oder: was gewesen ist, oder: was nie das war, was gewesen ist.

Es gibt aber neben den Umwegen, die die Kranken machen, denen es, wie gesagt, egal ist wo sie sind, da sie ja ohndies nicht in sich sind, auch all die andren Wege, die Gesunde manchmal gehen, wenn sie nicht irgendwohin kommen, aber doch irgendwo ankommen wollen. Wenn diese Dichter fragen, was etwas und wo es ist, ergibt sich für sie, daß die Benennungen, die für andre »natürlich« und »normal« sind, so natürlich eben für jene Dichter gar nicht sind. Ihre Sprache ist von heute auf morgen verschoben. Morgen wird sie vielleicht ganz anders heißen und etwas ganz anderes heißen. Warum sagen sie etwas so und nicht ganz anders? Sie wissen ja, im Gegensatz zu den Verstörten, wie es ist, warum folgen sie dieser Abreißleine, mit der sie die Packung Wirklichkeit öffnen können, denn nicht, wollen aber trotzdem essen, was drinnen ist? Für die syntaktisch experimentellen Schriftsteller wie Werner Schwab oder Marianne Fritz, aber auch für viele andre der sprachexperimentellen Autoren gilt, daß diese selbstverständlichen Bestimmungen eben nicht »natürlich« sind. Die Zeit, da diese Dinge benannt wurden, ist schon zu lange her, diese Dichter trauen den Namen nicht mehr und fragen immer wieder aufs neue, in einer Erstlingshaltung, in einer Unvoreingenommenheit (nachdem sie, absolut ihrer bewußt, mit energischen Peitschenhieben die Tafel abgewaschen haben), die der Kranke ohne sein Zutun und ohne seinen Willen aus sich heraus erzeugt hat, just feeling natural, wie Thomas Pynchon von seinem trägen, von irgend etwas (einem Stimulus) vorangeschleppten Helden Tyrone Slothrop in »Gravity's Rainbow« sagt. Sie sind aus der Sprache ausgestiegen, indem sie jede Vormeinung über ihren Gegenstand ausgelöscht haben, einen Gegenstand, den andere sammeln mögen, viele Gegenstände, möglichst gleichartige oder ähnliche, damit man nicht unsicher wird, man hat ja die liebe Ähnlichkeit, an die man sich halten kann, aber wirklich genau können diese Sammler nie wissen, was sie da haben an Dingen und an ihren Dingen. Und selbst wenn diese ruhen, haben sie vorher eine Bewegung enthalten, die von Sätzen eingefaßt wird wie ein Ring von seiner Fassung, Sätzen, deren Bewegung in der Ruhe der Dinge quasi eingefroren ist, in dieser, wie soll ich sagen, »Geschichtlichkeit?« (alles was geschehen mußte, damit dieses Produkt da vorhanden sein und beschrieben werden konnte). Die Dichter wissen, daß das, was da liegt, um beschrieben zu werden, nicht tot sein muß, es kann auch ruhen. Es kann gefroren sein, es kann aber auch einfach da hingeschrieben worden sein: »Haltbarkeitsregel: und es tritt der Umstand ein, der das Erzählte gemacht hat. Dem Erzählten reißen wir die Beine aus dem Rumpf, kochen die ausgelösten Füße und überschreiben den Torso der wartenden Kühltruhe. Einem sterbenden Aufnahmeapparat ist sein Inneneis gleichgültig, und der Torso tut, als ob er seine Mitte noch hätte, und wir legen noch einen Scheit nach.« (Werner Schwab)

GEORG TRAKL

Verlassenheit

Wenn es Abend wird, zündet er seine alte, verrußte Lampe an und liest in mächtigen, vergilbten Büchern von der Vergangenheit, Größe und Herrlichkeit.

Er liest mit fieberndem, tönendem Herzen, bis die Gegenwart, der er nicht angehört, versinkt. Und die Schatten der Vergangenheit steigen herauf – riesengroß. Und er lebt das Leben, das herrlich schöne Leben seiner Väter.

In Nächten, da der Sturm um den Turm jagt, daß die Mauern in ihren Grundfesten dröhnen und die Vögel angstvoll vor seinem Fenster kreischen, überkommt den Grafen eine namenlose Traurigkeit.

Auf seiner jahrhundertalten, müden Seele lastet das Verhängnis.

Und er drückt das Gesicht an das Fenster und sieht in die Nacht hinaus. Und da erscheint ihm alles riesengroß traumhaft, gespensterlich! Und schrecklich. Durch das Schloß hört er den Sturm rasen, als wollte er alles Tote hinausfegen und in Lüfte zerstreuen.

Doch wenn das verworrene Trugbild der Nacht dahinsinkt wie ein heraufbeschworener Schatten – durchdringt alles wieder das Schweigen der Verlassenheit.

Nachtseele

Schweigsam stieg von schwarzen Wäldern ein blaues Wild
Die Seele nieder.
Da es Nacht war; über moosige Stufen ein schneeiger Quell.

Blut und Waffengetümmel vergangener Zeiten
Rauscht im Föhrengrund,
Der Mond scheint immer in verfallene Zimmer;

Trunken von dunklen Giften, silberne Larve
Über schlummernde Hirten geneigt,
Haupt, das schweigend seine Sagen verlassen.

O, dann öffnet jenes langsam die kalten Hände
Unter steinernen Bogen
Leise steigt ein goldener Sommer ans erblindete Fenster

Und es läuten im Grün die Schritte der Tänzerin
Die Nacht lang,
Öfter ruft in purpurner Schwermut das Käuzchen den
  Trunkenen.

Kindheit

Voll Früchten der Holunder; ruhig wohnte die Kindheit
In blauer Höhle. Über vergangenen Pfad,
Wo nun bräunlich das wilde Gras saust,
Sinnt das stille Geäst; das Rauschen des Laubs

Ein gleiches, wenn das blaue Wasser im Felsen tönt.
Sanft ist der Amsel Klage. Ein Hirt
Folgt sprachlos der Sonne, die vom herbstlichen Hügel rollt.

Ein blauer Augenblick ist nur mehr Seele.
Am Waldsaum zeigt sich ein scheues Wild und friedlich
Ruhn im Grund die alten Glocken und finsteren Weiler.

Frömmer kennst du den Sinn der dunklen Jahre,
Kühle und Herbst in einsamen Zimmern;
Und in heiliger Bläue läuten leuchtende Schritte fort.

Leise klirrt ein offnes Fenster; zu Tränen
Rührt der Anblick des verfallenen Friedhofs am Hügel,
Erinnerung an erzählende Legenden; doch manchmal
  erhellt sich die Seele,
Wenn sie frohe Menschen denkt, dunkelgoldene
  Frühlingstage.

An die Verstummten

O, der Wahnsinn der großen Stadt, da am Abend
An schwarzer Mauer verkrüppelte Bäume starren,
Aus silberner Maske der Geist des Bösen schaut;
Licht mit magnetischer Geißel die steinerne Nacht verdrängt.
O, das versunkene Läuten der Abendglocken.
Hure, die in eisigen Schauern ein totes Kind gebärt.
Rasend peitscht Gottes Zorn die Stirne des Besessenen,
Purpurne Seuche, Hunger, der grüne Augen zerbricht.
O, das gräßliche Lachen des Golds.

Aber stille blutet in dunkler Höhle stummere Menschheit,
Fügt aus harten Metallen das erlösende Haupt.

Geistliches Lied

Zeichen, seltne Stickerein
Malt ein flatternd Blumenbeet.
Gottes blauer Odem weht
In den Gartensaal herein,
Heiter ein.
Ragt ein Kreuz im wilden Wein.

Hör' im Dorf sich viele freun,
Gärtner an der Mauer mäht,
Leise eine Orgel geht,

Mischet Klang und goldenen Schein,
Klang und Schein.
Liebe segnet Brot und Wein.

Mädchen kommen auch herein
Und der Hahn zum letzten kräht.
Sacht cin morsches Gitter geht
Und in Rosen Kranz und Reihn,
Rosenreihn
Ruht Maria weiß und fein.

Bettler dort am alten Stein
Scheint verstorben im Gebet,
Sanft ein Hirt vom Hügel geht
Und ein Engel singt im Hain,
Nah im Hain
Kinder in den Schlaf hinein.

Im Frühling

Leise sank von dunklen Schritten der Schnee,
Im Schatten des Baums
Heben die rosigen Lider Liebende.

Immer folgt den dunklen Rufen der Schiffer
Stern und Nacht;
Und die Ruder schlagen leise im Takt.

Balde an verfallener Mauer blühen
Die Veilchen,
Ergrünt so stille die Schläfe des Einsamen.

Sommersonate

Täubend duften faule Früchte.
Büsch' und Bäume sonnig klingen,
Schwärme schwarzer Fliegen singen
Auf der braunen Waldeslichte.

In des Tümpels tiefer Bläue
Flammt der Schein von Unkrautbänden.
Hör' aus gelben Blumenwänden
Schwirren jähe Liebesschreie.
Lang sich Schmetterlinge jagen;
Trunken tanzt auf schwülen Matten
Auf dem Thymian mein Schatten.
Hell verzückte Amseln schlagen.

Wolken starre Brüste zeigen,
Und bekränzt von Laub und Beeren
Siehst du unter dunklen Föhren
Grinsend ein Gerippe geigen.

Im Herbst

Die Sonnenblumen leuchten am Zaun,
Still sitzen Kranke im Sonnenschein.
Im Acker mühn sich singend die Frau'n,
Die Klosterglocken läuten darein.

Die Vögel sagen dir ferne Mär',
Die Klosterglocken läuten darein.
Vom Hof tönt sanft die Geige her.
Heut keltern sie den braunen Wein.

Da zeigt der Mensch sich froh und lind.
Heut keltern sie den braunen Wein.
Weit offen die Totenkammern sind
Und schön bemalt vom Sonnenschein.

Im Winter

Der Acker leuchtet weiß und kalt.
Der Himmel ist einsam und ungeheuer.
Dohlen kreisen über dem Weiher
Und Jäger steigen nieder vom Wald.

Ein Schweigen in schwarzen Wipfeln wohnt.
Ein Feuerschein huscht aus den Hütten.
Bisweilen schellt sehr fern ein Schlitten
Und langsam steigt der graue Mond.

Ein Wild verblutet sanft am Rain
Und Raben plätschern in blutigen Gossen.
Das Rohr bebt gelb und aufgeschlossen.
Frost, Rauch, ein Schritt im leeren Hain.

FRIEDRICH HÖLDERLIN

Mnemosyne

Ein Zeichen sind wir, deutungslos
Schmerzlos sind wir und haben fast
Die Sprache in der Fremde verloren.
Wenn nemlich über Menschen
Ein Streit ist an dem Himmel und gewaltig
Die Monde gehn, so redet
Das Meer auch und Ströme müssen
Den Pfad sich suchen. Zweifellos
Ist aber Einer. Der
Kann täglich es ändern. Kaum bedarf er
Gesez. Und es tönet das Blatt und Eichbäume wehn dann
  neben
Den Firnen. Denn nicht vermögen
Die Himmlischen alles. Nemlich es reichen
Die Sterblichen eh' an den Abgrund. Also wendet es sich,
  das Echo
Mit diesen. Lang ist
Die Zeit, es ereignet sich aber
Das Wahre.

Wie aber liebes? Sonnenschein
Am Boden sehen wir und trockenen Staub
Und tief mit Schatten die Wälder und es blühet

An Dächern der Rauch, bei alter Krone
Der Thürme, friedsam; und es girren
Verloren in der Luft die Lerchen und unter dem Tage
waiden
Wohlangeführt die Schaafe des Himmels.
Und Schnee, wie Majenblumen
Das Edelmüthige, wo
Es seie bedeutend glänzet mit
Der grünen Wiese
Der Alpen, hälftig, da gieng
Vom Kreuze redend, das
Gesezt ist unterwegs einmal
Gestorbenen, auf der schroffen Straß
Ein Wandersmann mit
Dem andern, aber was ist diß?

Am Feigenbaum ist mein
Achilles mir gestorben,
Und Ajax liegt
An den Grotten, nahe der See,
An Bächen, benachbart dem Skamandros.
Vom Genius kühn ist bei Windessausen, nach
Der heimatlichen Salamis süßer
Gewohnheit, in der Fremd'
Ajax gestorben
Patroklos aber in des Königes Harnisch. Und es starben
Noch andere viel. Mit eigener Hand
Viel traurige, wilden Muths, doch göttlich
Gezwungen, zulezt, die anderen aber
Im Geschike stehend, im Feld. Unwillig nemlich
Sind Himmlische, wenn einer nicht die Seele schonend sich
Zusammengenommen, aber er muß doch; dem
Gleich fehlet die Trauer.

Lebenslauf

Größers wolltest auch du, aber die Liebe zwingt
All uns nieder, das Laid beuget gewaltiger,
Doch es kehret umsonst nicht
Unser Bogen, woher er kommt.

Aufwärts oder hinab! herrschet in heil'ger Nacht,
Wo die stumme Natur werdende Tage sinnt,
Herrscht im schiefesten Orkus
Nicht ein Grades, ein Recht noch auch?

Diß erfuhr ich. Denn nie, sterblichen Meistern gleich,
Habt ihr Himmlischen, ihr Alleserhaltenden,
Daß ich wüßte, mit Vorsicht
Mich des ebenen Pfads geführt.

Alles prüfe der Mensch, sagen die Himmlischen,
Daß er, kräftig genährt, danken für Alles lern',
Und verstehe die Freiheit,
Aufzubrechen, wohin er will.

Der Ruhm

Es knüpft an Gott der Wohllaut, der geleitet
Ein sehr berühmtes Ohr, denn wunderbar
Ist ein berühmtes Leben groß und klar
Es geht der Mensch zu Fuße oder reitet.

Der Erde Freuden, Freundlichkeit und Güter,
Der Garten, Baum, der Weinberg mit dem Hüter,
Sie scheinen mir ein Wiederglanz des Himmels,
Gewähret von dem Geist den Söhnen des Gewimmels. –

Wenn Einer ist mit Gütern reich beglüket,
Wenn Obst den Garten ihm, und Gold ausschmüket
Die Wohnung und das Haus, was mag er haben
Noch mehr in dieser Welt, sein Herz zu laben?

Der Zeitgeist

Die Menschen finden sich in dieser Welt zum Leben,
Wie Jahre sind, wie Zeiten höher streben,
So wie der Wechsel ist, ist übrig vieles Wahre,
Daß Dauer kommt in die verschied'nen Jahre;
Vollkommenheit vereint sich so in diesem Leben,
Daß diesem sich bequemt der Menschen edles Streben.

Mit Unterthänigkeit

24. Mai 1748. Scardanelli.

Der Frühling

Die Sonne glänzt, es blühen die Gefilde,
Die Tage kommen blüthenreich und milde,
Der Abend blüht hinzu, und helle Tage gehen
Vom Himmel abwärts, wo die Tag' entstehen.

Das Jahr erscheint mit seinen Zeiten
Wie eine Pracht, wo Feste sich verbreiten,
Der Menschen Thätigkeit beginnt mit neuem Ziele,
So sind die Zeichen in der Welt, der Wunder viele.

Mit Unterthänigkeit

d. 24 April 1839. Scardanelli.

Der Frühling

Der Mensch vergißt die Sorgen aus dem Geiste,
Der Frühling aber blüh't, und prächtig ist das Meiste,
Das grüne Feld ist herrlich ausgebreitet
Da glänzend schön der Bach hinuntergleitet.

Die Berge stehn bedeket mit den Bäumen,
Und herrlich ist die Luft in offnen Räumen,
Das weite Thal ist in der Welt gedehnet
Und Thurm und Haus an Hügeln angelehnet.

Mit Unterthänigkeit
Scardanelli

Der Sommer

Wenn dann vorbei des Frühlings Blüthe schwindet,
So ist der Sommer da, der um das Jahr sich windet.
Und wie der Bach das Thal hinuntergleitet,
So ist der Berge Pracht darum verbreitet.
Daß sich das Feld mit Pracht am meisten zeiget,
Ist, wie der Tag, der sich zum Abend neiget;
Wie so das Jahr verweilt, so sind des Sommers
Stunden
Und Bilder der Natur dem Menschen oft verschwun-
den.

d. 24 Mai 1778. Scardanelli.

Der Herbst

Die Sagen, die der Erde sich entfernen,
Vom Geiste, der gewesen ist und wiederkehret,
Sie kehren zu der Menschheit sich, und vieles lernen
Wir aus der Zeit, die eilends sich verzehret.

Die Bilder der Vergangenheit sind nicht verlassen
Von der Natur, als wie die Tag' verblassen
Im hohen Sommer, kehrt der Herbst zur Erde nieder,
Der Geist der Schauer findet sich am Himmel wieder.

In kurzer Zeit hat vieles sich geendet,
Der Landmann, der am Pfluge sich gezeiget,
Er siehet, wie das Jahr sich frohem Ende neiget,
In solchen Bildern ist des Menschen Tag vollendet.

Der Erde Rund mit Felsen ausgezieret
Ist wie die Wolke nicht, die Abends sich verlieret,
Es zeiget sich mit einem goldnen Tage,
Und die Vollkommenheit ist ohne Klage.

Winter

Wenn sich das Laub auf Ebnen weit verloren,
So fällt das Weiß herunter auf die Thale,
Doch glänzend ist der Tag vom hohen Sonnenstrale,
Es glänzt das Fest den Städten aus den Thoren.

Es ist die Ruhe der Natur, des Feldes Schweigen
Ist wie des Menschen Geistigkeit, und höher zeigen
Die Unterschiede sich, daß sich zu hohem Bilde
Sich zeiget die Natur, statt mit des Frühlings Milde.

d. 25 Dezember
1841.
Dero
unterthänigster
Scardanelli.

Aussicht

Der off'ne Tag ist Menschen hell mit Bildern,
Wenn sich das Grün aus ebner Ferne zeiget,
Noch eh' des Abends Licht zur Dämmerung sich neiget,
Und Schimmer sanft den Klang des Tages mildern.
Oft scheint die Innerheit der Welt umwölkt, verschlossen,
Des Menschen Sinn von Zweifeln voll, verdrossen,
Die prächtige Natur erheitert seine Tage
Und ferne steht des Zweifels dunkle Frage.

Mit Unterthänigkeit
Den 24. März 1671 Scardanelli.

Das Angenehme dieser Welt

Das Angenehme dieser Welt hab' ich genossen,
Die Jugendstunden sind, wie lang! wie lang! verflossen,
April und Mai und Julius sind ferne,
Ich bin nichts mehr, ich lebe nicht mehr gerne!

GEORG TRAKL

Der Spaziergang

1

Musik summt im Gehölz am Nachmittag.
Im Korn sich ernste Vogelscheuchen drehn.
Hollunderbüsche sacht am Weg verwehn;
Ein Haus zerflimmert wunderlich und vag.

In Goldnem schwebt ein Duft von Thymian,
Auf einem Stein steht eine heitere Zahl.
Auf einer Wiese spielen Kinder Ball,
Dann hebt ein Baum vor dir zu kreisen an.

Du träumst: die Schwester kämmt ihr blondes Haar,
Auch schreibt ein ferner Freund dir einen Brief.
Ein Schober flieht durchs Grau vergilbt und schief
Und manchmal schwebst du leicht und wunderbar.

2

Die Zeit verrinnt. O süßer Helios!
O Bild im Krötentümpel süß und klar;
Im Sand versinkt ein Eden wunderbar.
Goldammern wiegt ein Busch in seinem Schoß.

Ein Bruder stirbt dir in verwunschnem Land
Und stählern schaun dich deine Augen an.
In Goldnem dort ein Duft von Thymian.
Ein Knabe legt am Weiler einen Brand.

Die Liebenden in Faltern neu erglühn
Und schaukeln heiter hin um Stein und Zahl.
Aufflattern Krähen um ein ekles Mahl
Und deine Stirne tost durchs sanfte Grün.

Im Dornenstrauch verendet weich ein Wild.
Nachgleitet dir ein heller Kindertag,
Der graue Wind, der flatterhaft und vag
Verfallne Düfte durch die Dämmerung spült.

3

Ein altes Wiegenlied macht dich sehr bang.
Am Wegrand fromm ein Weib ihr Kindlein stillt.
Traumwandelnd hörst du wie ihr Bronnen quillt.
Aus Apfelzweigen fällt ein Weiheklang.

Und Brot und Wein sind süß von harten Mühn.
Nach Früchten tastet silbern deine Hand.
Die tote Rahel geht durchs Ackerland.
Mit friedlicher Geberde winkt das Grün.

Gesegnet auch blüht armer Mägde Schoß,
Die träumend dort am alten Brunnen stehn.
Einsame froh auf stillen Pfaden gehn
Mit Gottes Kreaturen sündelos.

FRIEDRICH HÖLDERLIN

Der Spaziergang

Ihr Wälder schön an der Seite,
Am grünen Abhang gemahlt,
Wo ich umher mich leite,
Durch süße Ruhe bezahlt
Für jeden Stachel im Herzen,
Wenn dunkel mir ist der Sinn,
Den Kunst und Sinnen hat Schmerzen
Gekostet von Anbeginn.
Ihr lieblichen Bilder im Thale,
Zum Beispiel Gärten und Baum,
Und dann der Steg der schmale,
Der Bach zu sehen kaum,
Wie schön aus heiterer Ferne
Glänzt Einem das herrliche Bild
Der Landschaft, die ich gerne
Besuch' in Witterung mild.
Die Gottheit freundlich geleitet
Uns erstlich mit Blau,
Hernach mit Wolken bereitet,
Gebildet wölbig und grau,
Mit sengenden Blitzen und Rollen
Des Donners, mit Reiz des Gefilds,
Mit Schönheit, die gequollen
Vom Quell ursprünglichen Bilds.

GEORG TRAKL

Salzburg, Frühherbst 1910 oder 1911

Liebes Fräulein!

Es kommt vor, daß ich tagelang herumvagabundiere, bald in den Wäldern, die schon sehr rot und luftig sind und wo die Jäger jetzt das Wild zu Tode hetzen, oder auf den Straßen in trostlosen und öden Gegenden, oder auch an der Salzach herumlungere und den Möven zuschaue (was noch meine fröhlichste Faulenzerei ist). Aber es ist mehr Unruhe in mir, als ich mir eingestehen mag, und Ihr so freundlicher Brief ist derart ungebührlich lang unerwidert geblieben. Verzeihen Sie es diesem grantigen Sonderling, der lieber in einen Bauer fahren möchte, als im Schweiße seines Angesichtes Verse zu machen. Brauche ich Ihnen zu sagen, daß ich mehr als ungeduldig bin, nach Wien zurückzukehren, wo ich mir wieder selbst gehören darf, was mir hier nicht verstattet ist.

Man könnte mich vielleicht undankbar schelten, unter diesem wunderbaren reinen Himmel der Heimat so zu sprechen – aber man tut gut daran, sich gegen vollendete Schönheit zu wehren, davor einem nichts erübrigt als ein blödes Schauen. Nein, die Losung ist für unsereinen: Vorwärts zu Dir selber! Bisweilen aber gönne man sich Muße, um wenigstens liebenswürdige Briefe liebenswürdig zu beantworten.

Wollen Sie Herrn [Ullmann] die besten Grüße entrichten, damit ich verbleibe

Ihr sehr ergebener

G. Trakl

FRIEDRICH HÖLDERLIN

Im Walde

Du edles Wild.
Aber in Hütten wohnet der Mensch, und hüllte sich ein ins verschämte Gewand, denn inniger ist achtsamer auch und daß er bewahre den Geist, wie die Priesterin die himmlische Flamme, diß ist sein Verstand. Und darum ist die Willkür ihm und höhere Macht zu fehlen und zu vollbringen dem Götterähnlichen, der Güter Gefährlichstes, die Sprache dem Menschen gegeben, damit er schaffend, zerstörend, und untergehend, und wiederkehrend zur ewiglebenden, zur Meisterin und Mutter, damit er zeuge, was er sei geerbet zu haben, gelernt von ihr, ihr Göttlichstes, die allerhaltende Liebe.

WERNER SCHWAB

Das Gute und der Dreck

Wem gehört die Sprache?

Die Sprache gehört dem Dreck!

DER DRECK HAT DIE SPRACHE ERFUNDEN, als die Schönheit ungeschützt einen ziellosen Krieg erklären mußte. Daraufhin hat einer die Schlacht der Schlachten verloren. Man weiß: WER.

Von nun an begann man: SICH MITZUTEILEN, was die totalistische Fehlfarbe sein muß: DIE TEILUNG.

Und diesiges zitiert ein verwaschen echter Schwab aus seinem Werkstück: ENDLICH TOT, ENDLICH KEINE LUFT MEHR, ein Theaterzernichtungslustspiel.

Es war also im Fahrwasser eines herrlichen Maimorgens, könnte man sagen, oder es war im Zentrum einer Menschenflutkatastrophe eines herrschaftlichen Maimorgens, könnte man auch sagen wollen können. Und wer wäre mehr berufen in massenschönheitssachlicher Schönheit als ein Schwab der Kennerschaft der untersten Werte.

Und am Anfang war also unmöglicherweise das Wort als Perversion, die als Perversion dem Wort ins Wort fiel. Eine Gutheitsangrifflichkeit haben wir uns also zu denken als prä- oder postsprachliches Phänomen.

Und innendarmseitig der Sprache? Innerhalb der Sprachgenossenschaft? Im Sprachwesen der infrastrukturellen Übereinkommenschaften? Innerhalb des Gebrauchs der Sprache, wenn sie Nervensache zu sprechen hat und aufgehängt ist am körperelektrischen Signalverkehr?

Nein, wir sagen es persönlichkeitspersönlich, wir sagen es unverflügelt literarisch, was wir freilegen wollen als schreibender Mensch, der wir nun einmal sein müssen können wollen.

Und müdsam bin ich gesunken über ein warmwasserwarmes Waschbecken, das mir angehört, weil ich in der Nähe des Beckens esse, trinke und müde werde: all die Tage, die ich täglich müde werden muß, wie ein Mensch, der alltäglich müdsam werden muß unter schlechten Umständen. In der angepeilten Nähe des Beckens sehe ich auch nichts, höre ich nichts: und um komplett wirken zu können: empfinde ich auch nichts, weil das gut sein muß, weil ich nichts und niemanden haben können wollen kann an einem echten Waschbecken, weil ich endsam endlich SO ALLEINIG geworden bin, und dies beweisungssüchtig unter lauter Menschen, so endsam endlich alleinig ich immer werden wollte mit mir, seit der Eigenkopf an den Waschbeckenrand reichen können kann.

DAS SCHÖNE IST GEWORDEN MIT SICH.

Und es ist gut geworden, weil es, wie es ist, so geworden ist wie ICH, wie ich auf einmal sein kann, momentan volltotalitaristisch.

Hauptsache abernatürlich: Es ist gut geworden mit mir über mich. Das heißt, ich bin richtig glücklichsam, weil ich es nicht SEIN MUSS.

So bin ich geworden, und hauptsächlich: es ist gut... irgendwie. PENG.

Und was muß das heißen können wollen im täglichen Tag?

Jeder Tag muß anheben mit einer Tagesentscheidung, die

den Tag betreffen muß, weil der Tag anheben will mit einem selber, obwohl kein Tag in der Lage ist, etwas vorzuhaben mit einem, der man von Grund auf sein muß.

Jeder Tag eine Drüsenüberfunktion, die einen unter sich begräbt, west man mit sich als Unterfunktion, wenn man die Überfunktion nicht andauerhaft übertreffen kann, UND eine Überfunktion zu übertreffen ist gutheitliche Schönheit. Das Gute ist also als GUTES SCHÖNHEITLICHE Struktur.

Man lehnt sich: lehrreich geworden: AN SICH, um sich zu übertreffen, sich fertig zu schließen und grandios auszubeuten. Oder man verfügt wahnwitzigsam über eine fremdmenschliche Anlehnungsmöglichkeit und übertrifft nicht nur sich, sondern auch den projektierten Fremdmenschen, weil dieser sich und einen selber übertreffen kann.

ÜBERTREFFEN. Übertreffen ist nicht bloßartig gut, sondern das BESTE, das man mit sich geschehen lassen kann.

Und dann fällt man womöglich wieder herunter auf den Kanaldeckel, auf dem man geboren werden mußte, weil die Wirklichkeit als Körper ihr aufgerauhtes Recht aufbrauchen will. Man versenkt sich im anversprochenen Dreck, der emsig ermüdet, weil er ermüden wollen muß, und man bedenkt sich plötzlichsam, weil man einen echten Menschen gerochen und geküßt hat, sich selbig oder einen anderen SELBIGEN. UNGLAUBLICH, flüstert man, da hast du an etwas anständig, an dich gedacht oder an einen Andererseitsmenschen, und du hast eine gänzliche Zeitschneise voll nur bloß an EINEN Menschen gedacht, hast alle Gegenstände untergeordnet einem strahlungssüchtigen Individuum, um es zu lernen, um dich lernen lassen zu können. Man schämt sich natürlich längst bereit und will menschenförmig neu erstarken, um sich nicht noch mehr schämen zu müssen: PENG. Nie wieder streichle ich einen Menschen, denke ich mir, denkt sich mein streichelnder Mensch, um mit den verschämten Trotzigkeitsbausteinen einst wieder einen Menschen, und sei es nurbloß ich selber, ausdenken zu können.

UND ABER NATÜRLICH ist es alsoortig ein vollgefressener Lachstoff, so wie es mit sich ein Leuchtstoff sein will. Aber HAUPTSACHE, es ist eine Sturzflut, eine Nervenflut: die einen bestürzt, weil man bestürzt werden will. Der letzte Geruch liegt in den verglosenden Augen, der Anblick hat mich doch widerzu gegen mich hören können, obwohl ich so ausgiebig fertigverloren sein muß wie ein Tier, das es vor tausend Jahren tausend Jahre nicht mehr gegeben hat.

Es ist alsoartig gut geworden. Die Überflutung hat sich als möglicherweise männliche Übertreffung einmal mehrsüchtig abgezahlt, ohne die andauernden Fakten gezählt zu haben. Der Erfolg dieser Erfolglosigkeit dieses Denkens lautet dann doch bergaufig so: Meine Haut riecht dochgeschmacklich nach einer Haut an sich und nicht nach der Hühnerhaut eines aufgedunsenen Grillhuhns. Der ganze wahnverbrämte Stolz war nicht so aufgedunsen und nicht so übertrieben und die Übertreibung nicht so ganzheitlich versterblicht, sondern tatwirklich herausgefordert.

EINER SAGT: ICH BIN MÜDE und hungrig, um bei seiner anfolgenden Selbstbedienung das Bett als Geschmackseinheit zu kosten und sich auf die Butterbrote zu legen.

DAS ist es dann gewesen und man hat das DAS betont. Und so wird tendenziös auch die infernalische Müdigkeit eine siegreiche Schlachthaftigkeitsfigur, eine unaufgefressene Schlachtplatte eben. AUS, ich will nicht mehr wollen, müßte man sagen wollen. Und dann war ich früh verloren, früh hintanverloren in mich, in mich verloren als die Landkarte, die sich viel zu früh verstanden hat, um sich tatwirklich zu verstehen. Und diese Behauptung ohne einen fest umrissenen Kopf ist eine pathetische Verlustierung... hübsch, beinahe schön, also fast gut. Mein Mensch, der ich gerade wieder einmal aktuell zu sein habe und der von mir und allen Außeranderen verordnet wurde DERJENIGEN anlagigen Körperhäuslichkeit, die gerade zeigt und vorwest, hat also frühschienig abgedankt, um alles entzünden zu können. Sehr oft möchte man schließlich die kleinen verhundeten Geschichten einer launigen Straße vorerzählen, aber immerzu werden bloß letztendliche Geschichten exerziert, eschatologischer Wahn, den leider nur ALLES insgesamt brauchen können kann. Niemals war innerhiesig ein ETWAS zu beobachten, nurbloß immer nur alles, und alles sollte klein geschrieben verbleiben. Niemalsig war ein einzelhafter Mensch anzuverstehen, sondern immer nur geformt die ganze Mastanstalt.

Und man kann die anselbig sich gebärdende Geschichte auch ganz andersblutig erzählen können, um ein gutheitshältiges Spiel aufzuretten.

Sagen wir, so wie diese Schrift steht, weil sie ausnahmssam nicht liegen wollen mag unter dem Schildzeichen, vor dem die braven Straßenbahnen stillhalten, alltäglich immerzu, so steht diese Schrift eben unter dem Schild, vor dem die braven Straßenbahnen stillhalten alltäglich immerzu. Sie, die Schrift, steht also und wartet, weil sie gerade nicht darniederliegt, wartet vergeblich und tastet in einer Jackentasche herum, bis sie mit ihren Fingern eine echte Nagelfeile erfühlen kann, die ihr gehört, weil sie sie ausgesucht hat und deswegen ankaufen mußte. Die Feile ist nicht bloß scharf: sondern auch wundervoll spitz. Dieser Sachverhalt erinnert die Schrift an ihre Körperoberfläche, die gegen ein jedes Metall sich von Natur aus aufführt, also gegen das Material: und aber für die Spitze. Und dies ist möglichst schrecklich genau zu überlegen, weil man sich als Schrift so gut kennen muß, wie ein Hofhund sich und vor allem seinen Herrn anerkennen muß.

Denn was ist schon eine führige Straßenbahn, die einen in ihrem Inneren andauerndführlich beobachtet, und zwarsam gegen die Spitze, entgegen in Sachen Spitze einer Nagelfeile, die womöglich gegen den Eigenmenschen sein kann, wenn man ihn, den Menschen, einspeichert in der Idee der tatwirklichen Nagelfeile.

Also hört man ganz heftig auf, mit sich irgendwo hinfahren zu müssen UND erinnert sich ganz weich an den Ort, der einen aufbrechen ließ zur Straßentransportstelle und die einen die gute Spitze der eigenen eigentlichen Nagelfeile erinnerlich werden ließ. UND man geht zurück, man geht heim, heim in sich, um dort sein zu können, wo man der Idee über der Spitze der Nagelfeile im nachhinein vordergründig anheimfallen kann. UND FREILICH ist man als vernünftiger Mensch gegen sich gestimmt und geht tatwirklich heim gegen sich vor: wie gegen einen vernünftig geliebten Feind.

Endlos heimgebracht überdenkt man in einer Küche auch das große Küchenmesser, das für die immer geschnittene Zwiebel, die taktvoll zerteilten Tomaten und den Rest aller aufzubrechenden Küchendinge verantwortlich zeichnet, und zieht das Messer eine gute Weile andauernd in Betracht gegen sich und die eigene Unversehrtheit. Aber schnell muß man in sich hochdenken, daß das Prinzip der Selbstverletzung eine rein äußerlich kleinliche Prinzipieneinheit sein muß, und man vergißt rasch und ästhetisch folgsam die großen scharfen Waffen.

Schließlich will man sich ja NICHT keinesbloßfüßig töten, sondern IN KEINEM NAMEN anprangern und verletzen, und diese Vorgänglichkeit an eine vernunfts- und bodensüchtige Grenze, so gut und schlechtblutig so etwas angehen kann.

Was ist also zu tun, weil es was bedeuten kann?

Was ist zu tun mit der spitzen Feile gegen die Nägel auf der Spitze der Finger?

Nun, an dieser Stelle einer rückbezüglichen Daheimgebliebenheit gehen die Scham und der Mißbrauch der Dinge gemeinsam auf eine flüssige Appetitanregerschaft außer Haus und regen gemeinsam ihren intensional gestimmten Appetit an. Alles von einer Unsicherheit Belauerte beschädigt seine Selbstbeschädigungsabsichten mit kleinen goldgelben Allianzen, die durch ihre nahrhafte Aura eine jede Abgetrenntheit als undenkbares Ausmaß abbilden und weiterverwerten.

Aber schnell wird das untote Ungute wieder gut. Der zwischenmenschlich goldgelbe Dreck verfault sich nämlich während einer Unvorsichtigkeit unabsichtlich an und schreit auf. Ohne die Appetitanregerschaft zu bezahlen, verschrecken sich die Scham und der Mißbrauch der Dinge hinaus aus der räumlichen Appetitanregerschaftsvorrichtung, die eine jede dreckfreundliche Voraussetzung so prachtvoll goldgelb voraussetzen konnte.

Und der nächste festsituative Hochsitz ist wieder die Küche mit der Nagelfeile, die dem Küchenmesser die Zunge herausstrecken muß. Das imperativisch angelaunte GUTE steht ein wenig abseitsverlegen herum und bestochert die Fülle des Abfallkübels, weil es gerade dort dasjenige Wohlbehagen vermutet, mit dem es sich potenzieren könnte.

Und dann ist es ruhig.

Und dann ist es auch noch still.

Die Innenabhorchung ist intakt, die Hörorgane loyal nach hinten in Anschlag gebracht als Stethoskop. Die Nagelfeile spielt erleichtert den kleinen Raubvogel und kreist begeistert über der sittsam atmenden Haut.

Und bevor sich alle anwesenden Schauspieler gegenständlich zu langweilen anheben, sticht die Nagelfeile sich in die weiche Innenseite eines Unterarms, gräbt die Haut ein wenig um, um sich ein frühlingshaftes Beet zu richten, und dann ist es eine hübsche kleinwahrscheinliche Zeichnung, die proportional zu ihrer Größe verschiedenartige Schmerzen aussortiert und schön und gut sich gebärdet.

Das große schlaksige GUTE hat tatwirklich eine kleine

kurzpelzige Behaglichkeitseinheit im Küchenabfall aufgefunden, und das behaglichkeitsförmig schnurrende Pelztier hat nichts und niemand daran auszusetzen, daß es vom GUT-schönen zärtlich mißbraucht wird.

Vor lauter unverhohlener Fröhlichkeit hat es sogar aufgehört still zu sein, und sogar die Ruhe wirkt irgendwie abwesend und unentschlossen. Eine helldunkle Beruhigung schlendert heran an dieses abfertigungsberechtigte Ensemble, donnert der zerstreuten Ruhe auf eine schmal gewordene Schulter, verbeugt sich linkisch vor der ausgeknipsten Stille und bietet sich an als die Wachablöse, die ein Andenken hochhalten können will.

NUN, und jetzt wird es wieder ein Raum sein können für eine Langeweile, so hat man zu denken, während das Blut aus dem frühlingshaft umgestochenen Hautbeet sich schon eine eigenstrategisch günstige Geschwindigkeitsbeschränkung auferlegt, weil man als Blut ein sukzessives Versiegen vorzuführen hat.

Das GUTE ist also das kulminationspunktuelle Brechen des Drecks, um via Beruhigung einer domestizierten Langeweile anheimfallen zu können, bis die Langeweile sich mit ihrem Empfinder wieder in ein dreckförmiges Untier hineingemästet haben wird.

Der Dreck hat Werkscharakter.

Das Gute hat Werkscharakter.

Der Kulminationspunkt hat Werkstoffcharakter.

Die Verzweiflung IST Werkstoffcharakter.

Und die Langeweile ist der Hochsicherheitshauptstoff der Grundbefindlichkeitsindustrie. Der berühmt gepinkelte Ennui setzt sich also als Stoff voraus und hinter ein jedes intelligente Produkt und ist es auch noch selber. Oder man betrachtet ein jedes an sich zu beobachtende Zurücksinken als energetisches Strafausmaß und bezieht ein jedes Verschwinden von Gegenständen und Menschen ausdrücklich auf das eigene Instrumentarium. Das könnte man tun. Das ist eine schwabistische Drehscheibe. Darum ist bisweilen die Nagelfeile in der Küche mit dem Küchenmesser zu verwechseln. Darum ist ein NagelfeilenGEDANKE per se mit einem KüchenmesserGEDANKEN abzuwechseln, auf daß man die Phänomene auf der phänomenalen Wildbahn nicht verwechseln muß.

Und mit Literatur als daten- und figurenfreies Biographiematerial ist dies alles verhältnismäßig ortlos gut zu stimulieren, so gut zu stimulieren, daß man anhebt, den Dreck gut zu glauben. Das ist übrigens das auszulachende Geheimnis einer Literatur, die da einfach immer so daherkommt und einen mit Beschlag belegt wie eine Einheit Speisereste ein Gebiß, bis man sich selber womöglich aufregt. Und dabei hat man sich eine solche Begegnung mit einer solchernen Literatur immer schon vorher geradezu geheimdienstlich vorausgeregelt.

ALLES ist: sich selber so dreckfadisierend: geradezu geheimdienstlich vorneweg davongeregelt. Und das kann man für ein Beispiel mit so einer Literatur sehr gut zeigend vorspielen. Und das ist ziemlich günstig GUT, weil es womöglich kein totaler Scheißdreck sein muß.

Und das genügt – hoffentlich.

ERNST HERBECK

Gugging, 8.8.1954

Alexander

Bin geboren am 3. Mai 1928
In der Schule habe ich gelernt lesen und schreiben
4 Jahre Volksschule
dann lernte ich das Tischlergewerbe mein Lehrbrief
liegt bei meinen Sachen in der Anstalt
Meine Lieblingsbeschäftigung Tischlerei, malen,
zeichnen, hausarbeiten
wenn ich jemanden hätte der mir gut ist und mir auch
hilft daß ich gesunde so möchte
ich gerne in einer meiner Lieblingsbeschäftigungen ar-
beiten. Sodaß ich mein tägliches Brot selbst verdiene
Seit ich in der Anstalt Gugging binn war ich auf Abtei-
lung VI und jetzt auf V mit hausarbeiten beschäftigt.

Hochachtungsvoll
Alexander

Mein Leben

Als Kind hatte ich mich in einem Deckerl befunden. Auch einen Wagen hatte ich wo ich geschoben wurde.

Ein Forstadjunkt hatte für mich eine Wildente geschossen. Er schaute mir in die Augen – Ich hatte auch einen Stoppel.

Das Deckerl, das ich hatte, war Blau. Ich spielte mich mit einer Trommel.

Irgendjemant schüttete mir kaltes Wasser auf den Kopf. Da war das die Taufe.

Über die Sprache

Die Sprache ist die Not-
wendigkeit der Menschen
und wird zu Papier gebracht.
Ist die Sprache vollständig, so
setzt man einen Punkt hin wie
bei der österreichischen. Wien
ist der Ausgangspunkt unserer
Sprache; die ist eine Abteilung
deutsch. Wird die Sprache gesungen
und getippt, so gibt sie der
Rundfunk – durch den Sender wieder.
So meint es mein Freund Kurt Bauer.

Der Roman

Der Roman ist eine Liebe zu nicht dagewesenem.
Die Lust zu schreiben kann auch während des

Schreibens erst eintreten. Eine Voraussetzung ist ein
bestimmtes Ruhegefühl.
Das Ich lebt von Phantasie
und von Reue und von
überlassenen bewegungen.

Der Tod hat im Leben viele ereignisse
in Ewigkeit ist er ein einfaches.

Der Schnee kann auch mit Musik-
stimmung betrachtet werden.

Die Poesie

Die Poesie ist eine mündliche Form der Prägung der Geschichte in Zeitlupe. Die Poesie ist eine Dichtung. Der Lehrer hat uns in der Schule gelehrt, daß Poesie eine Dichtung ist. Die Poesie ist auch eine Abneigung zur Wirklichkeit die schwerer ist als diese. Die Poesie ist eine Übertragung der Obrigkeit zum Schüler. Der Schüler lernt die Poesie und das ist die Geschichte im Buche. Die Poesie lernt man vom Tiere aus, das sich im Wald befindet. Berühmte Geschichteschreiber sind die Gazellen.

Das Leben

Das Leben ist überraschend
und manchmal denkt man etwas klein
aber in Ewigkeit ist
es sehr schön.

Ich über mich

Wir zwei sind die einzigen, die wirklich denken.

Das Leben

Das Leben ist schön
schon so schön als das Leben.
Das Leben ist sehr schön
das lernen wir; das Leben
Das Leben ist sehr schön.
Wie schön ist das Leben.
Es fängt schön an das Leben.
So (schön) schwer ist das es auch.

Die Liebe

Es war ein lieber Antwortbrief
da hieß es nur ein Anfang nit
»die« Liebe – liebe ist es nicht.
Da war der Anfang nicht darauf
was fehlte im hder liebe Hauch.
Wie immer war die liebe da.
die Liebe,
Wo auch st »ein leiser Hauch«.

Frühling

Der Herr Fäller war im Wald
und sie der Bauer war im Wald

da sah er wie im Wagen rollte
wo das Herz im Herzen Holz schlug.
tik targ wo auch ein Knorr zu
  hören war
und hielt sie ganz wunderbar
  im Frühling.
über's ganze Jahr.

Der Herbst

Die Blätter sind von den Bäumen
  gefallen.
Und zieren nun den Boden
  stumm.
Der Himmel ist ganz still und
  stumm.
Der Wald ist ruhig und zufrieden.
Der Jäger pirscht sich an das Wild –
an Reh, Hirsch und Has.
Der Herbst ist eingefallen.

Herbst

Als einsamer Melder im Walde
war ein Kuckuck ruft.
der Wind saust die Äste und
siehe da, der Herbst war da.
scherz ein großer Hahnengruß
ein Hase war ein lieber Kuß.
der Alte ließ die Wimpern fallen
wo auch im Herbst die Blätter sallen.

Die Wintertage

Hell lesen wir am Nebelhimmel
wie dick die Wintertage. Sind.
Offenkunde Volk und Mädel
d'sich kundig selbst hier tummeln.
der Schnee und das Eis am Bache war.
rundig und das Wasser rauscht.
und das Wasser rauscht.

Der Traum

Der Traum ist ein Papier
der Traum ist zur Nacht
da kam der Pförtner
der die Tore aufmacht.

der Traum ist klares Licht
der Tod ist die Frau
der Der Tag ist der Traum
und der Baum ist der Traum

Der Morgen

Im Herbst da reiht
der Feenwind
da sich im Schnee
die Mähnen treffen,
Amseln pfeifen heer
im Wind und fressen.

Das Leben der Steine

Das Leben der Steine in der Uhr.
beherzigen die Zeit in der Uhr.
oder treiben die Zeit in der Uhr an.
und die Uhr geht. Die
   Zeiger zeigen
   die richtige Zeit an.

Die Zeiger die Uhren der Zeit
zeigen die richtige Zeit an.
Die Sterne zeigen im
   Sauseschritt der Uhr;
wir sausen mit! Das Leben
   der Steine in der Uhr.

Der Schutzengel

Der Schutzengel ist ein ra-
sender Narr. Er fliegt und
schützt alles für sich. Er
tötet alle die nichts haben.
die, die etwas schulden –
oder auch schuldig sind tötet
er nicht. Sie gehören alle
Ihm.

Der Einzellne und die Gesellschaft

10 Thesen

1. Der Einzellne ist meistens allein, und wenn er sich in Gesellschaft befindet, ist er Gesellschafter.
2. Er trinkt gerne Wein und Bier und Coca-Cola, und das sehr gerne, und wenn, dann ist er eingeladen.
3. Er ist ein Zeitvertreiber und spricht auch etwas viel. und das sehr gut. und mit dem Tanzen ist es mit ihm schlecht bestellt.
4. Ein Affe ist auch ein Einzellner. Wenn er sich auf dem Baum befindet, ist er meistens allein. Er sucht sich mehrere Affen, dann ist er nicht mehr allein im heißen Afrika.
5. Der Einzellne hat schon ein Auto und gründet eine Familie, eine Gesellschaft, er verdient und kauft sich bessere Sorten Zigaretten.
6. Ein schöner Hase ist meistens der Einzellne. Er sucht sich einen Anhang, eine Familie. Bis sie im Herbst erschossen werden.
7. Die Gesellschaft ist im Gasthaus oder in einem Wirtshaus anzutreffen.
8. Die Schnapser bilden auch eine Gesellschaft, ein Blatt sozusagen. Sie spielen von 24 herunter nach Bummerln. Und wer gewinnt, der hat sie.
9. Der Einzellne ist auch ein Elefant, er geht auch in einer Gesellschaft und ziehen in Rudeln gemeinsam. Der Einzellne wird meistens abgeschossen.
10. Der Einzellne ist auch ein Hecht. und wenn er raubt, dann in einer Gesellschaft. Er wird gerne gegessen von einer Gesellschaft. Bei einer Hochzeit und so. Und auch wenn der Einzellne Geburtstag hat. Der Einzellne ist ein Weihnachtsbaum, er steht im Walde.

Jelineks Wahl III

ELFRIEDE JELINEK

wer ist denn schon zu hause

Paul Celan, Imre Kertész, Binjamin Wilkomirski, Danilo Kiš

Was sollte ein materieller Beweis sein, daß Menschen einmal gelebt haben? Haare, Zähne, Brillen, Koffer, Gebrauchsgegenstände? Das Aufschreiben jedenfalls ist keiner. Aber es wird doch dauernd geschrieben, gerade von denjenigen, die ihre Angehörigen oder Teile ihres eigenen Lebens verloren haben. Und selbst wenn es aufgeschrieben ist, zählt es vielleicht nur für wenige. Es müßte alles was aufgeschrieben wurde für alle gleichermaßen von Bedeutung sein. Ist es aber nicht. So wie in der »Enzyklopädie der Toten« von Danilo Kiš das Leben jedes Menschen, der gelebt hat und gestorben ist, aufgeschrieben ist, so kann es selbst dann nicht erreicht werden, daß das Leben von jedem, der tot ist, für jeden, der lebt, von Bedeutung ist. Das Leben von Kišs Vater interessiert dessen Frau und Sohn. Die meisten interessieren nur wenige, manche interessieren gar keinen und sind doch dagewesen und wieder fort. Das ergibt, daß unaufhörlich gesprochen wird. Wilkomirski spricht, um den Beweis zu bekommen, daß es ihn als Kind gegeben hat, obwohl das eigentlich von den Nazis nicht vorgesehen war und sie auch alles getan haben, um dieses Kind bewußt- und erinnerungslos zu machen, überflüssig wie alle KZ-Insassen, noch überflüssiger als diese, schon vor der Arbeit zu vernichten. Es ist schon eine Anmaßung von mir zu behaupten, weshalb Wilkomirski das alles aufschreibt, obwohl er den Grund ja ausdrücklich nennt. Ich darf ihm trotzdem nicht leichtfertig nach-sprechen, obwohl ich seine Erinnerungen ans Kinder-KZ lesen kann; nein, Erinnerungen kann man sie nicht nennen, Totalität bedeutet schließlich, daß es innerhalb dieser Totalität nichts Ganzes geben darf, auch keine Individuen, keine Subjekte, und daher kann man auch niemals zum »Herrn« seiner Erinnerung werden.

In dieser Tautologie, daß die Lager um ihrer selbst willen und zu keinem Zweck da waren, als höchstens ihren Bewachungsapparat zu finanzieren und beschäftigt zu halten, und sich daher nur aus sich erklären konnten, weil es nichts Vergleichbares, das man sich noch erklären könnte, je gegeben hat, hebt sich jedes Sprechen über das KZ sofort selbst wieder auf. Das Wesen der Tautologie besteht ja darin, daß nichts über sie hinaus zu sagen ist. Menschen, die keinen Preis haben und daher auch keinen Wert, sind nicht einmal Objekte. Sie sind Gegenstände der totalen Herrschaft und dem totalen Willen zur Macht anheimgefallen. Wilkomirski kann uns höchstens in einer fahrenden Bahn begegnen, und wir fahren immer in die Gegenrichtung. Es bleibt nur der flüchtige verwischte Eindruck, und selbst diese kurze Sekunde bleibt alles was gesagt werden kann, das ist, was darin Platz hat.

Töten kann jeder, und der Staat ist dazu da, weil seine Teilnehmer das wissen, ihnen das zu untersagen und es nötigenfalls selber zu machen. Da jeder jeden beherrschen möchte, muß er sich beherrschen und es dem Staat überlassen, der dies, je nach Epoche, besser oder unvollkommener erledigt. Die Werke der Dichtung haben das oft ausgeglichen. Sie haben den Menschen von außen gezeigt, wo sich auch seine Oberfläche normalerweise aufhält (nur die großen chinesischen Meister können in ihren Bildern ganz verschwinden), damit sich die Leute in ihre eigenen Schicksale verlieben konnten, jedes selbstverständlich völlig unterschiedlich vom andren, manches im Sonderangebot, ein andres wieder teuer. Politische Herrschaft ist gemein und ungerecht, manchmal mehr, manchmal weniger, aber glänzend hebt sich der Romanheld hervor. Man kann schildern, was er alles aushält, Glück und Unglück, Erfolg und Leiden. Das ist durch die Erfahrung der Totalität zunichte gemacht worden.

Die Autoren, die ich an diesem Abend zu Wort kommen lassen möchte, sind wortlose, auch wenn sie vieles sagen. In einer Gesellschaft, die ihre Teilnehmer ausschließlich aufgrund ihres »Bluts« und ihres Aussehens ausgewählt hat, und deren Begabung und Brauchbarkeit nur danach mißt, zeigen sich die Mitglieder damit erkenntlich, »daß ihnen ideologische Klischees oder Fragen der Weltanschauung unmittelbar zu organisatorischen Werkzeugen werden« (Hannah Arendt). Nicht einmal die sogenannte Gesinnung zählt mehr, aber daß einer über 1,70 zu sein hat, das zählt, und auch seine blauen Augen, sein blondes Haar und sein Ariertum, die zählen. Was sollen da die Dichter erzählen, die ja gar nichts zählen? Oder, wie Kiš, welche die einzigen sind, die die Toten zählen und als einzelne wieder hervortreten lassen. Selbst das schaffen sie nur, wenn sie zu »ihrem« Toten (im Falle Kišs: der Vater) eine persönliche Bindung haben. Wilkomirski hat nichts mehr, sich selbst nicht, seine Familie nicht mehr, keine Vergangenheit, kein Ich, nur im Schreiben kann er sich noch treffen und mit sich bekannt machen und sich aus dem Mehl der Todesmühlen wieder mühsam zu einer Figur kneten. Oder das nicht geborene Kind von Kertész Imre, für das Kaddisch gesagt wird, obwohl es das Kind nie gegeben hat, und zwar, weil es dieses Kind nicht, weil es kein Kind geben durfte. An dieses Nicht-Kind (Kein-Kind) erinnert man sich später immer wieder wie in einem blinden Fleck, an einer vereisten Stelle auf der Haut, welche Erinnerung bedeuten an etwas, das nicht war, weil es nicht sein konnte.

Gerade ein solches Schreiben bedeutet nicht Verschwommenheit, sondern höchste Präzision, da ja die Dinge, die im Schreiben geschaffen werden, immer wieder aufs neue auch wieder verschwinden müssen, weil schreiben bedeutet, dem Unsichtbaren nachdenken, und diese Dichter, die ich meine, denken dem nie Gewesenen nach, da sie einmal dafür bestimmt waren, nicht zu sein. Es hat das auch nichts zu tun mit dem »verwesenden Geschlecht« Trakls, das aus der Art seines Wesens ein für allemal herausgesetzt, »entsetzt« (Heidegger) und vereinzelt ist, seine Nachkommen, die anderen, werden ja doch wieder mit Liebe aufgenommen werden. Für Kertész ist genau in dem »Nein« auf die simpelste aller Fragen, ob man nämlich Kinder habe, eine Frage, in der er immer wieder selbst aufs neue nicht mehr existieren kann, weil auch dieses Kind nicht existieren konnte und der Befragte aus der Welt der Lebenden dauerhaft ausgeschlossen ist, Grund um immer wieder selbst nicht zu sein. »... und zuweilen, wenn nur das Nichts zwischen uns stand, fanden wir ganz zueinander« (Paul Celan): Das letzte, was bleibt, ist die Zeit, eine Dimension eines Raumes, der alle umfaßt und sich dabei doch weiterbewegt, und auch die Zeit, als dynamische Proprietät, bleibt jetzt stehen. Man findet erst ganz zueinander, wenn das Nichts zwischen dem einen und dem andren steht. Wenn das Zukünftige schon präsent ist und sich nicht unterscheidet von Gegenwart und »einer Vergangenheit, welcher das Subjekt mit der Feststellung, daß man nicht gelebt habe, ein vernichtendes Urteil spricht« (Marlies Janz über Paul Celan). Andrerseits sind es dann gerade die Augenblicke, da die Subjekte von der Zeit befreit sind (»zuweilen!«), in denen es Subjektivität oder »Erfüllung« wieder geben könnte. Gerade in der größten Zeitferne, da man sich von allem gelöst hat, kann für zwei die Zeit stillstehen, eine beliebte Forderung von Liebenden, bekanntlich. Oder es ist etwas ganz anderes gemeint,

»Finger, rauchdünn. Wie Kronen, Luftkronen um– – «. Da bricht die Sprache mittendrinnen ab. Finger, die zu Rauch geworden sind, wen sollten sie krönen, hervorheben, welchen König? Oder die von Frost verbrannten, empfindungslos gewordenen Finger der Säuglinge in Wilkomirskis Kinder-KZ, die sich die Kleinen bis auf die Knochen abgenagt haben, da sie sich selbst ja nicht mehr spürten. Die Sprache hebt auf nichts mehr ab, sie bricht und ist jetzt vollkommen abgebrochen. Und das wiederholt sie ununterbrochen, obwohl, gerade weil Abgebrochenes nicht mehr so zusammengefügt werden kann, daß es wirklich wieder »aufs neue« abbrechen könnte, »entsiegelt wie wir«, entsiegelt, wie wir jetzt nun einmal sind.

PAUL CELAN

SCHREIB DICH NICHT
zwischen die Welten,

komm auf gegen
der Bedeutungen Vielfalt,

vertrau der Tränenspur
und lerne leben.

Judenwelsch, nachts

Ich gab, ich gab – als Stein kommt es zurück.
Es schwirrt.
Es trifft.

Im Eiterlicht, im Angesicht
der Mörder, Hände: Schlaft ihr nicht?

Sie treffen. Sie trafen.
Wir schlafen, wir schlafen.

Und jene – die »andern«?

Wir schlafen: wir wandern.

Die Schleuse

Über aller dieser deiner
Trauer: kein
zweiter Himmel.

. . . .

An einen Mund,
dem es ein Tausendwort war,
verlor –
verlor ich ein Wort,
das mir verblieben war:
Schwester.

An
die Vielgötterei
verlor ich ein Wort, das mich suchte:
Kaddisch.

Durch
die Schleuse mußt ich,
das Wort in die Salzflut zurück-
und hinaus- und hinüberzuretten:
Jiskor.

Das Wirkliche

Vom Kreuz, davon blieb, als Luft,
nur der eine, der Quer-
balken bestehn: er legt sich,
unsichtbar legt er sich vor
die tiefere Herzkammer: du
erinnerst dich an dich selber, du
hebst dich hinaus aus der Lüge –:
frei
vor lauter Beklemmung
atmest du jetzt
und du

sprichst.

ES WAR ERDE IN IHNEN, UND SIE GRUBEN.

Sie gruben und gruben, so ging
ihr Tag dahin, ihre Nacht. Und sie lobten nicht Gott,
der, so hörten sie, alles dies wollte,
der, so hörten sie, alles dies wußte.

Sie gruben und hörten nichts mehr;
sie wurden nicht weise, erfanden kein Lied,
erdachten sich keinerlei Sprache.
Sie gruben.

Es kam eine Stille, es kam auch ein Sturm,
es kamen die Meere alle.
Ich grabe, du gräbst, und es gräbt auch der Wurm,
und das Singende dort sagt: Sie graben.
O einer, o keiner, o niemand, o du:
Wohin gings, da's nirgendhin ging?
O du gräbst und ich grab, und ich grab mich dir zu,
und am Finger erwacht uns der Ring.

SOVIEL GESTIRNE, DIE
man uns hinhält. Ich war,
als ich dich ansah – wann? –,
draußen bei
den andern Welten.

O diese Wege, galaktisch,
o diese Stunde, die uns
die Nächte herüberwog in
die Last unsrer Namen. Es ist,
ich weiß es, nicht wahr,
daß wir lebten, es ging
blind nur ein Atem zwischen
Dort und Nicht-da und Zuweilen,
kometenhaft schwirrte ein Aug
auf Erloschenes zu, in den Schluchten,
da, wo's verglühte, stand
zitzenprächtig die Zeit,
an der schon empor- und hinab-
und hinwegwuchs, was
ist oder war oder sein wird –,

ich weiß,
ich weiß und du weißt, wir wußten,
wir wußten nicht, wir
waren ja da und nicht dort,
und zuweilen, wenn
nur das Nichts zwischen uns stand, fanden
wir ganz zueinander.

Schreib dich nicht
zwischen die Welten,

am Rand der Tränenspur lerne
leben.

BINJAMIN WILKOMIRSKI

Bruchstücke

Ich habe keine Muttersprache, auch keine Vatersprache. Mein sprachlicher Ursprung liegt im Jiddisch meines ältesten Bruders Mordechai und im hinzugelernten, babylonischen Wirrwarr aus verschiedenen Kinderbaracken in den polnischen Lagern der Nazis für Juden.

Der Wortschatz war klein; er reduzierte sich auf das Notwendigste, um das auszudrücken und zu verstehen, was zum Überleben notwendig war. Irgendwann in dieser Zeit hat es mir ohnehin die Sprache verschlagen, und es dauerte lange, bis ich sie wieder fand. So war es mir kein großer Verlust, daß ich dies Kauderwelsch, nirgendwo brauchbar nach dem Kriege, zu einem großen Teil vergessen habe. Die Sprachen, die ich später lernte, wurden aber nie ganz meine eigenen, waren im Grunde immer nur bewußte Nachahmungen der Sprache anderer.

Meine frühen Kindheitserinnerungen gründen in erster Linie auf den exakten Bildern meines fotografischen Gedächtnisses und den dazu bewahrten Gefühlen – auch denen des Körpers. Dann kommt die Erinnerung des Gehörs und an Gehörtes, auch an Gedachtes und erst zuletzt die Erinnerung an Selbstgesagtes.

»Wer sich nicht erinnert, verspielt seine Zukunft«, so schrieb einmal ein weiser Mann.

Wer sich nicht erinnert, woher er kommt, wird nie genau wissen, wohin er geht.

Meine frühesten Erinnerungen gleichen einem Trümmerfeld einzelner Bilder und Abläufe. Brocken des Erinnerns mit harten, messerscharfen Konturen, die noch heute kaum ohne Verletzung zu berühren sind. Oft chaotisch Verstreutes, chronologisch nur selten zu gliedern; Brocken, die sich immer wieder beharrlich dem Ordnungswillen des erwachsen Gewordenen widersetzen und den Gesetzen der Logik entgleiten.

Will ich darüber schreiben, muß ich auf die ordnende Logik, die Perspektive des Erwachsenen verzichten. Sie würde das Geschehene nur verfälschen.

Ich habe überlebt, und etliche andere Kinder auch. Unser Sterben war geplant, nicht unser Überleben! Gemäß der Logik des Plans und nach der Ordnung, die für seine Durchführung ersonnen wurde, müßten wir tot sein. Aber wir leben! Wir leben im Widerspruch zu Logik und Ordnung.

Ich bin kein Dichter, kein Schriftsteller. Ich kann nur versuchen, mit Worten das Erlebte, das Gesehene so exakt wie möglich abzuzeichnen – so genau, wie es eben mein Kindergedächtnis aufbewahrt hat: noch ohne Kenntnis von Perspektive und Fluchtpunkt.

Die ersten Bilder tauchen auf, vereinzelt nur, als Auftakt quasi, Blitzlichtern gleich, ohne sicheren Zusammenhang, aber scharf und deutlich. Bilder nur, noch kaum begleitet von eigenem Denken.

Es muß in Riga gewesen sein, im Winter. Der Stadtgraben war zugefroren. Ich sitze wohlverpackt mit jemandem auf einem Schlitten, und wir gleiten über das Eis, wie auf einer Straße. Andere Schlitten überholen uns, auch Menschen mit Schlittschuhen. Alle lachen, haben fröhliche Gesichter. In der Sonne glitzern die verschneiten Äste der Bäume zu beiden Seiten. Sie neigen sich über das Eis; wir fahren unter ihnen durch, wie durch einen silbernen Tunnel. Ich glaube zu schweben, ich bin glücklich. Doch schnell wird diese Erinnerung verscheucht durch dunkle, beklemmende Bilder, die sich in mein Hirn drängen und nicht wegzuwischen sind. Gleich einer undurchdringlichen schwarzen Wand stellen sie sich vor das Glitzern und die Sonne:

Zum ersten Mal das Gefühl von Todesangst in Brust und Kehle, das schwere Trampeln von Stiefeln, eine Faust, die mich aus meinem Versteck unter der Decke am Fußende des Bettes hervorreißt und in der Mitte eines sonst leeren Zimmerchens auf den Boden fallen läßt.

Am Fenster stehen kerzengerade und nach Größe gereiht vier oder fünf Knaben.

Meine Brüder vielleicht.

Im Halbdunkel der Ecke der Umriß eines Mannes mit Mantel und Hut, und ein sehr liebes Gesicht lächelt mir zu.

Mein Vater vielleicht.

Uniformierte und Gestiefelte brüllen ihn an, schlagen ihn, führen ihn zur Tür hinaus. Ein Angstschrei gellt durchs Treppenhaus.

»Achtung! Lettische Miliz!«

Türen schlagen zu.

Der Mann wird hinuntergeführt. Ich krieche hinter ihm her, klammere mich ans Treppengeländer und klettere hinunter. Sie nehmen den Mann ins Freie, ich folge und blicke auf die vereiste Straße. Überall Geschrei, viele Menschen rennen umher. Überall auch Uniformierte, böse Rufe von allen Seiten. Eine Holzwand sehe ich, die Straße ist abgesperrt, wie eine Sackgasse.

Den Mann haben sie an die Hauswand neben das Eingangstor gestellt. Grölend springen die Uniformierten auf ein Gefährt, das in der Straße steht; sie werfen die Arme in die Luft, schwingen Stöcke und verzerren die Gesichter in rasender Wut. Und sie schreien immer wieder dasselbe, es klingt wie:

»Macht ihn fertig! Macht ihn fertig!«

Das Gefährt bewegt sich. Immer schneller fährt es auf die Hauswand, auf uns zu. Der Mann steht reglos noch immer an die Mauer gelehnt, dicht neben mir. Ich sitze am Boden, halb unter dem Tor, halb an der Wand und blicke zu ihm auf. Er blickt auf mich herunter und lächelt.

Doch plötzlich verzerrt sich sein Gesicht, er wendet sich ab, er hebt seinen Kopf nach oben, reißt den Mund auf, wie zu einem gewaltigen Schrei.

Von unten, gegen den hellen Himmel, sehe ich nur noch die Konturen seines Kiefers und den Hut, der ihm nach hinten rutscht.

Kein Schrei kommt aus seiner Kehle, aber ein mächtiger, schwarzer Strahl schießt aus seinem Hals, als das Gefährt ihn krachend an der Hauswand zerquetscht.

Ich bin traurig und erschrocken, weil er sich von mir abgewendet hat, aber ich fühle, daß er es nicht tat, weil er mich nicht mehr liebt. Sein eigener Schmerz muß übergroß gewesen sein, und er hat sich nur abgewendet, weil etwas Unbekanntes noch viel stärker war als er.

Mit einem Schlag begreife ich:

Von jetzt an muß ich ohne dich weitermachen, ich bin allein.

Nach einer Weile erst habe ich mich getraut hinzuschauen, aber der Mann war nicht mehr da. Nichts mehr war zu erkennen als ein kleiner Hügel von Kleidern, Blut und Schnee am Straßenrand.

Ein winziges Zimmer sehe ich, das einzige Fenster mit Tüchern verhangen, abgedunkelt. In der Mitte ein kleiner Tisch, zwei Männer und eine Frau sitzen im Kreis. Auf dem Tisch ein riesiges Papier, das knistert, wenn sie die Ellbogen darauf stellen, die Köpfe in die Hände gestützt. Eine Petrollampe brennt in der Mitte und beleuchtet die Gesichter. Gesprochen wird leise, fast nur geflüstert. Finger fahren entlang von Linien auf dem Papier.

Am Boden, in der Ecke des Zimmers ein ovaler, geflochtener Korb, ausgelegt mit Lumpen. Ich sitze auf dem Schoß der Frau, blicke über den Rand des Tisches und beobachte die Gesichter. Nach einer Weile hebt mich die Frau hinunter und bettet mich in den Korb.

Es ist Nacht, es ist furchtbar kalt. Eine Frau trägt mich, ein Begleiter ist dabei und einige Knaben, die selber laufen können. Wir rennen Hausmauern entlang, wir warten an mehreren Kreuzungen, vorsichtig um die Ecken schauend, dann eilen wir weiter. Nochmals warten wir lange, ich sehe schwach ein Straßenschild.

»Jetzt! Los!« heißt es plötzlich, und wir rennen über einen großen, freien Platz und erreichen den Hafen.

Ich sitze am Quai auf einer Bohle, an der ein Schiff angebunden ist. Wir sitzen im Dunkeln, müssen lange warten. Die Kleider sind naß bis auf die Haut. Ich friere entsetzlich. Endlich, es ist soweit, wir steigen drei, vier Stufen eine Leiter empor und versammeln uns am Bug des Schiffes. Säuberlich aufgerollte Seile liegen da, in der Mitte eine Höhlung bildend. Ich werde wie in einen Topf hineingesetzt. Die Frau setzt sich auf den Rand, die Knaben legen sich ringsum auf den Boden.

Zu meiner Linken wird es ein klein wenig hell am Horizont, und ich kann deutlich schon die Umrisse der Stadttürme erkennen gegen den Himmel, als das Schiff vom Ufer ablegt. Ein Stück weit fahren wir an der Stadt vorbei, und ich erahne die Richtung und das Quartier, von dem wir in dieser Nacht aufgebrochen sind. Die Frau breitet ein Tuch über mich, ich kann jetzt nichts mehr sehen. Trotz Kälte und Schlottern schlafe ich ein.

Ein Bahnhof taucht auf in meiner Erinnerung. Wir müssen durch eine Schranke, Papiere werden gezeigt und angeschaut, gefälschte vielleicht.

Erleichtertes Aufatmen, wir stehen auf dem Bahnsteig, die Sonne scheint. Ich habe das Gefühl, eine Gefahr überwunden zu haben, aber ich weiß nicht welche. Menschen stehen herum und warten, viele Frauen darunter, sauber, in schönen Kleidern, lächelnd und mit verschiedenartigen, seltsamen Hütchen auf dem Kopf – etwas Neues für mich.

Ich wundere mich über das friedliche Bild. Die Menschen spazieren, ruhig und entspannt, und ich denke: Wie ist dies möglich? Sie scheinen keine Ahnung zu haben, was auf der anderen Seite geschehen ist! Und ein unbestimmtes Gefühl sagt mir: Dies ist nicht ein echter Friede, ihm ist nicht zu trauen – es ist nur der Frieden der Sieger!

Wieder stehen wir an einem Gleis und warten. Kein Bahnsteig ist da, auch kein richtiger Bahnhof, nur ein kleines Haus. Gleichsam auf freiem Feld stehen wir neben den Schienen. Viele Menschen stehen mit uns, wir stehen und warten, gleißende Sonne über uns, ich habe Durst.

Endlich sehe ich den Zug, er zischt und raucht, kommt langsam zum Stehen. Doch er ist schon überfüllt. Menschen stehen auf den Trittbrettern. Wie Bündel hängen sie dort. Sogar auf der Lokomotive sitzen Uniformierte, und ich wundere mich, daß sie dort trotz der Hitze sitzen können.

Unmöglich erscheint es mir, in einen der Wagen zu steigen. Ein Gedränge und Geschiebe hebt an, und irgendwie gelangen wir doch hinein.

Eine Reise beginnt, die unendlich erscheint. Unendliche

Felder, unendliche Wälder und immer der schreckliche Durst. aber eine unbestimmte Hoffnung scheint dazusein. Ich begreife zwar nicht, worin sie besteht, auch wenn die Frau es mir erklärt. Ich ahne aber, es hat etwas mit Lemberg zu tun.

Ich weiß nicht, was Lemberg ist. Es ist wie ein Zauberwort, das ich höre, das mir schwebend im Kopfe hängenbleibt. Es scheint ein Ort zu sein, eine Stadt vielleicht , mit der sich eine große Erwartung verbindet, als müßten wir dort jemanden suchen – jemanden treffen, der hilft.

Wir haben Lemberg nie erreicht, und wir haben den Rätselhaften nie gefunden, der uns helfen sollte. Statt dessen folgten Jahre, die ich erst langsam zu begreifen begann, als mir wieder jemand Hoffnung einzureden versuchte und mich wieder auf eine große Reise mitnahm.

Die Knochen

Es war schon Abend und es war bitterkalt in der Baracke. Ich lag auf meiner Pritsche – zu viert lagen wir da, eng, um uns zu wärmen. Fast zuvorderst waren wir, nahe am Eingang. Wir schliefen kaum, da näherten sich Schritte vor dem Tor, es öffnete sich, und eisiger Wind blies herein. Eine Gestalt war zu sehen. Hastig warf sie zwei schwere Bündel hinein. Das Tor wurde wieder geschlossen.

Es war nicht zu erkennen, wer die Bündel zu uns geworfen hatte, eine Uniformierte, eine Blockowa oder einfach eine Häftlingsfrau aus der Nachbarbaracke.

Nun lehnten die Bündel am Boden gegen unser Pritschenbrett. Vorsichtig blickte ich über den Rand hinab. Die Bündel bewegten sich, zwei Köpfe, zwei weiße Gesichter waren zu erkennen, riesige dunkle Augen. Winzige Kinder waren es, Zähne hatten sie schon, aber sprechen konnten sie nicht.

Sollen sie bei uns schlafen? Hier auf dem Boden? Noch nie habe ich so kleine Kinder von nahem gesehen!

Ich überlegte.

Die Pritschen waren übervoll.

Vielleicht morgen, da wird man ihnen einen Schlafplatz zuweisen, dachte ich, und ich beobachtete sie weiter. Wieder bewegten sie sich. Sie hoben die dünnen Ärmchen aus den Lumpen und ich erschrak. Sie waren weiß wie ihre Gesichter, nur die Hände, besonders die Finger, die waren schwarz, und Nägel konnte ich keine erkennen.

»Erfroren!« flüsterte Jankl neben mir.

Sachte stupsten wir sie an – sie reagierten nicht. Sie lutschten an den schwarzen Fingern, vielleicht um sie zu wärmen, so dachte ich, und ihr Blick aus großen Augen schien starr in weiter Ferne irgend etwas zu suchen.

Ich erwachte, als es hell wurde. Ich arbeitete mich zum Rand der Pritsche vor und blickte hinunter: Sie waren noch da, genau so wie am Abend, als hätten sie sich nie bewegt. Ich lehnte mich weiter nach vorne, und zweifelte an dem, was ich sah:

Beide hielten starr ihre Hände vor dem Gesicht, vor den glasigen, halbgeöffneten Augen. Aber nein! Das waren doch keine richtigen Hände! Was ich sah, konnte ich mit nichts verbinden, das ich kannte.

Ihre Hände waren noch schwarz wie am Abend zuvor, aber die Finger! Diese Finger waren nun weiß, schneeweiß. Doch es waren keine richtigen Finger. Was ich sah, waren winzige weiße Stäbchen, wie zerbrochen, jedes in eine andere Richtung zeigend.

Aufgeregt zog ich Jankl am Arm.

»Was ist das? Jankl, schau, die Hände!« rief ich, und Jankl blickte lange über den Rand des Bettes.

»Knochen!« sagte er dann, »nur Knochen, so siehst du inwendig aus, auch du hast solche Knochen, überall, wo es hart ist. Sie halten dich zusammen, man darf sie nur nicht brechen.«

Ich befühlte meinen Körper, meine Hände, meine Arme, meine Knie. Ich betastete das Harte und ich konnte mir zum ersten Mal vorstellen, wie meine Knochen aussehen. Ich hatte das erhabene Gefühl, eine große Entdeckung gemacht zu haben.

»Aber, aber warum sind bei denen die Knochen draußen – mich hält doch Haut zusammen? Sind sie krank?« fragte ich, und ich wurde ängstlich.

Etwas schien nicht in Ordnung zu sein. Jankl hatte mir noch nicht die ganze Wahrheit gesagt. Jankl kaute an seinen Lippen.

»Sind sie krank?« wiederholte ich, und Jankl sagte:

»Ja – die Krankheit heißt Hunger. Erfrorene Finger schmerzen nicht – sie haben in der Nacht ihre Finger bis auf die Knochen abgenagt, aber jetzt sind sie tot.«

Jankl hatte ruhig und leise gesprochen, aber zum ersten Male seit wir zusammen waren, hörte ich in seiner Stimme Trauer und Bitterkeit, und als ich ihn verwundert anblickte, sah ich, daß er weinte.

IMRE KERTÉSZ

Das Protokoll

...Und vergib uns unsere Schuld
wie auch wir vergeben unseren Schuldigern.
Und führe uns nicht in Versuchung,
sondern erlöse uns von dem Bösen...

Das folgende Protokoll ist dazu bestimmt, jenes andere, zwar in jedem Fall amtlichere, wenn jedoch auch keineswegs glaubwürdigere Protokoll gegenzuzeichnen, das an einem bestimmten Ort, einem bestimmten Tag, zu einer bestimmten Stunde aufgenommen und (wahrscheinlich) zu den Akten gelegt worden ist, von dem Einzelheiten anzuführen wir hier jedoch nicht für erforderlich halten.

Dieses Protokoll geht nicht etwa aus der Absicht hervor, Tatsachen richtigzustellen, sie zu straffen oder zu ergänzen, so als würden wir an so etwas wie die Bedeutung von Tatsachen oder gar die Wahrheit glauben. Wir glauben an gar nichts mehr; und für Wahrheit und Lüge gleichermaßen taub und blind, vertrauen wir einzig und allein auf die Kraft der Beichte, die uns mit unserer Einsamkeit versöhnt und gleichsam ergeben macht für die letzte Erkenntnis, die sich, ihren Schrecken verlierend, plötzlich in das vor uns her trabende Lamm verwandelt, dem wir – erst jetzt werden wir es gewahr –

schon so lange beharrlich folgen; und diesmal, sofern wir in unserer Beharrlichkeit kein Jota nachlassen, sind wir vielleicht sogar imstande, es einzuholen.

An einem schönen Tag im April neunzehnhundert... kam mir der fruchtbare Gedanke, daß ich ein paar Tage, sagen wir zwei, allerhöchstens drei, in Wien verbringen könnte. Wer wollte die Notwendigkeit solcher gelegentlichen Orts- und Luftveränderung denn auch in Zweifel ziehen, ist sie doch nicht nur der Gesundheit förderlich, sondern auch der Kreativität allgemein, jener ständigen Betriebsamkeit der Seele (motus animi continuus), die – wenigstens bei mir – augenblicklich sozusagen einen jubelnden Aufschwung nimmt, sobald ich die Grenzen dieses Landes überschreite. Doch abgesehen davon leiteten mich in erster Linie eher praktische Absichten. Um es kurz zu fassen, ich hatte einen Anstandsbesuch bei Doktor U. im Ministerium für Unterricht und Kunst abzustatten, wo meine – in der Tat – bescheidenen Verdienste auf dem Feld der Übersetzung österreichischer Autoren ins Ungarische gewisse Aufmerksamkeit erregt hatten, der man auch nicht gezögert hatte Ausdruck zu verleihen; ferner wollte ich das Institut der Anthropologischen Wissenschaften aufsuchen, das mir erst kürzlich seine Absicht mitgeteilt hatte, meine gerade im Entstehen begriffene Wittgenstein-Übertragung mit einem Stipendium in Wien unterstützen zu wollen, eine Entscheidung, die Ehre, aber auch Sorgen wegen der Unterkunft mit sich bringt, was sich letztlich am besten vor Ort klären lassen würde, und so fort. Ich muß hier allerdings hinzufügen, daß das Verlangen nach seelischer Erfrischung, diese in jedem von uns verborgene, uns manchmal schon natürlich anmutende Neigung, über uns selbst als Privatmensch, als Mensch an sich nachzudenken, in mir gar nicht aus dieser langen, tiefen Ohnmacht erwacht wäre ohne die Illusion von persönlicher Freiheit, deren Quelle ohne Zweifel in erster Linie in der Ungeduld, der sträflichen (und auffallend plötzlichen) Ungeduld meiner eigenen Seele zu suchen, doch daneben in letzter Zeit auch unbestreitbar durch bestimmte offizielle Verlautbarungen und unverantwortliche Behauptungen verbreitet worden ist.

Zwischen Budapest und Wien kommt es also zu dringenden Telefongesprächen; es werden Termine vereinbart mit den Damen und Herren von Ministerium und Institut, ein Zimmer in einem billigen, aber vertrauenswürdigen Hotel reserviert und dergleichen mehr. Besorgt überlege ich, ob ich meine Kranke, wenn auch nur zwei Tage lang, hier allein lassen kann, da ihr Zustand gerade jetzt in eine kritische Phase zu treten scheint. Schließlich kaufe ich mir doch eine Fahrkarte, ja sogar eine Platzkarte. Noch am selben Abend bekomme ich Fieber, obendrein entzündet sich ein Zahn, und mein Gesicht schwillt an. In der Nacht habe ich eine grauenvolle Erscheinung. Es klingelt, durch das runde Loch des Spions erkenne ich einen jungen Mann vor der Tür, dessen Anblick mich erschaudern läßt. Mein Erlöser sucht mich auf, doch in welch anderer Gestalt als damals, vor gut vier Jahren, als er mir zum ersten Mal erschienen war, direkt an und über meinem Bett, so als wäre er geradewegs herabgestiegen aus himmlischen Höhen und durch die Zimmerwand, die offensichtlich für ihn kein Hindernis bedeutete, zu mir getreten; ein rötlich schimmernder Bart, schmale, blaue Augen, die mit unaussprechlicher, über jeden Zweifel erhabener Sanftmut auf mir ruhten, während er mit einer unbeholfenen, doch deutlich segnenden Handbewegung mein Dasein billigte, mich bestärkend, so zu leben, wie ich lebe, und das zu tun, was ich tue. Diese Bestätigung impfte er mir wie eine strahlende Wahrheit ein, deren lebendige Wärme mein Herz noch lange bewahrt hat und zuweilen noch heute durchdringt.

Der junge Mann an der Tür erinnerte daran nicht im geringsten; er erschien wie ein Obdachloser, plötzlich aus der apokalyptisch brodelnden Tiefe dieser Stadt aufgetaucht: das Äußere heruntergekommen wie das eines Alkoholikers, das Gesicht bedeckt von blonden Stoppeln, dennoch hatte ich keinen Zweifel an seiner Identität. Die verdächtigen und verworrenen Anspielungen auf seine vormalige Beziehung zu meiner Kranken hätte er sich sparen können, sie waren überflüssig; ich wußte ja, daß er sie als eine Art Prediger hin und wieder besucht und ihr dabei sogar eine Bibel verkauft hat. Auch nun wolle er wieder zu ihr. Ich spüre, daß, obwohl er die Wahrheit sagt, kein einziges seiner Worte wirklich wahr ist; wahrscheinlich stellt er mich nur auf die Probe, um sein Verhalten dann nach meinem auszurichten; und während das schändliche Mißtrauen in mir wächst und immer unverhohlener wird, verändert auch er sich, obschon sein Gesicht, seine blauen Augen auch weiterhin sanftmütig bleiben, so als habe er nicht die geringste Ahnung davon, was seine Hand unterdessen treibt. Diese Hand nämlich hatte sich längst durch den Türspion hindurchgezwängt; entsetzt wich ich vor ihr zurück, erst tiefer in den Flur, dann weiter bis in die Küche hinein; die Hand aber, eher einem Greifwerkzeug als einer Hand ähnelnd, streckte sich wie ein Elefantenrüssel oder eine Riesenschlange nach mir aus und folgte mir überallhin, mich mehr und mehr bedrängend. Schließlich begann ich um Hilfe zu schreien; da ich ihn nicht zur Tür hereingelassen hatte, sah ich nun meinen Mörder in ihm; aus der nicht benennbaren, gleichsam jenseitigen Beziehung von einst war ein Verhältnis von Verfolger und Verfolgtem geworden, und der letztere – also ich – rief, was so unbegreiflich wie lächerlich war, nach der Polizei, damit sie mich von dem Verfolger erlöse. Endlich rüttelte meine Frau mich wach, im Grunde aber weiß ich nicht, ob aus meinem Traum oder meinem Leben, so hauchdünn ist der Unterschied, und einer Erklärung, das spürte ich, bedurfte ich in jedem Fall. Also suchte ich, wie so oft, wie fast immer und wie doch immer seltener, seit ich es (in Ermangelung eines besseren) auch zu meinem Beruf gemacht habe, mein Heil im Schreiben. Doch es konnte nur herauskommen, was – abgesehen von dem, was sich durch die Schmerzen in meiner Zahnwurzel deuten ließ – ohnehin klar war: das grundlegend schlechte Verhältnis zu mir selbst, meine Lieblosigkeit gegenüber allem, insbesondere aber gegenüber mir selbst. Dazu: ein Memento mori – und diesmal nicht als Aufmunterung und Trost, wie in guten Zeiten, sondern als beklemmende und unabwendbare Bedrohung. Der Erlöser, das begriff ich wohl, schickt die Botschaft, daß er in einer Krise stecke, daß er vernachlässigt werde und zu strafen, ja sogar zu töten gedenke – mich, das heißt sich selbst. Mit hastigen, krakeligen Buchstaben warf ich folgendes auf ein Heftblatt: »Sei also auf der Hut, suche die Verbindung zu dem Urglück, das auf dem Grund von allem verborgen ist, zur Schöpfung; schreibe; doch sei zugleich aufmerksam für alle in deiner Umgebung – suche die Einsamkeit, ja, schaffe sie dir, ohne jedoch alles andere sträflich zu liquidieren, wie du es immer getan hast.«

Tags darauf verständigt mich in aller Frühe ein Anruf davon, daß meine Kranke gestorben ist. Gestorben ohne mich, der ich selbst krank niederliege. War das der Grund? Ein Vorwand? *Irgendwie kann man immer ein bißchen dafür.* Trotz Fieber fahre ich zur Ambulanz und lasse mir den Zahn ziehen. Am nächsten Tag dann hinaus zum Krankenhaus, in dem meine Kranke gestorben ist, ein Gespräch mit dem wundervollen, charismatischen Chefarzt L. »Jedoch, es ist nun Zeit, daß wir gehen, ich, um zu sterben, und ihr, um zu leben. Wer aber von uns beiden zu dem besseren Geschäft hingehe, das ist allen verborgen außer nur Gott«, zitiert er mit stillem Lächeln. Wir unterhalten uns lange. Dann stürze ich mich in das Mahlwerk der seelenlosen, doch irgendwie auch ernüchternden und damit letztlich wohltuenden Bürokratie. Ich besorge den Auszug aus dem Sterberegister, erledige die Bestattungsformalitäten und vor allem, ich zahle, zahle, zahle.

Nach einigem Überlegen entschließe ich mich, trotz alledem nach Wien zu fahren. Abermals Telefonate, Entschuldigungen, Absagen, neue Termine. Neue Platzkarten, hin und zurück. Überflüssigerweise, wie die Frau am Schalter meint, der Zug sei gewöhnlich halb leer. Doch ich möchte sorgenfrei reisen, sicher und vor allen Eventualitäten geschützt. Mich interessiert in diesem Moment nicht, daß ich draufzahle, was ja ohnehin das Gesetz meines Lebens ist. Ich möchte mir diese Reise zum Geschenk machen, mich damit als mein eigener wohltätiger, freigebiger Freund selbst überraschen. Ich reise gern, im Grunde das einzige, was ich gern tue. Auch ich bin stets der glücklichste Reisende und der allerunglücklichste Ankommende, wie Bernhard es über sich sagt. Ich liebe es, unterwegs zu sein, das heißt, nirgendwo. Viertausend Schilling liegen wohlverwahrt in meiner Schublade; für den Fall, daß ich Freunde habe, die ich »meine treuen Leser« nennen darf: Nun, sie werden wissen, daß ich mich 1989, also vor zwei und einem halben Jahr, einen Monat lang mit einem Stipendium in Wien aufgehalten habe; hier nun will ich ihnen auch noch verraten, daß ich damals außerdem das Valuta- oder Devisen-ich-weiß-nicht-was eingetauscht habe, das man alle drei Jahre eintauschen darf, in Schecks und in Bargeld; im allgemeinen habe ich keine Ahnung von diesen Dingen, ich schlafe schon ein, wenn ich Paragraphen und Gesetzesartikel nur ansichtig werde; um so mehr, als sich in dem Land, in dem mir zu leben bestimmt ist, diese Gesetzesartikel und Paragraphen seit meiner Geburt immer gegen mich richteten – oft sogar gegen meine nackte physische Existenz – und sich selbst diejenigen, die dem Sinn nach vielleicht mir zum Schutz dienen sollten, in der Praxis allesamt als gegen mich verwendbar erwiesen; kein Grund also, sie zu studieren. So stecke ich denn die viertausend (d. i.: 4000) Schilling, die von meiner Reise 1989 übriggeblieben sind, nun einfach in die Tasche. Schließlich fahre ich nicht nach Wien, um dort herumzuknapsen: Sollte ich am Abend meiner Ankunft ein bemerkenswertes Konzert im Programm des Konzerthauses oder des Musikvereins entdecken, so werde ich dort hingehen; sollte ich Lust verspüren, im Restaurant zu essen, so werde ich im Restaurant essen und so fort.

Es soll in diesem Protokoll nicht unerwähnt bleiben, daß ich am Vorabend meiner Reise einen wohltätigen Anruf erhielt; die im eigentlichsten und wahrsten Sinne des Wortes liebenswerte Anruferin fragte an, ob ich nicht Lust hätte, Verdis Requiem zu hören, für das sie zufällig eine Karte übrig habe. Und so hörte ich am Vorabend meiner Reise in der Oper noch Verdis Requiem: auf dem Heimweg rauschten mir die erschütternden Klänge des *libera me Domine de morte aeterna* durch den Kopf, wobei wie immer Zweifel und Ergriffenheit in mir rangen; in alles füge ich mich, mit dem Gedanken einer Auferstehung aber kann ich mich bis zum heutigen Tag nicht befreunden: »Dann will ich gar nicht erst sterben« – wie Marat gesagt haben soll.

Doch nicht das war der Grund, warum ich die ganze Nacht kein Auge zugetan habe, sondern das Reisefieber, diese infantile Neurose, die mich von Kindheit an verfolgt und noch im reifen, im überreifen Alter immer wieder zum Kind macht; ich bin machtlos dagegen, obwohl ich mich ihr so beharrlich widersetze wie jeder anderen Form von Infantilität, bei der ich mich irgendwann schließlich einmal ertappe: dennoch bin ich, wie gesagt, machtlos, wie aber mag es dann erst um all die verborgenen Gifte der Infantilität bestellt sein, die mich unbemerkt durchdringen und meinen ganzen Organismus in ihrer

Gewalt haben, gleich dem Alkohol oder einem unverzichtbaren Rauschmittel.

Für halb fünf habe ich den Weckruf bestellt, aber um vier bin ich bereits auf den Beinen. Ich hasse es, früh aufzustehen, aber wenn ich schon früh aufstehen muß, stehe ich sogar noch früher auf. Taumelnd vor Müdigkeit bereitet meine arme Frau das Frühstück und die Brote für die Reise. Eine Orange. Schokolade. Am Ostbahnhof komme ich mir vor, als sei ich plötzlich an den Ufern des Ganges, an einem hinduistischen Feiertag. Bettler mit brandbefallenen Beinen, schreiende Straßenhändler, verschlagen umherblickende Trinker. Ich mache mich davon, die Hand schützend gegen die von meiner Schulter hängende Tasche gepreßt, ich wage nicht, stehenzubleiben, ich gebe nichts, ich kaufe nichts, ich bin mißtrauisch, in mir ist keine Liebe. In mir ist keine Liebe. Der Zug steht schon bereit, ich finde meine Wagennummer, finde meine Sitzplatznummer, ein Fensterplatz. Fürs erste bin ich in Sicherheit. Die Heizung springt an. Die Türen schließen automatisch. Der Platz neben mir bleibt frei: ich bin froh, daß niemand neben mir sitzt, in mir ist keine Liebe. Ich packe meine Zeitungen aus. Die Tageszeitung mit den rohen Aktualitäten widert mich an. Der Leitartikel zeugt zwar von einer gewissen Moral, aber das macht die Sache nur schwieriger. In einer unmoralischen Welt moralisch zu sein, ist ebenfalls unmoralisch. Was wäre zu tun? Ich weiß es nicht. *Auf Ehre und Gewissen, Katja, ich weiß es nicht.* Ich falte die Tageszeitung zusammen und stopfe sie in das Netz an der Rückseite des Vordersitzes. Dann nehme ich die Zeitschrift *2000* zur Hand. Nach dem Überfliegen des Inhaltsverzeichnisses weiß ich, daß mich Dalís Tagebuch in diesem Heft am meisten interessieren wird. *Diary of a Genius*, »Tagebuch eines Genies« – nein, keineswegs eine Übertreibung, ich kann dem Titel zustimmen, auch wenn er vielleicht etwas prätentiös ist; schon bei den ersten Worten werde ich von seiner Genialität überwältigt und erdrückt, von dieser seltsamen Mischung aus kindlicher Hemmungslosigkeit und Prahlerei, und etwas Luft bekomme ich in dieser stickigen Atmosphäre nur durch die Ritzen, welche die Leere der Lüge mir hier und da im Text offenläßt. Eine kurze, bittere Assoziation: das eigene Tagebuch. Was für einen Titel gab ich ihm? »Galeerentagebuch«. Unabhängig von allen Unterschieden in Qualität und Größenordnung, das Genie kann sich hier allenfalls schuldig fühlen; wer käme in dieser osteuropäischen Hemisphäre schon auf die Idee, sich selbst für ein Genie zu halten, ausgenommen der Antigenius, jene Handvoll Massenmörder und Usurpatoren.

Wie zur atmosphärischen Illustration der im Text erörterten skatologischen Elemente dringt plötzlich beißender Gestank durch das geschlossene Fenster; ich blicke von meiner Zeitschrift auf: Tatabánya. Verwüstete, geschundene, kahl starrende Endzeitlandschaft, qualmende Betonklötze, Rohrleitungen, Gerüste, die quer durch den Himmel gezogen sind wie harte Federstriche, die eine Stelle im Text oder ein Stück Leben ausstreichen, nichts weiter als unverhüllte Ausbeutung, gnadenlose Zweckmäßigkeit, Rationalität, Häßlichkeit, *die Wüste wächst,* erwidere ich Dalí, Landschaftsbild ohne Landschaft, nicht mehr grauenvoll, nur noch trostlos wie die Wahrheit. Mein Reisepaß ist schon vorhin kontrolliert worden, nun wimmelt es auf einmal von graugekleideten Männern im Waggon. Einer tritt zu mir heran, ein dunkler Typ mit kurzen, raschen Bewegungen. Ungarischer Zoll, sagt er. Er bittet um meinen Reisepaß, mit ausdrucksloser Stimme, bescheiden, wie jemand, der sich selbst keinerlei Bedeutung beimißt. Trotzdem: während ich erneut aufstehe, um aus der Innentasche der Lederweste, die am Haken über mir hängt, meinen Reisepaß herauszufingern, durchzuckt mich, völlig unverständlicherweise und grundlos wie der Sonnenschein draußen, der Gedanke: in diesem Menschen ist keine Liebe. Vielleicht eine Nachwirkung von Dalís Tagebuch, eine Empfindung meiner eigenen narzißtischen, plötzlich wehrlos und empfindlich gewordenen, ewig nach Liebe dürstenden Kinder- und Künstlerseele. Der Mann ist inzwischen offenbar fertig; er klappt den Reisepaß zu und will ihn mir schon zurückgeben, da fragt er ganz unvermittelt, mit der gleichen ausdruckslosen Stimme wie vorher, irgendwie aber überrumpelnd schnell – und vielleicht ist es nur mein frisch an Salvador Dalí geschärftes Gehör, das darin eine Spur von Hinterhältigkeit ausmacht –, wieviel Valuta (oder Devisen: den Unterschied werde ich wahrscheinlich nie begreifen) ich »ausführe«, wie es wohl heißt. Tausend Schilling, antworte ich ohne jegliches Zögern und wer weiß warum. Der Mann reagiert ausgesprochen überraschend: »Zuviel, zuviel, zuviel«, flüstert er dreimal hintereinander, gleichsam vor sich hin (wie die Anweisung in älteren Dramen lautet). Wieso zuviel? frage ich verblüfft. Weil, erwidert er, die Summe »darüber liegt«, worüber, verstehe ich in der Eile nicht. Ich solle ihm die tausend Schilling einmal zeigen, fordert er mich auf. Langsam kommt jenes Gefühl der Entrücktheit über mich, das ich aus meiner – zumindest in dieser Hinsicht – reichen Lebenserfahrung nur zu gut kenne: in gewisser Weise habe ich den Schauplatz verlassen, alles, was von jetzt an geschieht, betrifft mich nicht mehr. In diesem Gefühl stecken Gelassenheit und völlige Hingabe. Es ist die gleiche Ergebenheit, mit der wir unserem Verhängnis entgegengehen, immer mit unbedingtem Vertrauen auf die Zeit, den folgenden Schritt und die nächste winzige Einzelheit, während wir insgeheim ganz genau wissen – und vielleicht nicht einmal bedauern –, daß das Ende unaufhaltsam ist. Nur eines bleibt uns mit dem verbleibenden Rest an Scharfblick, der gleichsam vorübergehend an Stelle unserer Gegenwärtigkeit tritt, nicht erspart: Wir nehmen in aller Deutlichkeit wahr, daß wir Teil einer bestimmten, mechanisch sich vollstreckenden Dummheit geworden sind, die uns, unserem Wesen – so glauben wir – im Grunde vollkommen fremd ist, und das stört uns die ganze Zeit über ein wenig, doch so wenig wie bei der würdelosen Erschütterung unseres Zwerchfells in einer billigen Posse sind wir imstande, diesen selbsttätigen Mechanismus zu bremsen.

Erneut greife ich also in meine Innenstasche; und meine Hand zittert nicht einmal, sie zögert lediglich ein wenig, bevor es mir gelingt, mit der Geste eines Zauberers, der im denkbar ungünstigsten Augenblick zum Auftritt gezwungen ist, aus den vier zusammengefalteten Banknoten einen Tausendschillingschein hervorzuangeln. Wieviel ungarisches Geld ich bei mir habe, lautet die nächste Frage. Siebenhundert Forint, antworte ich. Auch die soll ich ihm zeigen. Ich zeige sie ihm. Wir zählen, es stimmt. Jetzt soll ich noch – lautet sein leiser, aber nachdrücklicher Wunsch – den Inhalt meiner Taschen auspacken. Ich packe ihn aus. Ein Papiertaschentuch, eine Straßenbahnmonatskarte, eine Flöte, ein Aschenbrot. Der unbeteiligte Beobachter, der ich in diesem Augenblick viel eher bin als dieses chaplineske Wesen, das seine eigenen Taschen durchwühlt, schüttelt indessen unablässig den Kopf, mit verständnislosem, aber nachsichtigem Lächeln. Schließlich muß der Mann unbedingt, und zwar mit dem Zeigefinger, auf jene Tasche deuten, die ich allem Anschein nach ganz vergessen habe. Seine Intuition hätte mich wundern können, doch in diesem Augenblick wundert mich gar nichts; später unterbleibt es dann, denn ich bekomme heraus, daß seine Augen zwar klein, aber – zumindest in einer Hinsicht – absolut unfehlbar sind: diese Zoll- und Fiskusaugen, die über die Erfahrung und die Raffinesse von Jahrtausenden verfügen, seit die Zollkontrolle von den alten Ägyptern, den Persern, Inkas oder Etruskern überhaupt erfunden worden ist: diese Augen hatten das anfängliche Zögern meiner Hand augenblicklich erfaßt und registriert. Mit gleichsam kindlicher Neugier greife ich also in die gewünschte Tasche, und siehe da, was kommt zum Vorschein: dreitausend Schilling. Ich bin wahrlich überrascht über diesen Fund. Der Zöllner aber beschlagnahmt ihn auf der Stelle. Und teilt mir das auch mit: Das Geld sei, so sagt er, beschlagnahmt, weil ich nur eintausend Schilling »deklariert« habe, wie es wohl heißt, tatsächlich jedoch viertausend von ihm bei mir gefunden worden sind. Das ist wahr. Und was wahr ist, muß wahr bleiben. Nur verstehe ich nicht ganz, was ich außer dieser Schwindelei sonst noch verbrochen habe. Schließlich ist es ja mein Geld, das er bei mir findet, kein fremdes, also kein gestohlenes. Ja, meint der Zöllner, ich hätte aber eine »Ausfuhrgenehmigung« beantragen müssen. Ich bin ehrlich erstaunt, das habe ich nicht gewußt. Niemand hat mir etwas davon gesagt. Ich höre immer nur, es sei alles liberalisiert worden, jeder könne sein Geld bei der Bank frei einzahlen und abheben, anders als zu Zeiten, da alles verstaatlicht war. Auch meinen Paß brauche ich ja nicht mehr eigens für jede Reise verlängern zu lassen, ich hätte nicht geglaubt, daß mein Geld – sofern es richtiges, das heißt westliches Geld ist – weiterhin dem Staat gehört. Nicht so schlimm, sagt der Mann, die dreitausend Schilling und den Reisepaß allerdings nehme er mir hiermit ab.

In diesem Augenblick hat der Zauber ein Ende: schlagartig komme ich zu mir. Sehr energisch fordere ich ihn auf, das nicht zu tun; um zwölf Uhr hätte ich eine Verabredung in Wien mit einem Herrn vom Ministerium, am Nachmittag erwarte man mich noch in einer anderen Behörde, und ein Zimmer im Hotel sei auch schon reserviert. Ich könne nicht mit leeren Taschen nach Wien kommen. Davon, daß man diese Ausfuhrgenehmigung brauche, hätte ich nichts gewußt. Man könne mich unmöglich in eine derartige Situation bringen. »In

Ordnung, Herr Kertész, nehmen Sie Platz, dafür ist jetzt keine Zeit, wir müssen arbeiten, ich komme später wieder«, sagt der Zöllner wörtlich und verschwindet mit meinem Geld und meinem Reisepaß.

Ich setze mich. Außer einer gewissen Verärgerung empfinde ich nichts; erst mit der Zeit wird mir bewußt, daß ich, wenn man so will, eigentlich öffentlich beschämt worden bin. Aber da ich in solchen Dingen schon einige Erfahrung habe, packt mich auch bei dem Gedanken keine sonderliche Erregung. Trotzdem schaue ich mich flüchtig in dem Großraumwagen um: die alleinreisende Frau in der gegenüberliegenden Sitzreihe, von der ich durch einen ziemlich breiten Gang getrennt bin, ist in ihre Zeitung vertieft; die weiter entfernt Sitzenden dürften nichts bemerkt haben; länger als zwei Minuten kann die ganze Sache kaum gedauert haben; außer mir und meinem Zollinquisitor – dessen Kollegen zudem mit den übrigen Reisenden beschäftigt waren – kann also niemand wissen, was sich in Wirklichkeit zwischen uns abgespielt hat.

Was kann mir passieren? »Wird man mich im Namen des französischen Volkes öffentlich enthaupten?« Den Reisepaß müssen sie mir, bevor wir die österreichische Grenze erreichen, ja wohl zurückgeben. Mit dem Verlust der dreitausend Schilling dagegen muß ich mich abfinden. Ich kann nicht behaupten, daß ich bei dem Gedanken in Tränen ausbreche. Tatsache ist, mein Verhältnis zum Geld zeichnet sich nicht durch übertriebene Leidenschaft aus. Auch wenn diese Einstellung oftmals von Übel ist, im Augenblick genieße ich eher ihre Vorteile. Und in Wien habe ich Freunde, die mir, wenn nötig, mit Vergnügen aus der Klemme helfen.

Wieso aber habe ich nur eintausend Schilling angegeben (die ja allem Anschein nach kein minder schweres Vergehen sind als die gesamten viertausend)? Ich weiß es nicht. Ich zerbreche mir darüber gründlich und redlich den Kopf und finde trotzdem keine Antwort. Ich weiß es nicht. In diesem Zöllner war keine Liebe: aber das kann doch wohl der Grund nicht sein, und überhaupt, wo ist der Zöllner, der für seine Klientel Liebe hegte. *Warum, warum haben Sie auf die Leiche am Boden geschossen?* Warum habe ich nicht gleich die gesamten viertausend angegeben? Ich weiß es nicht. Ich schaue tief in mich hinein. Ich darf behaupten, in der Selbstprüfung eine gewisse Übung zu besitzen. Trotzdem weiß ich es nicht. *Auf Ehre und Gewissen, Katja, ich weiß es nicht.*

Ich nehme die Zeitschrift wieder zur Hand und lese in dem überwältigenden Tagebuch von Dalí weiter. Ich versuche, den engen Zusammenhang zwischen Fäkalien und Gold zu verstehen, der sich Dalí und, wie ich erfahre, auch Psychoanalytikern zufolge nachweisen läßt. Doch so sehr ich mir den Kopf darüber zerbreche, auch das verstehe ich im Grunde nicht, andererseits sympathisieren meine Gefühle irgendwie mit diesem meiner Rationalität nicht zugänglichen Gedanken, sie sagen mir, jawohl, ein solcher Zusammenhang existiert. Wer diesen Zusammenhang durchschaut und die enge Beziehung zwischen Fäkalien und Gold nicht nur versteht, sondern sich mit kreativem Triumphgeschrei zunutze macht, der wird reich werden wie Dalí. Klar ist aber auch, daß diese Luzidität vollkommen unabhängig ist von Genialität, wenn nicht sogar diametral entgegengesetzt. Nun wäre ich nur wirklich neugierig, welche von Dalís wahrhaft genialen Leinwandwerken durch seine, wenn ich so sagen darf, unbeschmutzte, reine Genialität inspiriert worden sind und welche durch seine an die Tätigkeit des Darms gekoppelte, ständig auf dessen Entleerung lauernde, gierige Börse; jedenfalls wird sein Leben, auch wenn er es wie einen unbeschwerten Triumphmarsch erscheinen läßt, trotzdem nicht immer nur heiter gewesen sein, denke ich bei mir.

Komárom und auch Györ liegen bereits hinter uns, die Zeit

vergeht wie im Flug: wo bleibt mein Reisepaß? Allmählich mache ich mir Sorgen, wenn auch nicht so sehr, wie der Betreffende oder sogar die Betreffenden wahrscheinlich erwarten. Endlich taucht der Mann auf. Eiliger als zuvor und mit finsterer Miene. Er verlangt den verbliebenen Tausender von mir; und statt mir dann meinen Reisepaß wiederzugeben, läßt er mich wissen, daß ich in Hegyeshalom aus dem Zug aussteigen müsse. Überrascht und unbeholfen erhebe ich Protest. Das interessiert ihn nicht. Er sagt mir das auch freiweg. Statt der »deklarierten« eintausend Schilling habe er viertausend bei mir gefunden. Bedauerlicherweise. In Hegyeshalom am letzten Waggon treffen wir uns, eröffnet er mir; und das ist bereits eindeutig ein Befehl. Und damit verschwindet er.

Eine Weile sitze ich auf meinem Platz wie gelähmt. Der präzise Ausdruck wäre: wie jemand, der eins über den Schädel bekommen hat. Dann springe ich plötzlich auf. Ich spüre, wie der Zorn in mir nur so lodert, jenes Feuer, das das Leben und die Aggression anheizt. Ich reiße meine Tasche vom Gepäcknetz herunter und stürme polternd durch den ganzen Zug, in den hintersten Wagen. Im letzten Abteil, hinter zugezogener Glastür, sitzen die grauen Männer. Offensichtlich in bester Stimmung. Auch meinen Mann entdecke ich sogleich. Ein kurzes Anklopfen, dann reiße ich die Tür auf. Sie verstummen, schauen mich mit unverhohlener Verachtung an. Mein empfindsames Herz durchfährt ein Stich. Als praktizierender Künstler liebe ich den Applaus naturgemäß mehr als den Haß. Aber mein Gott: diesmal trete ich eben in einer üblen Rolle auf. Mein nächstes Handikap, ich bin nicht imstande, in einer feindseligen Atmosphäre besonnen und zusammenhängend zu argumentieren, und meine Stimme wird obendrein nicht etwa laut vor Aufregung, sondern sie versagt mir eher. Also stammle ich wieder etwas von meinen Verpflichtungen in

Wien: das interessiere ihn nicht, wiederholt der Mann; ich fordere ihn auf, mir meinen Reisepaß und die eintausend Schilling zurückzugeben, und biete ihm an, die restlichen dreitausend hier zu hinterlegen, denn ich komme ja, wie meine bereits gelöste Platzkarte beweise, morgen mit dem Abendzug zurück, dann könnten wir die Angelegenheit bereinigen; die dreitausend Schilling, erwidert der Mann lächelnd (wenn auch keineswegs freundlich), müsse ich auf jeden Fall hier hinterlegen, da sie nämlich beschlagnahmt seien, zusammen mit den restlichen eintausend und dem Reisepaß; und er widerholt die ermüdende Tatsache von der Differenz, die sich zwischen der von mir deklarierten und der von ihm bei mir aufgefundenen Summe ergeben habe. Darauf fällt mir nichts Besseres ein, als ihn zu seinem grandiosen Fang zu beglückwünschen: es sei ihm gelungen, mir viertausend Schilling abzunehmen, wo ein jeder doch weiß, daß Leute, die gewiefter sind als ich, unterdessen Millionen verschieben. Sofern ich Kenntnis von einem solchen Fall hätte, könne ich Anzeige erstatten, so der Mann, vorerst jedoch solle ich nicht andere verleumden, schließlich habe man *bei mir* dreitausend Schilling mehr als »dcklariert« gefunden. Eine würdige Antwort, zweifellos. Ich merke, damit habe ich den Becher bis zur bitteren Neige geleert, kein einziger Tropfen ist mir erspart geblieben. Ich zerre die Abteiltür zu und warte auf der hintersten Plattform des letzten Wagens mit wachsender Ungeduld darauf, endlich Hegyeshalom zu erreichen.

Hegyeshalom! Ein Symbol für Jahrzehnte: *in hoc signo vinces* – galt auf dem Weg hinaus; und als Sinnbild für universale Inschriften wie: *Ihr, die ihr eingeht, laßt hier jedes Hoffen! – Arbeit gereicht jedem zu Ehre und Ruhm – Arbeit macht frei!* – stand es auf dem Weg hinein. Doch in Wirklichkeit, als Ortschaft, als Bahnstation, ist es ein jämmerliches Drecknest. Stumpfsinnig trotte ich hinter den grauen Uniformen her. In einem weißgetünchten, kahlen Raum, im hinteren Teil durchschnitten von irgendwelchen Leitplanken, deren Zweck mir unbekannt ist, muß ich warten. Ich bin nicht allein; außer mir hat man noch einen Mann aus dem Zug geholt; ein Riesenkerl von ungewissem Alter, zwischen dem Gürtelriemen und dem hochgerutschten Pullover hängt ein trübseliger Schmerbauch über der Hose; das Hemd grau, die Bundjacke grau, die Hose grau; das Gesicht feist und ausdruckslos, hinter der beschlagenen Brille ist nichts zu erkennen, am wenigsten sein Blick. Als das sogenannte Protokoll aufgenommen wird, höre ich, daß er so etwas wie »Abteilungsleiter« als Beruf angibt. Er schnauft, seufzt und hüstelt, richtet seine Brille auf mich, schleicht um mich herum; alles zwecklos, ich beachte ihn nicht; ich betrachte ihn nicht als Leidensgenossen, ich möchte mein Schicksal nicht mit ihm teilen, seine Geschichte interessiert mich nicht. Tut mir furchtbar leid. In mir ist keine Liebe. Nichtsdestotrotz muß ich mit ansehen, wie er sich in plumper Weise beflissen zeigt und emsig alles unterschreibt, was zu unterschreiben ist. Schließlich ruft man ihn, und er geht hinaus. Als er dann zurückkommt, läßt er die Tür offen. In dem ungeheizten Raum fährt mir die Zugluft um Hals und Knöchel, eine mächtige Dampfwolke wälzt sich herein, draußen rangiert gerade ein Zug. Ich bitte ihn, die Tür zu schließen. Er schließt sie, ohne sie jedoch einzuklinken, der Wind stößt sie im nächsten Moment wieder auf. Mit dem Fuß komme ich gerade bis zur Tür und gebe ihr einen kräftigen Tritt. Eine Unanständigkeit, zugegeben, aber um mich herum gibt man sich ja auch nicht gerade sonderlich anständig. Ich sehe, daß der Herr Abteilungsleiter mir zürnt. Meine schlechten Manieren könnten womöglich ein schlechtes Licht auf ihn werfen, eilig versucht er sich zu distanzieren: Was passiert ist, ist passiert, Gereiztheit hilft jetzt auch nicht weiter, tadelt er mich. Ich sei, erwiderte ich, durchaus nicht gereizt, meine Strafe schließe jedoch nicht ein, hier in der Zugluft zu sitzen und den Gestank einer rangierenden Diesellok zu schlucken.

Dann versenke ich mich wieder in das Tagebuch von Dalí. Seine Verbindung zu Nietzsche irritiert mich. Etwas, das mir übrigens schon lange auffällt: die Sensibilität der Spanier den Deutschen gegenüber. Ortega war ebenfalls Nietzsche-Schüler, und Unamuno könnte mühelos den Titel »langweiligster Schüler Nietzsches« erringen. »Nietzsche war ein derartiger Schlappschwanz, daß er an seiner Lebensunfähigkeit schließlich verrückt geworden ist, dabei gibt es in dieser Welt doch nur eine Sache, die wirklich zählt: normal zu bleiben.« Dieser Satz Dalís empört mich zutiefst. Versteht denn dieser Mensch nicht, daß gerade der Wahnsinn Nietzsches ehrenhafteste und konsequenteste Tat war? Und daß sich die Golddiarrhö niemals mit so unendlicher Fülle in seine weitgeöffnete Börse ergossen hätte, wäre Nietzsche ebenso »normal«, das heißt nüchtern und berechnend geblieben wie er, Dalí? Schließlich mußte erst einer für die Moral ans Kreuz geschlagen werden, damit andere sie dann in klingende Münze umsetzen können...

Ich kann meinen Gedanken jedoch nicht länger nachhängen, ich werde gerufen; »so sprang er dann eilig auf, um dem Zöllner in sein Büro zu folgen«. Dort sitzen sie alle, die grauen Männer. »Einer rauchte eine Zigarette, der andere blätterte in irgendwelchen Schriftstücken, der dritte blickte ihn forschend an – vor seinem umnebelten Blick begann alles zu verschwimmen, so daß Köves sie schließlich als einzige, dreiköpfige, sechsarmige Maschinerie wahrnahm«: meine eigenen prophetischen Worte aus dem »Fiasko«-Roman. Mein Mann, der Oberzöllner, legt mir verschiedene Papiere vor: ich solle sie lesen und unterschreiben. Was ist das? Das Protokoll, sagt er. Ich beginne zu lesen. Beim ersten Satz – er nimmt beinahe drei Zeilen an – stockt mir der Atem. In diesem Moment überkommt, durchdringt und überwältigt mich Hellsichtigkeit. In diesem Moment weiß ich endlich genau, was mir widerfahren ist. Fast möchte ich heureka! rufen. *Alles, Alles, / Alles weiß ich, / Alles ward mir nun frei. / Auch deine Raben / hör ich rauschen…* – ja, natürlich: im wesentlichen beinhalten diese drei Zeilen, daß er, der Beamte der Zollbehörde, mich am 16. April 1991… und sofort nach erfolgter Aufklärung über die entsprechenden Valuta- und Devisenbestimmungen, die obere Grenze der frei ausführbaren Geldmenge und die Genehmigungspflicht für darüber hinausgehende Beträge, aufgefordert habe… und so fort. Nur daß dieser Beamte mich über überhaupt nichts aufgeklärt hat. Aufgefordert ja, das hat er, in einer Form allerdings, die durchaus nicht wie eine korrekte, den Bestimmungen entsprechende Aufforderung wirkte, sondern eher wie ein unerwartetes Verhör. Damit war die Sache schon entschieden, ein bestimmter Mechanismus ausgelöst. Seit wenigstens fünfzig Jahren, seit mein Land in den Krieg gegen die kultivierte Welt, vor allem aber gegen sich selbst getreten ist, ist noch jedes Gesetz in diesem Land – sagen wir, mit einer dreijährigen Unterbrechung – stets gesetzeswidrig gewesen. Hinter der argwöhnenden, heimtückischen Frage dieses Zollbeamten vernahmen meine Ohren das Dröhnen von Stiefeln, das Schmettern von Türklingeln im Morgengrauen, und vor meinen Augen erschienen Gitterfenster und Stacheldrahtzäune. Es war nicht ich, der auf diese Frage geantwortet hat, sondern ein seit Jahrzehnten gepeinigter, abgerichteter, an Bewußtsein, Persönlichkeit und Nervensystem gestörter, wenn nicht sogar völlig zerstörter Bürger – eher eigentlich ein Gefangener als Bürger. Selbst jetzt noch, hier, in diesem Bruchteil eines Augenblicks, bin ich bestürzt, aufgewühlt von Selbstmitleid, von der Erkenntnis, daß ich mein Leben so gelebt habe, wie ich es gelebt habe, und dieses würdelose, mörderische Leben seine bösen Zeichen so tief in meine Instinkte eingekerbt hat. Dieser Mensch hat – ich nehme an, ohne sich dessen bewußt zu sein – mich allein durch seine Verhaltensweise, durch sein Benehmen von vornherein zum Lügen gezwungen. *Das Urteil kommt nicht mit einemmal, das Verfahren geht allmählich ins Urteil über.* (Franz Kafka: *Der Prozeß*)

Beinahe bedaure ich, meinen Mann, den Zöllner, nicht an meiner Erleuchtung teilhaben lassen, diese offensichtliche Wahrheit nicht mit ihm teilen zu können. Schließlich ist auch er ein Mensch, hat auch er Instinkte. Und die Jahrzehnte haben in seine Instinkte genau das gleiche eingekerbt wie in meine, nur eben mit umgekehrten Vorzeichen. Doch da unsere Beziehung so ist, wie sie ist – euphemistisch gesprochen: amtlich, das heißt hundertprozentig entfremdet –, kann ich ihm das nicht erklären, selbst dann nicht, wenn er es zufällig verstehen würde, was ich übrigens schwerlich glaube.

Also sage ich ihm, daß ich das Protokoll in dieser Form nicht unterschreibe. Warum nicht? Weil es nicht der Wahrheit entspreche, daß er mich vor seiner Aufforderung über das Gesetz aufgeklärt habe. Das habe er sehr wohl getan, klärt er mich daraufhin auf. Gut, sage ich, ich unterschreibe, wenn ich eine Anmerkung anfügen kann. Was ich denn anmerken wolle? Daß er mir vor seiner Aufforderung keine Chance gegeben habe, mich zu besinnen und nachzudenken, so daß der nüchterne Verstand Oberhand gewinnen konnte über spontane Empfindungen. Das Protokoll werde so unterschrieben, wie es ist, oder gar nicht, lautet seine Antwort. Dann gar nicht, erwidere ich. Ein kurzes, aber gereiztes Achselzucken. Ein Unterzöllner mit blondem Bärtchen versteht sich daraufhin zu der Erklärung: »Ich bin Zeuge; ich war dabei, als du ihn darauf hingewiesen hast.« Die Erklärung überrascht mich nicht, aber ich kämpfe schon mit einem deutlichen Brechreiz. Zeugen hätten sich, seit den Prozessen der frühen Geschichte bis in die jüngste Vergangenheit, immer und für alles gefunden, werfe ich beiläufig ein. Und während ich den Reisepaß zurückerhalte, zusammen mit einer Quittung über die beschlagnahmten viertausend Schilling, füge ich noch hinzu, daß es enorm schwerfallen dürfte, dieses Land glauben zu machen, es sei frei. Das allerdings bedaure ich sofort: da ist mir ein Satz herausgerutscht, der ontologisch gleichermaßen sinnlos ist wie semantisch und zudem praktisch zu nichts führt. Viel mehr aber beschäftigt mich das, wenn ich so sagen darf, befriedigende Gefühl, daß alles, was hier geschehen ist und geschieht, Produkt meiner eigenen Phantasie ist, nach den Gesetzen meiner eigenen Phantasie geschehen ist und geschieht. Ich berufe mich erneut auf meinen »treuen Leser«, sollte das auch nur ein einziger – und dieser vielleicht sogar ich selber sein: In meinem prophetischen Roman »Das Fiasko« ist diese Szene nahezu wortwörtlich nachzulesen. Die gleiche Verhaltensweise, das gleiche Verfahren, das gleiche widerwärtige Getue mit scheinbaren Gesetzen, während sie einen von Kopf bis Fuß ausrauben und anschließend gedemütigt und mit finsteren Drohungen besudelt ins Ungewisse hinausstoßen. So wie Köves, mein sonderbares Alter ego im Roman, bin auch ich in die weite Welt hinausgezogen, um am Ende bei einer gottverlassenen, dreckigen Grenzstation dort zu landen, wo ich zu Hause bin, auf elendige, verhängnisvolle, tödliche Weise zu Hause bin. Das Leben, da haben wir es, ahmt die Kunst nach, aber nur jene Kunst, die das Leben, das heißt das Gesetz nachahmt. Es gibt keinen Zufall, alles geschieht für mich und durch mich, und werde ich meinen Weg dann hinter mich gebracht haben, werde ich endlich auch mein Leben verstehen.

Ich trete hinaus ins Freie; die Sonne scheint. Mir fällt ein, daß ich zu Hause anrufen könnte. Einmal, um dieser unwirtlichen, trocken knirschenden Sphäre zu entkommen und endlich wieder eine liebevolle menschliche Stimme hören zu können; aber auch um anzukündigen, daß ich, wider meine eigentliche Absicht, heute zu Hause Mittag essen würde. Ich finde kein Telefon. Ich schaue in den Wartesälen nach, in der Schalterhalle: nichts. Aus dem Büfett, das ebenso unbeschreiblich aussieht, wie es riecht, tapst ein untersetzter alter Herr mit feuerrotem, vor Trunkenheit seligem Gesicht heraus; ich frage ihn, wo es hier ein Telefon gibt: er weiß es nicht; in gehobener Stimmung, mit roten Augen und verklärter Miene zieht er mit seiner Schildmütze auf dem Kopf davon. Die Frau im Büfett empfiehlt mir, aus dem Bahnhof hinauszugehen, mich hinter der Schranke rechts (oder links: ich weiß es nicht mehr) zu halten, dann erblickte ich nach etwa dreihundert Metern ein gelbes Gebäude, die Post: dort gebe es sicher ein Telefon. Ich trete aus dem Bahnhofgebäude, und als ich die staubige Straße, den staubigen Himmel, die staubigen Häuser und die vor mir gähnenden dreihundert Meter erblicke, weiß ich, daß ich nicht telefonieren werde. Zurück in den Schalterraum, um nachzuschauen, wie ich am schnellsten nach Budapest zurückkomme. Ich frage die Frau am Schalter, ob der Schnellzug um zehn Uhr einundfünfzig, den ich dort auf der Fahrplantafel sehe, auch tatsächlich geht. Ja, sagt sie, aber das ist ein internationaler Zug. Sehr gut, antworte ich und füge eher feststellend als fragend hinzu, daß meine Fahrkarte Budapest–Wien und zurück dafür ja sicher gelte. Das schon, entgegnet die Frau, nur, wie eben schon gesagt, es sei ein internationaler Zug. Plötzlich schöpfe ich Verdacht: Was heißt das? Daß es untersagt sei, hier zuzusteigen, lautet die Erklärung. Ich weise darauf hin, daß ich zweieinhalbtausend Forint bezahlt habe für eine internationale Fahrkarte, deren erste Hälfte ich nur zum Teil, die zweite dagegen überhaupt noch nicht abgefahren habe. Ich merke, meine Argumente machen ihr keinen sonderlichen Eindruck; der nächste Zug, wie ich sehe, ein Personenzug, geht erst am Nachmittag und zuckelt dann mehrere Stunden bis Budapest; schließlich kriege ich von der Frau am Schalter den guten Rat, ich solle doch die Zöllner um Erlaubnis bitten, mit meiner gültigen Fahrkarte in den Zug einsteigen zu dürfen, für den ich diese Fahrkarte gelöst habe.

Also zurück zum Zollamt. Alle sind äußerst zuvorkommend. Ob ich nun doch nicht nach Wien reisen wolle, erkundigt sich mein Mann. Ich verstehe die Frage nicht, nach Scherzen und plumper Vertraulichkeit ist mir nicht zumute. Ich frage ihn, ob er etwas dagegen habe, daß ich mit meiner gültigen Fahrkarte in den internationalen Schnellzug zusteige; von ihm aus gebe es keine Einwände, so der Zöllner, seine Zustimmung allein reiche jedoch keineswegs aus: ich müsse auch die Grenzwache um Erlaubnis bitten. Ich entdecke ein paar herumlungernde Soldaten, einer von ihnen trägt so etwas wie ein kleines Nachttischbrettchen an einem weißen Riemen um seinen Hals. Ich trage meine Bitte vor. Leere Gesichter schweigen mich an. Langsam werde ich unsicher, mich beschleicht ein Gefühl, als hätte ich versehentlich Japanisch oder sonst eine mir selbst, vor allem aber diesen Soldaten unbekannte Sprache angeschlagen. Endlich bringt einer heraus, da müsse ich auf den Kommandeur warten. Eine gute Viertelstunde später sehe ich einen hageren, älteren Offizier mit Brille und Beamtengesicht in Begleitung einiger niederrangiger Uniformen die Schienen entlangtrotten. Ich spreche ihn an, trage meine Bitte vor. Ich spüre, daß man mir meine Mutlosigkeit allmählich anmerkt. Doch dieser Offizier scheint zu verstehen, was ich sage. »Sie mußten aus dem Wien-Expreß aussteigen?« fragt er diplomatisch, aber streng. Jawohl, ich mußte aussteigen. In Ordnung, sagt er, er erteile mir die Erlaubnis; mit einem kurzen, sachlichen, abschätzigen Blick mißt er mich von Kopf bis Fuß, dann geht er weiter. Dennoch:

ich spüre genau, in diesem Offizier ist Liebe. In Gefängnissen, Lagern und ähnlichen Orten dieser Art gibt es immer wieder einen Offizier oder Unteroffizier, der uns den Glauben an das Leben zurückgibt. Einem solchen Offizier vertrauen wir; wenn er uns verhört, lügen wir nicht, wir ersehnen seine Gegenwart uns zum Trost, und selbst wenn er uns erschießt, wissen wir, er tut es nicht aus Vergnügen, sondern weil er nicht anders kann.

Dann kommt der Zug. Ich steige ein. In einem Nichtraucherabteil zweiter Klasse bitte ich darum, Platz nehmen zu dürfen. Der Herr und die Dame im Abteil, die augenscheinlich nicht zusammengehören, verstehen kein Ungarisch: ein Umstand, den ich im Moment jedenfalls als beruhigend empfinde. Der Schaffner kommt. Für meine Fahrkarte, teilt er mir mit, müsse ich einen Zuschlag zahlen. Wieviel? frage ich sehr höflich, sehr bescheiden. Weil nämlich..., beginnt er zu erklären. Ich habe nicht gefragt, warum, unterbreche ich ihn sehr höflich und sehr bescheiden, sondern wieviel, denn möglicherweise habe ich nicht genügend Geld bei mir. Fünfhundert Forint, lautet die Antwort. Ich bin beruhigt und zahle. Der Schaffner liefert dennoch eine Erklärung; seine Mühe ist zwecklos, sehr höflich und sehr bescheiden höre ich mir alles an, aber ich verstehe es nicht, und es interessiert mich auch nicht. Hauptsache, ich muß nicht wieder aussteigen.

Gleichmäßig, beinahe lautlos gleitet der Zug dahin. Es ist still. Der Herr ist eingenickt, die Dame liest. Einen englischen Roman, wie ich am Umschlag erkenne. Reglos sitze ich da. Mein Blick fährt ein wenig oberhalb der eintönigen Landschaft am Saum des Himmels entlang, zusammen mit dem Zug; ich schaue hinaus, aber ich sehe nichts, will nichts sehen. Langsam, ganz langsam steigt die Schande in mir hoch; es setzt an den Zehen ein, dringt durch den Magen in die Kehle und strömt ins Gehirn. Ich weiß, daß mich jetzt Tage,

Wochen, vielleicht sogar Monate voller Depressionen erwarten. Wieso nur habe ich angenommen, ich könne nach Wien reisen? Wieso habe ich angenommen, ich könne etwas anderes tun als bisher? Ich habe bisher wie ein Gefangener gelebt, meine Gedanken, mein Talent, mein wahres Wesen geheimhaltend, denn ich wußte genau, da, wo ich lebe, kann ich nur als Gefangener frei sein. Ich wußte genau, daß diese Freiheit zwar nur die Freiheit eines Gefangenen ist, das heißt eine Illusion; wenigstens aber – so glaubte ich – eine ehrenhafte Illusion, ehrenhafter, als in der Illusion von Freiheit doch nur wie ein Gefangener zu leben. Ich wußte um die Gefahren eines solchen Lebens, ich wußte, daß mich das Leben eines Gefangenen schließlich auch zum Gefangenen macht; daß es mich tief unter das kulturelle Niveau des Jahrhunderts zwingt, daß es meinen Horizont einengt, mein Talent aufreibt. Trotz alledem: ich wollte so leben, in dem Glauben, daß auch das doch Leben ist, ein Leben, das irgendwer – und möglicherweise gerade ich – in Worte fassen muß. Wieso habe ich also fliehen wollen oder wenigstens ein paar Tage Urlaub nehmen? Wieso habe ich geglaubt, etwas ändern zu können an diesem Leben, das ich doch schon lange betrachte, schon lange so behandle, als sei es nicht mein Leben, sondern eine harte Aufgabe, mir zur Prüfung auferlegt und dem gegenüber ich mir nur ein einziges Privileg – oder wenn man so lieber will: eine einzige Freiheit – vorbehalte: Sobald der Ekel unüberwindlich wird, setze ich ihm mit zwei Schachteln Schlaftabletten und einer halben Flasche miesen albanischen Kognaks ein Ende.

An diesem Punkt komme ich zu mir. Wir sind wieder in Tatabánya. Inzwischen habe aber auch ich meinen Weg hinter mich gebracht: und siehe da, ich verstehe mein Leben. Auch jetzt greife ich die mir entgegengebrachte Aggression – da ich nichts anderes tun kann – gierig auf wie einen Dolch und richte seine Klinge gegen mich selbst; fast aber erschrecken mich die Kraft und die bittere Lust, mit der meine Gedanken dieses Mal gleichsam Hand an mich legen, in ihrer ehrlichen Wildheit. *Alles, Alles, / Alles weiß ich, / Alles ward mir nun frei. / Auch deine Raben / Hör ich rauschen…* – ja: das Maß ist voll, mehr Verletzungen vermag ich – scheint es – nicht zu ertragen. Sechs Jahrzehnte wechselvoller, wiewohl eintöniger Diktaturen und dazu diese vorerst noch namenlose Restdiktatur haben meine aus dem Dulden – zwecklosem Dulden – sich nährende Immunität zermürbt. Auf meinem restlos durchlöcherten, zum Tode verwundeten Körper, der nur noch an Nervensträngen baumelt, findet keine einzige Speerspitze, ja nicht einmal eine Injektionsnadel mehr Platz. Ich habe die Fähigkeit zum Dulden verloren, ich bin nicht mehr verwundbar. Ich bin verloren. Dem Anschein nach fahre ich mit diesem Zug, aber der Zug befördert nur noch einen Leichnam. Ich bin tot. »*Und damit sich alles erfüllt, damit ich mich weniger allein fühle, brauche ich nur noch eines zu wünschen:* daß an meinem Grab oder meiner Urne oder dem, was immer von mir bleibt, ein Zöllner, wenn auch nicht als Zeichen der Rehabilitierung, so doch wenigstens als Zeichen der Vergebung, einst eine Blume niederlegt…

DANILO KIŠ

Die Schuld

Nach mehreren »schrecklichen Tagen« trat am Morgen unerwartet eine Beruhigung ein. Der Arzt wußte, daß diese Beruhigung nur scheinbar und vorübergehend war und daß sich im Organismus des Kranken gewisse der Wissenschaft völlig unbekannte Veränderungen abspielten, die allein von Gott und vom komplizierten Mechanismus der Organe und der Psyche abhingen. Der Kranke lag auf dem Rücken, von Kissen leicht gestützt; der Monitor zeigte die regelmäßigen Herzschläge. Sein Körper war mit Schläuchen an die komplizierten Instrumente angeschlossen, die einerseits auf dem Bildschirm das Funktionieren der Organe registrierten, anderseits eine künstliche Ernährung gewährleisteten und die erschöpften Venen, Eingeweide und Atemorgane entlasteten. In der Stille des hellen, weißen Zimmers vernahm man nur das leise Summen der Maschine und gelegentlich das Klirren der Glasröhrchen, wenn der Kranke ein wenig seine Glieder bewegte. Eine Zeitlang sah er auf die Flasche, die über seinem Kopf hing und aus der jene Flüssigkeit tropfte, die durch transparente Schläuche lebensspendende Substanz in seinen Organismus beförderte.

Seine Augen waren weit geöffnet, wirkten leicht erloschen und schielten wie bei einem Brillenträger, wenn er die Brille ablegt.

Draußen war es still…

Langsam fielen die Tropfen aus der Flasche, schwollen an und glitten dann plötzlich in den Schlauch. Und während ein Tropfen durch den transparenten Schlauch zum Organismus des Kranken floß, begann schon der nächste anzuschwellen. Der Kranke betrachtete diese Tropfen. Sie dienten ihm als eine Art Rosenkranz. […] Der Gedanke durchfuhr ihn, durchzuckte einen Teil seines Bewußtseins, daß seine Todesstunde nahte. Er hatte ein Leben hinter sich, das weder besser noch schlechter als andere Leben gewesen war: Er hatte geliebt, gelitten, Reisen gemacht, geschrieben. Manche meinten und schrieben, vor allem nach seinem achtzigsten Geburtstag, sein Leben sei von Arbeit und Einsamkeit erfüllt gewesen, und niemand wußte, wieviel Entsagung ihn diese Arbeit gekostet hatte, wie zwanghaft, aber auch heilsam diese Einsamkeit gewesen war. Er erinnerte sich »wie durch einen Nebel« (als feiner Stilist hätte er diese Wendung sicher nicht gebraucht), daß er in den letzten Tagen schreckliche Krisen gehabt hatte, daß er sich mit ganzer Kraft gegen den Tod gewehrt, daß er ihm widerstanden, daß er die Schläuche aus den Venen gerissen und daß er ihm ins Gesicht gespuckt hatte, daß er geweint und einen Kampf gegen dieses unsichtbare, doch gegenwärtige Phantom des Todes geführt hatte; der Tod stand mal neben seinem Bett, mal nistete er in ihm, in seinen Eingeweiden, in seiner Lunge, in seinem fiebrigen Hirn.

Und dann, an diesem Morgen, er wußte nicht, wann und wie, trat eine Beruhigung ein. Er begriff das Unbegreifliche: Es war alles zu Ende, seine Tage, seine Stunden waren gezählt. Er versuchte Bilanz zu ziehen, sein Leben so zu betrachten, wie es die anderen sahen, und lächelte dabei. Er würde also nach einem Leben voller Einsamkeit, Entsagung und Arbeit sterben; *denn alle menschlichen Bemühungen lehren ein und dasselbe, daß der Sinn menschlichen Tuns hienieden ist: Ge-*

setz, Maß, Ordnung und Entsagung. Und alles Große und Schöne, das geschaffen wurde, wurde mit Blut und Schweiß geschaffen, und in der Stille. Wer hatte das gesagt? Hatte er das irgendwo gelesen oder vielleicht sogar selbst geschrieben? Jetzt erst erschien ihm dieser Gedanke wenn nicht tröstlich, so zumindest genau.

Er dachte, wie angenehm es wäre, jetzt einen jener noblen und weisen Menschen um sich zu haben, die er in seinem Leben kennengelernt hatte: Alaupović oder Herrn Ivo Vojnović... In seinem ganzen Leben hatte er nur zwei oder drei solcher Menschen kennengelernt. Alle anderen waren so, wie die Mehrheit des Menschengeschlechts eben ist: beschränkt und selbstsüchtig; ohne Sinn für das Schöne, ohne Verständnis für den anderen, ohne Wissen; nur von Instinkt und Ehrgeiz geleitet: das heißt mit Liebe und Essen, mit Ehre und vergänglichem Ruhm befaßt. Und jedesmal, wenn sie in sein Leben getreten waren, hatten sie Unordnung gestiftet, wie eine Armee beim Belagern einer Stadt.

Er betrachtete sich mit den Augen der anderen und zog die Bilanz seines Lebens, wie es die anderen, die Unbekannten, sahen. Er hinterließ seine gesammelten Werke, in denen seine Biographie, seine Sprache sich mit der Geschichte seines Volkes vermischten; dies garantierte ihm, was die Leute Unsterblichkeit nannten. Unter seinen Papieren gab es noch einige Texte, die er sorgfältig ausgewählt, in Aktenordnern aufbewahrte: Gedichte, Tagebücher, Notizen. Aus diesen Manuskripten hatte er alles entfernt, was ihn in den Augen der Nachwelt hätte kompromittieren können; jede persönliche Spur, jede Privatheit; so würde er für künftige Generationen vor allem eine Abstraktion, ein Schriftsteller sein, kaum aber ein Mensch aus Fleisch und Blut. In dieser Geste war etwas Bitteres und Gerechtes: hatte er doch sein ganzes Leben in der Welt der Fiktion, in der Welt der platonischen Ideale verbracht, und war ihm jeder Ausflug ins Leben zu Qual und Unglück, zu Mißgeschick und Ärger geworden. Jede Lebensentscheidung außerhalb der Welt der reinen Ideen, außerhalb von Stille und Einsamkeit verletzte ihn nur, jede Unternehmung war ein Fehlschlag, jede Begegnung mit Menschen eine Niederlage, jeder Erfolg neues Unglück; so hatte er aus den Texten auch alle fremden Namen entfernt, diese ganze ephemere Welt, die seinen Namen nur beflecken konnte: Denn zu beweisen, daß ein Idiot ein Idiot ist, hat etwas Kompromittierendes.

Da durchzuckte ihn jäh, wie ein elektrischer Schlag, bis tief ins Herz hinein der Gedanke, daß er seine Schulden nicht zurückbezahlt hatte. Nicht die geistigen, sondern die irdischen. (Was die geistigen betrifft, so hat keiner sie je zurückbezahlt: weder bei Gott noch bei der eigenen Mutter, bei der Sprache oder der Heimat.) Nein, nicht an diese Schulden dachte er, sie würde er ins Jenseits mitnehmen (und wenn es ein Jenseits gab, wenn es denn einen Grund für ein solches Jenseits gab, so ebendiesen: daß der Mensch seinen Gläubigern die Schulden zurückzahlte). Er dachte ganz einfach an solche Schulden, die man mit Geld begleichen kann, wenn auch symbolisch, wie ein Gruß, ein Händedruck, jetzt, da er nicht mehr damit warten konnte, da die Zeit gekommen war, mit dieser Welt abzurechnen. Selbst die bescheidene Pension von zweihundert Kronen, die ihm die kroatische Gesellschaft »Napredak« zusandte und die jeden Monat pünktlich eintraf (was in diesen unruhigen Zeiten an ein wahres Wunder grenzte und den k. k.-Institutionen, was immer die Leute darüber denken mochten, hoch anzurechnen war), mußte vernünftig, mußte besonnen verteilt werden; daß alle etwas davon hatten und keiner zu kurz kam.

Er sah zu, wie die Tropfen in der über seinem Kopf befestigten Flasche anschwollen, und zählte sie einzeln, wie man die Perlen eines Rosenkranzes oder Goldmünzen zählt.

Für Ivan Matkovšek, Wachtmeister, der mir die Augen für Landschaften geöffnet hat, so wie ein Soldat lernt, auf der Karte das Terrain zu erkennen; zwei Kronen.

Für Ajkuna Hreljić, die mich als erste an der Hand über die Brücke geführt hat; zwei Kronen.

Für Ana Matkovšek, die mir die Sprache der Blumen und Pflanzen beigebracht hat; zwei Kronen.

Für Draginja Trifković, Lehrerin, die mir das Alphabet beigebracht hat; zwei Kronen.

Für Idriz Azizović, den »Araber«, der mich gelehrt hat, der menschlichen Stimme zu lauschen; zwei Kronen.

Für Ljubomir Popović, der mich die Güte gelehrt hat; denn es reicht nicht, einfach ein gütiges Herz zu haben; die Güte will wie das Alphabet gelernt sein; zwei Kronen.

Für Milan Gavrilović, der mich die Kameradschaft gelehrt hat, denn auch die Kameradschaft will wie eine Fremdsprache gelernt sein; zwei Kronen.

Für Ratko Bogdanović, der mir beigebracht hat, daß Kameradschaft nicht ausreicht, denn auch die Kameradschaft kann Selbstsucht sein; zwei Kronen.

Für Jovan Vasić, Lehrer, der mich, als ich Ermutigung brauchte, ermutigte, den Weg der Literatur einzuschlagen; zwei Kronen.

Für Tugomir Alaupović, der über meine Seele und meinen Körper wachte wie über seinen eigenen; zwei Kronen.

Für Mijo Poljak, Professor, der es mir ermöglichte, deutsch zu lesen, was mir mein ganzes Leben lang von größtem Nutzen war und mir geistige Zerstreuung bot; zwei Kronen.

Für Dimitrije Mitrinović, der mir offenbarte, daß es außer diesen unglückseligen Provinznestern noch andere, bessere und glücklichere Welten gibt; zwei Kronen.

Für Vladimir Gaćinović, der mir jenen Teil der Welt und der

Seele offenbarte, welcher der dunklen Seite des Mondes gleicht; zwei Kronen.

Für Bogdan Žerajić, der mir den Zweifel an der Verläßlichkeit der Worte einimpfte: Seither begegne ich ihnen mit Mißtrauen und wäge sie einzeln ab, wie Goldstücke.

Für Fanika und Evgenija Gojmèrac, die mir das Gift der Musik und der Liebe einträufelten; Musik und Liebe aber sind wie zwei Zwillingsschwestern, die sich an der Hand halten… die eine spielt eine Polonaise von Chopin, die andere entfacht mit ihren Gedichten und Briefen das heilige Feuer der Liebe in mir. Denn am Anfang war die Liebe; vier Kronen.

Ein Tropfen aus der Flasche hatte sich gelöst, und an seiner Stelle begann ein anderer anzuschwellen; gut so, dachte er, es handelt sich ja um zwei Personen, also gebührt jeder eine Rosenkranzperle, jeder eine Erinnerung.

Für Milan Rešetar, Jozef Jirećek, Vilhelm Jeruzalem, Oskar Evald, Jozef Klem, meine Professoren, die mich lehrten, daß Wissen alles ist, während Nichtwissen Fanatismus und geistiges Dunkel erzeugt; zehn Kronen.

Für Doktor Oskar Aleksander, Laryngologe aus Ilica, der mich am Hals operierte, nachdem er mir zuvor den Sinn des Eingriffs erläutert hatte, und der mich nicht wie ein Schaf, sondern wie ein menschliches Wesen behandelte; zwei Kronen.

Für den Kellner des »Grünen Salons« in Krakau, der mir Kräutertee servierte, wie ich ihn mag und wie es meine Gesundheit erforderte, und der das gerne und lächelnd tat; zwei Kronen.

Für Helena Irzykowski, die mich das Entziffern der »göttlichen Hieroglyphen« – der Musiknoten – lehrte, damit ich nicht wie ein Ochse vor dieser lyrischen Gotik stand; zwei Kronen.

Für Jan Loc Nepomucen, der mir offenbarte, daß auf dem großen Baum der Sprachen jeder Vogel auf seine Weise singt, wie in der Natur, und daß unsere Vorliebe für gewisse Sprachen ebenso individuell, willkürlich und geheimnisvoll ist wie unsere Wahl in der Liebe; zwei Kronen.

Für Marjan Zdjehovski, der mir die tiefen Wurzeln des slawischen Sprachenbaums offenbarte, dem die Sprachen Puschkins, Slowackis, Murns und auch mein »Bosnisch« entsprossen sind; zwei Kronen.

Für Maja Nižetić und Jerko Čulić, denen ich Geschenke, Worte und Güte während meiner Gefängnishaft verdankte; vier Kronen.

Für den unglücklichen Vladimir Cerini, der mir tausend Dinar gab, als ich sie am dringendsten benötigte, und der sie sozusagen »anonym« gab, damit der Empfänger in seiner Not sie nicht als Almosen oder als Erniedrigung empfand; zwei Kronen.

Für den unbekannten Wärter im Gefängnis von Marburg, der mir einen Fetzen Papier und einen winzigen Bleistift unterschob, als Schreiben für mich Überleben bedeutete; zwei Kronen.

Für den Richter aus Split, Jerko Moskovito, der mir durch seinen Urteilsspruch zur Freiheit verhalf und dadurch bewies, wie sehr persönliches Auftreten und Zivilcourage in schwierigen Zeiten das Schicksal eines Individuums zu verändern vermögen, das von Feiglingen als unabänderlich betrachtet und als Fatum oder historische Notwendigkeit proklamiert wird; zwei Kronen.

Für Frater Alojz Perćinlić, der mir das strenge, anspruchslose und arbeitsame Leben der Franziskanermönche offenbarte; wäre ich nicht »Dichter« geworden, so wäre ich Priester geworden; zwei Kronen.

Für Stipica Lukić, Franziskanernovize, der mir in das Gefängnis von Zenica Brot, Glaube und Hoffnung brachte; zwei Kronen.

Für die ehrwürdigen Schwestern Hermina und Eparhija, die mir durch ihr Beispiel zeigten, wie man den Körper geistigen Dingen unterwerfen kann, was ich, im Rahmen meiner bescheidenen Möglichkeiten, auf mein eigenes Leben anzuwenden versuchte; vier Kronen.

Für Frau Zdenka Marković.

Für Graf Ivo Vojnović, meinen Wohltäter und Mäzen, der in mir das sah, was ich selber zu besitzen hoffte: Talent, diesen gottgesandten Segen und Fluch; zwei Kronen.

Für Herrn Dinko Lukšić aus Sutivan, der durch seine Gastfreundschaft meine Tage verschönerte und meine Gesundheit kräftigte, so daß ich meinen Gedichtband beenden konnte; zwei Kronen.

Für den jungen Untersuchungsrichter aus Wien, der mir bei meiner Verhaftung in Split erlaubte, meine persönlichen Effekten, die in der Pension geblieben waren, holen zu lassen; er brachte mir Kierkegaards *Entweder-Oder*, ein Buch, das mich geistig außerordentlich beeinflussen sollte; zwei Kronen.

Für den Wärter, der mir erlaubte, dieses Buch aus dem Gefängnismagazin, wo unsere konfiszierten Sachen aufbewahrt wurden, herauszunehmen; zwei Kronen.

Für Jaromir Studnjički, den Buchhändler und Bibliophilen aus Sarajevo, der mir das »kosmische Licht« der Bücher offenbarte; zwei Kronen.

Für Gospava Dundjerović, die Geschichten aus osmanischen Zeiten zu erzählen wußte wie einst die Guslaren, *lange, schön und genau*; zwei Kronen.

Für Luj Bakotić, der es mir in Rom ermöglichte, meine Zeit nicht für Büroarbeiten zu verschwenden und von meinen Pflichten aufgezehrt zu werden, vielmehr zu lernen, wie man schaut und schreibt; zwei Kronen.

(Zuletzt, zu guter Letzt, erweist sich alles als gut und endet harmonisch. Ivo Andrić: *Wesire und Konsuln.*)

Für Vladislav Budisavljević, der es mir durch sein Verständnis ermöglichte, mich dem Schreiben und dem Studium der Geschichte zu widmen: Diese beiden Dinge sind in meinem Werk vermischt und verschränkt, so daß man nicht weiß, wo das eine beginnt und das andere aufhört; zwei Kronen.

Für Frau Vera Stojić, die sich mit Liebe und Ehrfurcht meiner Manuskripte und meiner Korrespondenz annahm.

Für Midhad Šamić, der bei der Aufdeckung meiner Quellen nicht von schöpferischer Impotenz, sondern von Erudition sprach; eine Krone.

Für jenen Professor, der mir zum Geburtstag sein Aphorismenbuch schenkte – eine Krone (freilich könnte auch er mir eine geben, dafür, daß ich es gelesen habe). Wie es im Volksmund heißt, Liebe hält länger, wenn man quitt ist.

Für die Krankenschwester Olga, die mich pflegt, die mir jeden Morgen frische Blumen in die Vase stellt und mich im Bett sanft und vorsichtig umdreht.

So zählte er vor sich hin, in der Stille des Zimmers, das von künstlichem Licht erhellt war wie von der Abendsonne. Zuerst folgten seine Gedanken einer Chronologie, doch mit zunehmenden Schmerzen (es tat ihm nicht etwas Bestimmtes weh, es tat ihm alles weh, das Leben schlechthin) geriet die Chronologie durcheinander, verwirrten sich die Ereignisse, verlor die Zeit ihre Richtung; sein Geist begann erneut herumzuirren; nur ab und zu tauchte ein klarer Gedanke auf, wie wenn die Sonne hinter den Wolken hervorschaut und sich wieder versteckt.

Er versuchte, mit seinem Rosenkranz aus Insulintropfen, einem Rosenkranz wie aus Perlen, all die Beträge zusammenzurechnen, die er aufgezählt hatte, um die Höhe seiner Schulden zu ermitteln. Er fing an und hörte wieder auf, fing erneut zu rechnen an, mit einer vagen Angst, gleich einem Schauder, seine armselige Pension von zweihundert Kronen würde nicht ausreichen, er müsse jemanden leer ausgehen lassen, müsse jemandem etwas schuldig bleiben. Wen aber sollte er von dieser Liste streichen, zumal diese Liste doch nur einen Teil seiner Schulden ausmachte? Er versuchte, die Summe zu verringern, umzuverteilen, obwohl es hier nicht in erster Linie um einen Geldbetrag, sondern um ein Zeichen der Aufmerksamkeit ging, um den Wunsch, niemandem auf dieser Welt etwas schuldig zu bleiben, zumindest jene Arten von Schuld zu tilgen, die man gegenüber seinen Nächsten, seinen Gläubigern, Wohltätern und Störenfrieden gleichermaßen, zu haben pflegt.

Die Krankenschwester saß im Nebenraum und warf durch die geöffnete Tür einen Blick auf den Monitor, auf dem sich, in Form heftiger, doch gleichmäßiger Wellen, die Herztätigkeit des Kranken abzeichnete. In ihrer weißen, gestärkten Tracht, mit einer weißen Haube auf dem Kopf, saß sie seitlich am Tisch und las einen Liebesroman im »Bazaar«: Sie fuhr auf einer breiten Asphaltstraße, neben ihr saß Nick Chester, mit aufgeknöpftem Hemd, das seine kräftige, behaarte Brust freigab. »Nick hatte seine Rechte auf ihren festen Schenkel gelegt; der Wagen glitt geräuschlos auf der breiten Asphaltstraße Richtung Colorado. Doch plötzlich, als er den Kopf zu ihr wandte, um ihr zu sagen, was sie schon lange erwartet hatte…« Die Krankenschwester stemmte sich mit ihren orthopädischen Sandalen gegen die Wand, um die Katastrophe zu verhindern, die sich in der folgenden Zeile in Gestalt eines riesigen Lastwagens näherte: Dieser tauchte unvermittelt hinter einer Kurve auf und blendete mit seinen Scheinwerfern Nick Chester, der gar nicht dazu kam, jene Worte auszusprechen, die ihm sein junges Herz diktierte. Die Krankenschwester sah von den Seiten des »Bazaar« auf, wo vor ihren Augen eine Liebe unterging, und richtete ihren schläfrigen, traurigen Blick auf den Monitor: Die Wellen wurden immer heftiger, und über der weißen horizontalen Linie hüpfte, mit einem leisen Pfeifgeräusch, ein leuchtender Punkt, wie auf dem Bildschirm eines »Tennisspiels« (das sie vor zwei Jahren in einem Hotel in Budva gesehen hatte).

Dann fiel ihr Blick auf den Kranken, und ihr schien, er bewege die Lippen. Sie wußte, daß es sich um einen wichtigen Patienten handelte; so verließ sie ihren Platz auf dem Sitz des Cadillacs, zur Rechten von Nick Chester, und ging zu dem Bett.

Der Kranke sah ihr direkt in die Augen.

»Brauchen Sie etwas?«

»Leihen Sie mir zwei Kronen.«

Er sprach leise, mit Mühe, doch völlig deutlich.

»Entschuldigen Sie«, sagte die Krankenschwester und beugte sich näher zu ihm hin, »ich habe Sie nicht recht verstanden.«

»Mir fehlen zwei Kronen, um meine Schulden zu begleichen. Ich werde auch Ihnen nichts schuldig bleiben, Schwester. Ich möchte niemandem etwas schuldig bleiben. Ich werde Ihnen alles bis zum letzten Kreuzer zurückerstatten.«

»Natürlich werden Sie es mir zurückgeben. Ich bringe Ihnen das Geld sofort.«

Sie ging ins andere Zimmer.

»Herr Doktor, der Patient von Nummer fünf bittet mich, ihm zwei Kronen zu leihen.«

»Geben Sie sie ihm, Schwester.«

»Zwei *Kronen*, Herr Doktor.«

»Er ist verwirrt, Schwester. Geben Sie ihm zwei Dinar. Wenn sich sein Zustand verschlimmert, rufen Sie mich. Ich will nicht zu ihm gehen, solange er ruhig ist. Das könnte ihn aufregen. Gehen Sie. Haben Sie zwei Dinar?«

»Ja«, sagte die Krankenschwester und holte aus ihrer Schürzentasche die Geldbörse hervor.

»Hier sind zwei.« Die Schwester legte die Münzen auf den Nachttisch neben dem Bett des Kranken; sie vibrierten auf der Marmorplatte, dann verstummte das Geräusch jäh.

»Herr Doktor, Herr Doktor!« schrie die Krankenschwester. »Er hat aufgehört zu atmen. Sehen Sie auf den Monitor. Sein Herz schlägt nicht mehr.«

»Rufen Sie rasch den Direktor«, sagte der Arzt. »Sie haben ihm das Fährgeld für Charons Barke bezahlt, Schwester.«

Jelineks Wahl IV

ELFRIEDE JELINEK

wer denn dann?

Der Dandy: Walter Serner, Konrad Bayer, Unica Zürn, Sylvia Plath

Um sich verlieren, besser: vergeuden zu können, muß man sich vorher erst einmal haben. Und die schlimmste narzißtische Kränkung, außer daß andere über einen verfügen, wäre, auch noch dem Maßstab seiner Zeit zu entsprechen. Begibt man sich nämlich außerhalb dieser Gesellschaft, ja, wagt man sich sogar außerhalb der Zeit selbst, so findet man niemanden mehr vor. Endlich! Man müßte dann allein mit den Toten Verkehr haben. Das ist ja der äußerste Fetischismus: das Belebte durch das Unbelebte zu ersetzen, weil die narzißtische Kränkung schon darin besteht, zu den übrigen Lebenden zu gehören. Von den genannten Autoren sind alle außer einem durch Selbstmord geendet, und der eine, Walter Serner, ist im KZ ermordet worden. Ein Flaneur, der ins Gas gehen mußte, die größte denkbare Absurdität! Eine von ihnen, Unica Zürn, ist von ihrem Geliebten, Hans Bellmer, mit einer Puppe konfrontiert worden, die er geschaffen hatte wie Gott den Menschen (Kokoschka hat nach dem Ebenbild seiner Geliebten Alma Mahler eine Puppe eigens anfertigen lassen), da erschafft sich einer die Frau, und dann ist sie plötzlich wirklich da, hat sich, als Wunsch, bereits erfüllt und wird daher überflüssig, denn ihre Verfügbarkeit kann niemals der eines künstlichen Objekts gleichen. Es hat nicht genügt, daß die Frau eine »Folie der Liebe, Empfangsstation der Abwandlung von Bildern des Männlichen, die sie annimmt, um sie zu verwischen, im Auftrag des Leidens, des Mitleids und der Leidenschaft« (Sabine Scholl über Unica Zürn) sei, diese Transformation ins Belebte, von der Puppe zur Frau, also der umgekehrte Vorgang zu Kokoschkas Fetischisierung des Belebten, bedeutet, daß das Belebte aus seinen Grenzen sozusagen ausrinnen muß, um das Unbelebte, das ja ALLES sein kann was man sich vorstellt, noch einholen zu können.

Aber o weh, die Körper sind gar so weich, sie gehen so leicht kaputt! Da man dieses Ausrinnen spürt, kann man sich vielleicht noch auffangen – Blut in der Schüssel, für das man die Runde Eingeweihter erst finden müßte –, indem man sich vergeudet, ein freiwilliger Akt, der dem was einem bestimmt ist, die Leblosigkeit, der Tod, hinterherläuft, um die narzißtische Position noch zu retten, so wie die Gralsritter sich um eine Wunde, eine Leerstelle, einen Riß versammeln. Ist das die äußerste (männliche, denn eine weibliche würde nicht geduldet werden) Anmaßung, daß es nichts Einigendes für die Männerrunde geben dürfe, keinen Gegenstand, der es wert wäre, sondern einen Nichtgegenstand, etwas Versehrtes, Schmerzendes, etwas, das fehlt (das weibliche Geschlechtsorgan, das nicht repräsentationsfähig ist, sondern in den Körper hineingeht und im wahrsten Sinn des Wortes näßt wie eine Wunde?). Die Puppe, die immer schon zuerst da war, denn die Vorstellung kommt immer vorm Werk, überlebt Unica Zürn mühelos, die Puppe würde wahrscheinlich auch einen Fenstersturz überleben, zumindest könnte man sie danach wieder reparieren. Es ist dem Mann nicht zumutbar, sich um einen lebenden Körper zu kümmern. Umgekehrt muß die Frau sich selbst entgrenzen (ausgegrenzt ist sie ja schon) und, nachdem sie sich verschenkt, vergeudet hat, ohne etwas für sich zu bekommen, kann sie nur selbst aus sich ausufern, in den Wahn, in die Halluzination, die bei Zürn aber wieder gleichzeitig äußerste Disziplin bedeutet hinsichtlich ihrer Anagramme, denn es dürfen nur ganz bestimmte Buchstaben, die allerdings beliebig umgeschichtet werden können, vorkommen, aber keiner mehr und keiner weniger. Das Über-die-Ufer-Steigen, jedoch gleichzeitig Geordnet-Bleiben bis zuletzt: Die weibliche Grenzenlosigkeit verhöhnt ihren Herrn, indem sie ihm gibt was er verlangt, immer schon bevor er es verlangt.

Bleibt dem männlichen Dandy da noch etwas, das er dagegenzusetzen hätte? Bleibt es, was ihn betrifft, bei der relativ einfachen Vergeudung, indem er sich selbst als Subjekt freiwillig aufgibt? (Da die Frau ja nicht Subjekt ist, kann sie sich auch nicht aufgeben, sie kann sich, da zum Verströmen in der Liebe, zum Zerfließen bestimmt, jedoch abschicken und gleichzeitig zurückhalten, sie kann sich, siehe oben, gerade, indem sie sich nicht hat und angeblich an einen Mann »verschenkt«, noch viel weitergehend verschleudern. Permanenter Schlußverkauf. Das ist einfach zu verstehen: Wer keine Grenzen hat, ist überall. Wer auf seine Grenzen pocht, kann schon stolz sein, wenn er auch nur einen neuen Mantel anzieht, um seine Grenzen noch hervorzuheben bzw. auf sie hinzuweisen.)

Serner wie Konrad Bayer haben die Sprache, an der sie beliebig herumbasteln können, denn beide scheinen die Sprache als Erweiterung ihrer selbst zu betrachten und sich in ihr immer wieder neu zu erschaffen. Sie geben dann diesen Mantel, den sie sich angeschafft haben, wieder fort, ohne allerdings mildtätige Ritter zu sein, und ihre Freude ist, daß die Sprache nichts bedeuten muß, wenn sie nicht will, also können nur wenige mit ihr etwas anfangen. So ist das auch nicht gedacht. Es sollen nicht nur ihre Herren etwas mit der Sprache anfangen dürfen. Nur so können sie eine »unverständliche, uneinnehmbare Sphäre erreichen« (Hugo Ball), fern von »feldgrauer Bescheidenheit« oder Verrücktheit. Denn sogar Verrücktheit, das unwillkürliche Aus-der-Haut-Fahren des Geistes, müßte noch an ihrer narzißtischen Kontrolle scheitern. Gleichzeitig sind diese beiden Männer, die sich stets gern in Gesellschaft aufgehalten und gezeigt haben, auf die Verbindungen durch Sprache angewiesen, andrerseits können sie sich immer wieder mühelos zurückversenken ins Selbst, und, vielleicht ist das ihre ultimative Selbstverschwendung, sich, wie ein Vulkan Lava schleudert, aus sich gleichzeitig hervorholen und doch wieder behalten, und zwar indem sie, die ihr Innerstes verachten, sogar zu meiden scheinen, während sie alles, was sie an sich haben, hinaus an die Oberfläche projizieren, um dann, wie von sich selbst berauscht, ohne links und rechts zu schauen durch die Straßen zu schlendern, dieses Innere, das sie sorgfältig vor allen Menschen verbergen, vollständig in Sprache transformieren, die dann, als wollte sie wieder zum Absender zurück, scheinbar immer etwas ganz anderes sagt als diese Dichter meinen, wenn sie in sich hineinschauen, um in Ruhe (und unbeobachtet von ihrem Schöpfer, wer immer das ist) von sich abzuschreiben. Damit sie dann jederzeit hinter ihrer Sprache vollkommen verschwinden können. »Die (literarische) Stilisierung der Tatsachen, das heißt ihre Aufnahme in eine persönliche Form, ist wichtiger als die interessanteste, aber formlose Konklusion der Tatsachen selbst« (Hugo Ball). Und niemand ahnt, daß diese Literaten ganz präzise das sagen, was sie meinen. Weil man ja nicht weiß, was sie meinen. Daher kann man das Gesagte damit nicht vergleichen. So verlangen die Leser oft, daß die Schriftsteller ihr Innerstes nach außen kehren, damit sie es sich in Ruhe anschauen können. Und genau das wird ihnen von den Dandy-Literaten verweigert, die das Herzliche nicht dulden, obwohl auch sie ein Herz haben, die das Gemütliche nicht dulden, obwohl auch sie ein Gemüt haben, aber, wie gesagt, man sieht es nicht, und lieber bleiben diese Dichter einen Schritt hinter der Welt, die auch die ihre ist, stehen, sie verachten (und verstehen) das, worin sie sich bewegen, aber sie dulden die herzlosen Herzlichen nicht und werden von ihnen nicht geduldet. Sie verzichten auf sich, aber sie geben sich deswegen noch lange nicht her. Das tun sie erst, nachdem sie sich, das letzte Stück von sich, erst im Tod, ganz verloren haben.

Sie wissen, daß sie das meiste an sich selbst haben. Sie wissen, daß sie nichts an sich selbst haben, einen Freund zu allerletzt. Es steht auf dem Brief, den sie abschicken, der eigene Name darauf, und sie arbeiten auch auf eigene Rechnung, die sie gleich beilegen; außer ihnen gibt es keine Instanz, schon gar nicht den Rezipienten ihrer Werke, hinter denen sie immer wieder aufs neue: ausgelöscht werden. Das geht ja sogar schon mit ihren Fotos (obwohl es dem Dandy sehr wichtig ist, wie er aussieht. Von Sylvia Plath gibt es sogar Pin-up-Fotos im Badeanzug!), die Kamera muß sich mit einer ganz gewöhnlichen Person begnügen, die, gerade indem sie sich schick und extravagant kleidet und auf diese Weise sogar in den Vordergrund zu schieben scheint, dahinter, hinter dieser Maske, doch vollständig verschwunden ist, nicht weil sie sich mitsamt ihrem interessanten Innenleben so großzügig an ihr Publikum verschenkt, veräußert, veräußerlicht hätte, sondern weil sie weiß, daß sie sich gar nie gehabt, besessen hat, und wenn, dann ihre Besessenheit wenigstens gut kaschieren konnte. Oder besser: weil sie auf alles, was sie war, von Anfang an verzichtet hat, um nie zu erfahren, was sie im eigentlichen hätte ausgemacht haben können. Diese Personen wußten von Anfang an, daß es der Sprache gegeben ist, auch das Unmögliche zusammenzuführen und damit ganz normal zu machen, und so verzichteten sie denn ganz auf dieses Sprechen, in scheinbarer Ohnmacht, die jedoch nicht Machtverzicht war, sondern Machtausübung, die keine Übung brauchte und auch keine Macht mehr.

Sprechen kann jeder, nicht sprechen können nur wenige. Schreiben ist nicht: erleichtert sein, sondern: sich erleichtern, so, Papier drüber, drunter war es schon, und dann ist es halt weg. Diese Dichter wissen, daß sich nichts in einer Person ausdrücken kann. Und sie verweigern es auch, in ihrem Werk oder Tun etwas auszudrücken (etwas, das oft von den Liebhabern des Geistes unterschätzt worden ist), oder sie drücken eben immer etwas anderes aus als man denkt. Jeder Rückschluß ist ein Trugschluß, und jede Schrift ist eine Todesschrift (nicht: Grabinschrift, da wäre ja etwas zurückgeblieben, sogar aus Stein!), eine Thanatographie, da das Subjekt erst im Tod wieder zu einem Ganzen zusammengesetzt werden kann und sie natürlich auch das wissen. Können diese Dichter deshalb für jeden sein, was der will? Amöbenhaft? Projektionsfläche für das Eigene? Ändern Sie sich, wenn Sie das hier lesen, oder bleiben Sie sich gleich, dem Autor ist das ganz gleich. Den interessiert nur, wie er sich vertun kann und wie er sich wiederherstellen kann, nicht damit er endlich, wie nach langer Krankheit, wiederhergestellt sei, sondern damit er sich endlich wegschmeißen kann. Nur wir, nur wir kriegen kein Stück von ihm, ich meine: ein Stück vielleicht schon, aber kein Stückchen. Denn er ist schon im Eimer.

UNICA ZÜRN

Anagramme

Ich weiss nicht, wie man die Liebe macht

Wie ich weiss, »macht« man die Liebe nicht.
Sie weint bei einem Wachslicht im Dach.
Ach, sie wächst im Lichten, im Winde bei
Nacht. Sie wacht im weichen Bilde, im Eis
des Niemals, im Bitten: wache, wie ich. Ich
weiss, wie ich macht man die Liebe nicht.

Ermenonville 1959

Ich weiss, wie man die Wollust macht

Die Wollust macht man, wie ich weiss,
im wachen Du. O wie Samt schwillt sie
an. Ich will sie stumm, wie todeswach.
Du schwammst, wie ich, ins All – O Weite —

Ermenonville 1959

Erdachte Briefe

Ein Herr schreibt an eine Dame: Die Versuchung ist ungeheuerlich. Sie erregt meine bösesten und zärtlichsten Phantasien. Wie könnte ich Sie aus Ihrer Umgebung lösen? Es wäre mir möglich, Ihren Gatten zu töten. Warum sind Sie mit ihm? Er ist doch nur ein Teil von dem, was ich bin. Etwas Entmutigendes muß ihn daran gehindert haben, sich so zu entwickeln, daß er Ihrer würdig wäre. Der Arme! Ich würdige natürlich die Gefühle, die er für Sie zu empfinden scheint. Ich bin verzweifelt, daß nicht ich es bin, dem Ihre wunderbare Treue gehört, denn tatsächlich gelten Sie als die treueste Pariser Gattin. Genießen Sie diesen Ruhm von Herzen, meine Verehrte. Wenn er erkrankte, was ich ihm innig wünsche! Selbst wenn er nicht gleich stürbe, würden Sie sich dazu entschließen können, seine Leiden durch ein Medikament zu beendigen? Aber ein Glück, das man selbst produziert? Wahrscheinlich ist es, daß nie ein Anfang sein wird. Vergessen Sie nicht, wie alt meine Wünsche nach Ihnen sind. Wahrscheinlicher ist es, daß nie ein Anfang sein wird. Wir werden uns wieder begegnen, wenn einer von uns im Sterben liegt. Bisher hat sich mein Glück nur in meinen Wünschen verwirklicht. Vergeblich wartete ich während meiner Kindheit auf das lebendige kleine Mädchen, das kommen sollte, um mit mir zu spielen! Ein so kleines dreieckiges Gesicht in schrecklich langem Haar verborgen, das sie immer schütteln mußte, damit die zu großen Augen herausblicken konnten. Endlos mir erzählender Mund. Welchen Wahnsinn sie mir erzählte! Als ich Ihnen begegnete, entbehrte ich das Wunder in diesem Zusammentreffen. Welch eine unmögliche Situation! Alles hat sich verspätet. Nichts kann auf die richtige und einzig gültige Weise jemals wiederholt werden. Wie untreu sind Sie mir doch gewesen! Haben Sie wirklich nicht daran geglaubt, daß wir einander begegnen würden? Da stehen wir nun. Ich bin maßlos in meinem Wunsch, unbedingt mit Ihnen zu sein. Aber fürchten Sie nicht, daß ich Ihnen jemals absichtlich in den Weg laufen würde. Sollten wir jedoch einmal zufällig auf einer Straße einander entgegenlaufen, dann wäre es Dummheit, sich auszuweichen. Sie wissen scheinbar noch nicht, wozu Sie fähig sind. Wird dieser Anfang denn niemals beginnen? Ich notierte das Inventar, das nötig sein wird, für unsere Experimente. Morgen beginne ich – verzweifelt – mit der Einrichtung des Zimmers, in dem wir von nun an gemeinsam leben werden, um es nicht mehr zu verlassen. Soll ich Schießscharten bauen, sollte ich nicht Kanonen besorgen? Alle Arbeit hat in der Befestigung unserer Festung zu bestehen. Alles, was nichts mit uns zu tun hat, werden wir ausschließen. »Zweisamkeit unter Ausschluß der Öffentlichkeit.« Man hat hin und wieder dieses Thema diskutieren hören, aber man scheut schon allein den Versuch. Es gibt wohl nicht viele, die Lust dazu haben, miteinander zu sterben. Einseitiges Überleben wird dem Liebestod vorgezogen. Ich habe an Vorräte zu denken: Gifte, Instrumente, Parfum, Masken, Käfige, Fäden. Steine mit geschliffenen Kanten als Betten, Bilder, Figuren, Lupen, Kostüme, Musik, Perücken, Drapierungen und Staub. Konserven werden unvermeidlich sein. Selbst zu zweit wird man hungrig werden. Und was meinen Sie zu einem Mikroskop? Vieles läßt sich nur mit Papier machen. Auf Papier wird letzten Endes alles hinauslaufen. Ich freue mich schon auf den Tod der Frau, die ich liebe. Ich werde der Eifersucht auf die Krankheit oder den Unglücksfall, die Sie bedrohen, zuvorkommen. Es wäre natürlicher, stürben wir im gleichen Augenblick. Nicht einmal Romeo und Julia bekamen den Tod, den sie verdient haben. Ich aber will mit klaren Augen zusehen, wenn ich Sie töte, ich, der ich Ihnen so unendlich verbunden bin. Zuletzt werden Sie mich mit Ihrem brechenden Blick ansehen. Mich, den immer von Ihnen erwarteten Mörder.

Unser Lächeln machte unsere Gesichter zu Grimassen. Wir haben den Ernst unserer Situation gesehen. Da dachte ich an die Zeit, die kommen wird, die vergehen wird, wo wir uns ansehen werden. Welch eine Übung im Schaudern, welch eine Meisterschaft darin, sich zu fürchten, werden wir erreichen, mit unserem gegenseitigen Betrachten. Wie dringend Sie das Böse in meinen Augen suchen! Mein Gesicht magert ab, wenn ich daran denke. Aber soweit ich mich erinnere, haben Sie nur einen einzigen Blick von mir empfangen. Ich schwöre Ihnen, daß ich es gesehen habe, wie dieser schnelle Blick nicht an Ihnen vorüberging. Er hat Sie so furchtbar in Versuchung geführt, daß ich Ihre unsichtbaren Tränen strömen sah. Natürlich ist es verzweiflungsvoll, wie die Tage vergehen, aber haben Sie sich denn wirklich jemals ohne mich gefühlt? Jetzt vergesse ich Vorsicht und Geduld. Ich will, daß Sie bei mir sind. Ich möchte, daß Sie hier wären, mir gegenüber, und daß wir uns anblickten! Diese unglaublichen Pantomimen, die Sie ständig vor mir aufführen! und ständig antworte ich Ihnen. Sie fragen zuviel. Ich liebe es, in Ruhe jede Ihrer Fragen zu beantworten. Ich bitte Sie, mäßigen Sie sich. Es ist nicht nötig, daß Sie fünfmal zugleich vor mich hintreten. Wer soll ertragen, siebenmal gleichzeitig von Ihnen angesehen zu werden? Seit gestern mittag verstehen Sie es, zu schweben. Ich wage nicht, hinaufzublicken. Wo haben Sie sich versteckt? Unter der Gardinenstange? Im Leuchter? Hinter den Gipsblumen des Plafond? Wenn wir uns dann lange Zeit angesehen haben, werden wir wissen, daß wir nichts im Leben versäumt haben. Die Oberflächen meines Körpers beginnen zu brennen: Brust, Bauch, Knie, das Innere der Hände. Das heilende Brennen, das ohne aufgeregte Bilder mich durchdringt. Welch ein unverhofftes Glück, noch vor dem Anfang zu sein! Es macht mich schwindlig und atemlos. Welch eine Begeisterung empfinde ich bei dem Gedanken, daß wir mit jedem Tag, der sich zwischen unsere Trennung legt, Zeit für uns gewinnen. Die Zeit ist unser Brot, von dem wir uns jetzt ernähren. Die einzige Nahrung, die unseren Hunger stillen wird, ist die Zeit. 3 Meter voneinander entfernt und mit zusammengepreßten Herzen… was ziehen Sie vor? Wenn das eine schöner als das andere sein könnte – ich zöge das Schönere vor: gefesselt an unseren Stühlen. Es wäre verboten, die Augen zu schließen.

P. S. Ich hätte Ihnen lieber einen ganz anderen Brief geschrieben, aber selbst dieser wird genügen, Ihren Widerstand zu erregen. *Paris, Juli 1957.*

Die Dame schreibt jenem Herrn: Ja, mein Herr, ich werde allem widerstehen, nur einem nicht: dem Gedanken, durch Sie zu sterben. Der Nachsatz Ihres Briefes hat meine Enttäuschung, als ich Ihre Worte las, gemildert. Wahrscheinlich haben Sie diesen Brief nur aus Neugier geschrieben. Ich habe nie einen Brief von Ihnen erwartet, auch nicht eine neue Begegnung. Sie haben mich schon fast krank gemacht. Und jetzt haben Sie mir nur so irgendeinen Brief geschrieben, um aus meiner Antwort zu erfahren, daß wir zeitweise einen lebhaften geistigen Austausch durch den leeren Raum hindurch hatten. Ich glaube Ihnen kein Wort Ihres Wunsches, mit mir zu sein. Sie haben mich in sich überwunden, und nun werden Sie friedlich und stolz weiterleben. Wenn wir uns noch einmal sehen sollten, so werden Sie als reiner Ritter vor mir stehen, und so werde ich Sie auch in meiner Erinnerung bewahren. Ich habe aber noch ein Geheimnis: Sie haben, als Sie mit Ihrer Arbeit, mich in Ihnen zu vernichten und mich wieder aus sich auszuscheiden, es für gut befunden, eine ganze Nacht ausgestreckt im Inneren meines Körpers zu schlafen, während auch ich schlief. Das will ich Ihre Versöhnung mit mir nennen. Am nächsten Morgen, als ich erwachte, da wachten auch Sie in mir auf. Als ich mich aufrichtete, verschwanden Sie leicht und schnell aus dem Inneren meines Körpers, und von nun an bin ich ohne Sie. Ich habe den Eindruck, daß Sie alles, was ich sonst noch beobachtet habe, selbst wissen. Was mir wohl tat, war das Fehlen von Unzüchtigkeiten in Ihrer Vernichtungsarbeit an mir. Was mich tröstet, daß Sie 7 Tage brauchten, um mich in Ihnen zu vernichten. Wenn es Ihnen an einem Tag gelungen wäre, hätte es mir Kummer bereitet, daß es Sie nicht mehr Anstrengungen gekostet hat. Aber 7 Tage, fast ohne Pause, mich auszulöschen, um dann beruhigt und glücklich für eine lange Nacht in mir zu schlafen, das macht mich stolz. Ich sehe, Sie haben mich ernst genommen. Manches Mal denke ich darüber nach, wie es wohl wäre, wenn Sie und ich, wie Sie es in Ihrem Brief vorschlagen, in Ihrem Haus wären, um unsere Zeit damit zu verbringen, uns gegenseitig anzusehen. Ich weiß sehr wohl, wie das wäre, und Sie wissen es vielleicht noch besser, darum möchte ich nichts mehr darüber sagen. Aber manches Mal denke ich darüber nach. Ich wünsche mir nichts, was mich von meinem Mann entfernen würde. Ich wünsche mir nicht einmal, bei Ihnen zu sein, um darauf durch Sie zu sterben. Aber manches Mal denke ich darüber nach, und dann ist mir so, als dächte ich damit an das einzige, was noch zu geschehen hätte, nach allem, was schon geschehen ist, während dieses Lebens. Aber ich habe mich dazu entschlossen, das Leben mit mir machen zu lassen, was es machen möchte. Ein bißchen müde von allem geworden, bleibe ich passiv. Aber verwundert sehe ich zu, wie diese Eigenschaft Kräfte anzieht, mit denen ich bisher nur in meinen Vorstellungen gerechnet habe. Um so besser! Pläne zu machen, das habe ich mir verboten. Mag also kommen, was will: nichts – Sie oder der Tod. Sicher aber bleibt alles beim alten. Ich verehre Sie sehr. *Juli 57.*

Und der Herr schreibt an die Dame, als der Herbst gekommen war: Ich habe nichts anderes erwartet. Nichts, als Traurigkeit und Schweigen und auch Zorn, daß alles so bleiben wird, wie es ist, bis zu dem Tag, wo wir gezwungen sein werden, weder zu sehen, zu hören noch zu denken. In der Tat habe ich Sie überwunden, und ich bin Ihnen dankbar für Ihre Feinfühligkeit. Diese aber noch zu verstärken, darum möchte ich Sie bitten. Wer weiß, welchen Genuß es uns bringen könnte, alles gemeinsam zu erleben, indem wir nichts gemeinsam erleben. Letzten Endes halte ich von diesem Zustand sehr viel. Es war nicht meine Schuld, noch meine Absicht, Ihnen wieder zu begegnen. Gottlob war es kurz und niemand war enttäuscht. Ich gestehe Ihnen, daß mir Ihr Gatte sympathisch geworden ist. Welch ein Drama, seine Liebe zu Ihnen zu beobachten. Nicht im entferntesten ist es noch mein Wunsch, ihm ein Übel zu wünschen. Es wird noch genug Übel über uns alle kommen, ehe wir uns dessen versehen. Ohne daß ich noch recht zu sagen wüßte, ob mir dies peinlich oder sympathisch ist, fühle ich mich mit dem Leben Ihres Gatten so wie mit dem Ihrigen auf eine unheimliche Weise verbunden. Es wird sich zeigen, wie dies vor sich geht. Ich schwöre es Ihnen: Es wird sich alles zeigen, ohne daß Sie oder ich einen Finger rühren. Wer sich rühren wird, wer schließlich alles herbeiführen wird. Brauche ich es Ihnen noch zu sagen? Haben Sie es gehört, wie er mich von Neuem einlud? Und wie ich absagte, wie ich es hinauszögerte? Es ist zum Lachen. Es werden Intervalle, sagen wir von 3 Monaten eintreten, wo wir einander begegnen werden, ob wir es wollen oder nicht. Es verstimmt mich ein wenig, dies alles schon im voraus zu wissen. Es nimmt mir die zauberhafte Schwermut, die mich bisher mit Ihnen verband. Ihr Händedruck war neulich eine Spur wärmer. Warum? Wäre es nicht besser, Sie ließen alle Empfindungen beiseite, wenn wir uns in einer so üblen Situation wie des Begrüßens und Abschiednehmens befinden? Am Ende, wenn man uns so zueinander hingedrängt haben wird, daß ein Ausweichen unmöglich geworden ist – was sollen wir dann tun? Ah! Richtig! Dies eine bleibt uns: einander sichtbar oder unsichtbar werden wir uns immer ansehen. Ich werde nie wieder einer Frau etwas von mir erzählen, so wie ich wünsche, daß mir keine Frau etwas von sich erzählt. Ich vertraue nur einem: dem Erraten durch die Entfernung, durch das Nie, und wenn es sein muß, durch das schweigende Ansehen. Glauben Sie nicht, daß ich freundlicher bin, als ich scheine. Ich bin es nicht. Auch nicht hilfsbedürftig, weder einsam noch unglücklich. Ich tue jeden Tag, was ich tun kann, um am Leben zu bleiben, so angenehm wie möglich, und dabei spielen Sie nicht die geringste Rolle. Wirklich war diese Vernichtungsarbeit von 7 Tagen ein großer Erfolg für mich. Wenn Sie wollen, um Ihre Worte zu wiederholen, bin ich der »reine Ritter« vor Ihnen, selbst wenn ich, verzeihen Sie ihm diese Schwäche, für einige Stunden der Nacht todmüde in Ihnen ausgeruht habe, von einer schweren Arbeit, die ich nicht zum ersten Mal in meinem Leben geleistet habe. Vorgestern hat der Herbst angefangen, und ich freue mich auf einen ruhigen und langen Winter. Vielleicht möchte ich meiner alten Gewohnheit bald untreu werden, indem ich nun beginne, mehr unter Menschen zu gehen. Die Menschen sind nicht anders als wir. Nicht klüger und nicht dümmer, und zuweilen kommt es vor, daß dieser oder jener einem für Stunden das Gefühl der Einsamkeit vertreibt, an die ich mich gewöhnt habe. Ein beliebiges Gespräch ist manchmal besser als gar keins. Ich werde besser damit beginnen, Briefe zu beantworten und Einladungen anzunehmen. Ich weiß, daß Sie mir etwas Mut zum Leben gegeben haben. Ohne daß ich Ihr Mörder werde, haben Sie mich gesund gemacht.

Die Augenblicke der Aufregung beim Denken an Sie werden selten, und ich bin dessen sicher, sie werden aufhören. Was das bedeutet, können Sie nur begreifen, wenn Sie an Ihre Zustände denken, die Sie während der 7 Tage durch mich erlitten haben. Bald werden wir in den Zustand eines alten Ehepaares geraten, in den vollkommenen Frieden nach einer langen Liebe, die still geworden ist. Im Nebeneinander, auf einer kleinen Bank, vor einem kleinen Haus in der Abendsonne: das alte Bild. Wie dankbar bin ich Ihnen und mir für diese ungefährdete, geisterhaft schöne Ehe, die wir miteinander führen. Wo kein Wort gesprochen wird und kein Blick verletzt. Das ist es, was ich wünschte. Wer könnte glücklicher sein, als wir? Das ist der Himmel auf Erden. Nichts kann uns widerfahren, weil wir uns selbst nicht widerfahren können. Begreifen Sie dieses Glück. Ich begreife es. *Paris, 23. September 57.*

Und die Dame schrieb an den Herrn, wie folgt: Einmal, das sollen Sie wissen, habe ich von Ihnen geträumt. Es scheint schon lange Zeit her zu sein, wie überhaupt die Zeit seit unserer ersten Begegnung schon in keine Daten einzuordnen ist. Das Immer und das Nie scheint sich hier wirklich zu vereinigen, und daraus scheint mir ein Kreis zu werden. Ich wenigstens habe mich, so lange ich denken kann, immer wie in einem Kreis gefühlt. Das Zimmer war dunkel, es lag zwischen zwei hellen Zimmern, und die Türen zu diesen beiden hellen Zimmern waren offen, und es waren Leute darin, wie bei einer Gesellschaft, zu der wir auch geladen waren. Aber nur in dem dunklen Zimmer sahen wir uns für eine Sekunde und wie in Gefahr, entdeckt zu werden. Dort huschten wir zueinander, lächelten, sahen uns an. Unsere Hände berührten sich so vertraut, und Sie oder ich, ich habe vergessen, wie es war, einer von uns flüsterte dem anderen etwas ins Ohr. Ich weiß nicht, was. Das war mein Traum. Verzeihen Sie mir, daß ich ihn geträumt habe. So unwichtig, wie er ist, möchte ich doch, daß Sie ihn kennenlernen. Und ich gestehe Ihnen, daß die Initiative, mit Ihnen in jenes Flüstern zu kommen, wohl mehr bei mir als bei Ihnen lag. Noch einmal: Verzeihen Sie mir. Sie werden etwas Ähnliches von mir in Wirklichkeit nie zu ertragen haben. Ich denke nie mehr mit jener heftigen Unruhe oder Ungeduld an Sie wie früher. Wenn ich an Sie denke, so erzähle ich Ihnen etwas, so ist es immer ein beruhigender Zustand des Vertrauens. Auch ich habe nicht den Wunsch, Sie wiederzusehen. Es würde mich verlegen machen und mich enttäuschen, denn schöner, als in Gedanken mit Ihnen zu sein, kann es in Wirklichkeit und bei jenen flüchtigen Begegnungen, während denen Sie sich ja nur mit meinem Gatten beschäftigen, ohne mich eines Blickes zu würdigen, nicht sein. Ihre beginnende Sympathie zu ihm wird mich noch eifersüchtig machen. Vielleicht sind Sie ein Unhold. Wie soll ich es anstellen, Ihnen nie wieder begegnen zu müssen? Ehe ich das nicht erreicht habe, wird es mir immer etwas an Gelassenheit fehlen. Ich ahne, daß Sie sich in allen Künsten, zu verwirren und Unheil zu stiften, auskennen, obwohl Sie den Ruf haben, als Heiliger zu leben. Ich hatte bisher noch keine Begegnung mit einem Heiligen. Sollten diese alle so böse Augen haben wie Sie? Könnten Sie denn nicht alle Einladungen, die uns zusammenführen, ablehnen? Es ist so süß, in Sicherheit zu leben, wie ich es bisher tat, oder ich muß die gleiche siebentägige Vernichtungsarbeit leisten wie Sie. Doch dies ist so unweiblich. Haben Sie keine Sorge. Ich werde Ihnen nach Möglichkeit nicht mehr die Hand geben. Mir das vorzuwerfen! Und wie Sie sich von mir bewundern ließen, ohne mich, und wenn es nur aus Höflichkeit geschehen wäre, nur einmal zu bewundern. Wundern Sie sich nur, wie ich sein werde, das nächste Mal: eisig, ja! und heilig. Heiliger als Sie! Ich werde Sie überhaupt nicht beachten, ich werde mit meinen Händen zu tun haben und mit dem Umherschauen auf andere Menschen. Ja, ja, nichts kann uns widerfahren, weil wir uns selbst nicht widerfahren können. Begreifen Sie dieses Unglück? Ich begreife es.

P. S. Es fällt mir noch etwas ein. Ich fürchte, ich muß Ihnen gleich wieder schreiben.

Und der Herr schrieb jener Dame: Meine Liebe! So finde ich doch eine Anrede, die natürlichste, die nur so abgenutzt wurde, weil sie in den Familien unter dem Vorwand der Freundlichkeit benützt worden ist. Also meine Liebe – und das sind Sie wirklich geworden – meine große, stille und ungefährdete Liebe! Mit welchem Vergnügen sehe ich uns still werden. Ich befinde mich in meinem ersten Grippeanfall, der pünktlich wie in jedem Jahr zu Beginn des Herbstes angekommen ist. Das leichte Fieber stimmt mich milde. Die Tees, die meine Hausbesorgerin mir mehrere Male am Tag bringt, versetzen mich mit ihren getrockneten Sommerdüften in meine Kindheit, die nicht schön war, aber behaglich in den Tagen von Husten und Masern, Windpocken und kleinen Leiden, die sich mit den gleichen Tees, dem gleichen Fieber und einer Stimme, die Märchen vorlas, verbanden. Die Märchen höre ich noch immer, aber sie sind verändert, und mit meinem wehleidigen Zustand vermischen sie sich mit meiner jetzt sehr stillen Wirklichkeit am Ofen und mit Gedanken, die uns enthalten und die nicht freundlicher, zugleich nicht hoffnungsloser sein können. Wir stehen wirklich unter einem guten Stern. Bisher waren es immer die Frauen, die mich zur Unruhe verführt haben. Am glücklichsten war ich immer allein. Aber manches Mal trafen mich Schönheiten wie mit Nadeln, und ich saß etwas dumm da und dachte: Was wird das wohl wieder geben? Ein Mann, der immer verführt werden muß, der so schüchtern ist, daß er es nicht einmal wagt, einen Handrücken, der einer Dame gehört, mit der Spitze seines Zeigefingers zu berühren, blieb natürlich stets einem gewissen Interesse hilflos ausgesetzt. Danach war ich wie gestorben vor Empörung über das, was man sich erlaubt hatte mit mir. Vor

Verzweiflung, daß man mich als unbrauchbar schleunigst wieder verlassen hatte. Aber hin und wieder wurde ich auf diese etwas brutale und frische Weise heimgesucht, ohne die Kraft zu haben, es mir zu verbitten. In den letzten Jahren, in denen ich schnell gealtert bin, meine Haare verlor und meine aufrechte Haltung, blieben die Damen aus. Mein Rheuma gab mir einen grimmigen Gesichtsausdruck. Man hielt sich fern. Wir aber, meine Liebe, stehen unter einem guten Stern: es wird Herbst und dann kommt der Winter. Geist und Körper bereiten sich auf ein warmes, etwas verdunkeltes Dasein wie in einer Höhle vor. Meine Grippe und die darauf folgende Schwäche wird sich, wenn ich es wünsche, über mehrere Wochen hinziehen lassen. Nicht der geringste Wunsch, mich durch Ihren Anblick zu erregen, wird kommen. Wenn ich jetzt an Sie denke, so sehe ich nur Ihr Gesicht, manches Mal nur ein Ohr, die Stirn, ein Auge. Alles, was ich sehe, befindet sich hinter Schleiern. Es ist unmöglich, über solche Dinge in Wut oder in Sehnsucht zu geraten. Was sich mir von Ihnen zeigt, sind vollendet hübsche Kunstwerke, deren Anblick den Menschen andächtig stimmt und beruhigt. Ich sehe Sie nie mehr 6 mal zugleich in meinem Zimmer. Das war nicht zu ertragen gewesen. Jetzt denke ich gerade: wie viel Unheil ließe sich verhüten, wenn die Menschen besser warten könnten und nach dem Warten in den Genuß der Gelassenheit kämen. Faul dasitzen, nichts unternehmen, dumm und gedankenlos seine Schuhe angucken... Selbst wenn ich erführe, daß Sie gestorben sind, würde ich Ihnen ab und zu einen Brief schreiben. Nichts würde sich ändern. Das ist eine äußerst bequeme Liebe, und ich mußte so alt werden, um das zu erfahren. Auch Sie selbst, wenn Sie mir bei der nächsten Begegnung unserer Hände das Handinnere mit Ihrem Dasein zum Brennen bringen wollten – Sie werden es nicht tun. Sie sind eine der wenigen Frauen, die ich sah, die schüchtern ist und in sich gekehrt und die nur bei Gefahr sich einem Mann zu erkennen gibt. Und Sie sind nicht in Gefahr. Sie sind nicht verlassen und leben nicht unerträglich. Ich rolle mich förmlich in meinem weichen Krankensessel vor Behagen, mit warmen Füßen und heißem Kopf und mit der Teetasse in der Hand. Ich bin selig darüber, daß ich nicht von Ihnen zu Unbedachtsamkeiten verführt werde. Im nächsten Frühling sollten Sie mich jedoch meiden. Ich glaube, ich habe den Eindruck, durch Sie gesund zu werden. Wenn ich Sie dann an einem dieser ersten Maitage vor mir und allein, mit Ihrem immer gesenkten Gesicht, gehen sähe – kräftig und böse, wie ich dann wieder für kurze Zeit sein werde, so kann ich Ihnen nur raten, wenn Sie meine Schritte hören, dann…

Entschuldigen Sie diese Unterbrechung. Ich bekam einen furchtbaren Hustenanfall. Ich bin matt geworden und schließe diesen Brief. Ich habe Herzklopfen und Kopfschmerzen von diesem Husten bekommen und werde mich zu Bett legen. Der Frühling und Ihr schönes gesenktes Gesicht, das ist mir plötzlich alles sehr gleichgültig. *Oktober 1957, Paris.*

Und die Dame schrieb, nachdem Sie nachgedacht hatte: Ich möchte lieber keine Anrede für Sie finden, und selbst, wenn wir gemeinsam sterben sollten, möchte ich Sie während dieser intimsten Stunden nicht vertraulicher anreden als in meinen Briefen. Es kann sein, daß es bald nichts mehr zu schreiben gibt. Das Leben wird langsam trauriger, mühseliger auch für mich. Die Freude ist nur noch, wenn für kurze Zeit die Sonne scheint. In welchem schrecklichen Klima müssen wir existieren. Auch daß der Kater wieder gesund geworden ist, war eine unglaubliche Freude, wichtiger als alles, möchte ich glauben. Er war schon hinausgegangen in den Garten, wo es regnete, um zu sterben. Man fand ihn nicht mehr, und es war nichts mehr zu tun, als Milch und Öl auf verschiedenen Plätzen zu verteilen, damit er es vielleicht findet. Ja, es regnete, und ich saß frierend am heißen Ofen und sah Bilder in Zeitschriften an – Hunderte – und ich ging immer wieder in den Garten und suchte ihn, und ich schlief so traurig ein und trotzdem dachte ich, ein Wunder wäre es, wenn er am nächsten Morgen so fröhlich, neugierig und hungrig wie immer hereinkommen würde. Und das geschah auch. Da wunderte ich mich gar nicht mehr, obgleich es unglaublich war. Aber er ging wieder fort, wieder um zu sterben. Mutlos und weit fort, so daß ich ihn nicht finden konnte. Wieder regnete es den ganzen Tag, und ich hatte Kummer, weil mir warm war, während er unterwegs war, um sich einen Platz zu suchen, wo ihn niemand sieht. Aber am nächsten Morgen kam er wieder und diesmal schnurrte er und blieb 2 Stunden. Dann ging er wieder fort, aber ich wußte, daß er leben würde. Wir waren einige Tage nicht hier. Als wir zurückkehrten, war er gesund, und ich habe ihn jetzt neben mir, während ich schreibe. Er hat andere Augen bekommen: älter und etwas verzweifelt. Ich glaube, ich bin glücklich, bei der Lampe zu sitzen und daß es warm ist und ich nicht allein bin. Sollte ich Sie wirklich noch einmal sehen, was ich uns nicht wünsche, so weiß ich, daß ich gerne Tränen vergießen würde bei Ihrem Anblick. Ich versuche, alle meine kleinen Pflichten zu erfüllen, nicht mit viel Vergnügen, und so entsteht langsam die winterliche Ordnung. Jetzt, wo die Erde hart und eisig wird, wünsche ich allen, die ich liebe, die Lampe, den Ofen und das Bett. Nicht einmal, wenn alle Türen zu Ihnen hin geöffnet wären, möchte ich gehen, bis ich vor Ihnen stehe. Meine wenigen Erinnerungen an Sie wachsen, und ich bin klein geworden, inmitten dieser Bilder, stehe und sehe Sie von weitem an. Ach, die Jugend ist kein Vorteil.Ich bin zufrieden, älter zu werden. Welche entsetzlichen Zustände erlebt man, wenn man jung ist. Nur manche Dichter scheinen glücklich gewesen zu sein in ihrer Jugend, da sie die Jugend wie den Frühling besingen. Die Jugend ist die häßlichste Folge der Kindheit, die sich nur ausdenken läßt. Aber die Kindheit und das Alter – damit ließe es sich vielleicht leben. Ich sehe jeden Abend vor meinem Fenster die Sonne untergehen. Das ist sehr belehrend. Das ist ein großes Beispiel für jeden neuen Tag, wenn man abends die Sonne untergehen sieht. Wie ich hörte, gehen Sie manches Mal umher und beginnen zu den Freunden von Ihrem Tod zu sprechen. Es hat mich so traurig gemacht, das zu hören. Zugleich dachte ich, Sie wollten, daß ich es höre, um etwas Unmögliches zu unternehmen, daß wir uns nahe wären. Ich kann nichts tun, und Sie wollen es auch nicht wirklich, daß ich etwas tue. Was auch? Kennte ich nur die Mittel, die Sie gesund machten, ich würde sie so verteilen, daß Sie sie auf allen Ihren Wegen finden. Aber vielleicht möchten Sie auch das nicht. Nicht einmal, daß ich es schreibe, Sie würden es sich verbitten. Ihre stolzeste und kälteste Grimasse der totalen Ablehnung gegen jegliche Einmischung – ich kann mir dieses Gesicht gut vorstellen. Ich kann Ihnen nichts wiederholen. Alles habe ich Ihnen doch in den wenigen Briefen gesagt. Alles wissen Sie, so wie ich es weiß. Glauben Sie denn wirklich, daß alles für Sie gut würde, wäre ich bei Ihnen? Ihre Traurigkeit und Einsamkeit – sind sie überhaupt noch zu heilen mit einem Ereignis? Und wer wagte das? Wer möchte glauben, er wäre es, er allein, der Sie glücklich machen könnte? Lassen wir alles so gehen, wie es will. Gegen die Angst gibt es Schlafmittel. Man kann sie überall kaufen. Die Angst, leben zu müssen oder sterben zu müssen – ist das nicht das gleiche? Wenn schon ein Mensch Angst hat, hat er Angst vor dem Leben, dem Tod, vor jedem neuen Tag und selbst vor der Liebe. Wir sollten, solange wir noch einander schreiben, uns nur noch Geschichten erzählen. Alte Geschichten, an die wir uns kaum noch erinnern, die aber schön sind. Was meinen Sie dazu? Leider wird es mir immer unmöglicher, nicht an Sie zu denken. Ich will das gar nicht. Scheinbar haben Sie nicht damit aufgehört, durch den leeren Raum Ihr Denken zu senden. Wenn Sie glauben, daß Sie das tun müssen – gut! Nur wiederholen Sie bitte nie wieder die Zeit der sieben Tage. *Ermenonville, mitten im Herbst.*

Der Herr an die Dame am 16.10.57: Da Sie es sich ausgedacht haben, daß ich an Sie schreibe, ich, der ich in den letzten Jahren nur Geschäftsbriefe geschrieben habe, sollte ich versuchen, mich dagegen zu wehren, indem ich Ihnen die Wahrheit schreibe. Ich gehöre nicht zu den Menschen, die sich mit Briefen begnügen oder mit der Betrachtung der Fotografie der Geliebten. Ich bin aus Höflichkeit darauf eingegangen, daß Sie sich Briefe ausdenken, die ich angeblich an Sie schreibe. Sie werden selbst schon ratlos. Sie sehen, daß die Briefe, die ich an Sie richtete (wie Sie es sich vorstellen), nichts mit mir zu tun haben. Sie haben Ihnen vielleicht geholfen, Ihre Phantasie lebendig zu halten, aber ich erklärte feierlich und etwas verstimmt, daß ich nicht der Autor dieser Briefe bin. Meine Gespräche und Begegnungen mit Ihnen, die sich nach wie vor durch den leeren Raum vollziehen, sind mir genug. Allein aus Ihrem Gesicht oder aus den wenigen Bewegungen Ihres Körpers, die ich beobachtet habe, schöpfe ich mir unter Verbot Ihrer Einmischung das Bild von Ihnen, das Ihnen selbst nicht bekannt ist, aber auch für Sie existieren würde, hätten Sie das Glück, bei mir zu sein. Ich vertraue auf meine Meditationen, die ernsthaften Forschungen gleichen. Briefen, Fotografien und besonders Gesprächen vertraue ich seit langer Zeit schon nicht mehr. Bei solchen Dokumentationen ist zuviel Falsches zu finden: gefallen wollen oder mißfallen wollen. Ich glaube, daß ich mehr aus Ihren Fingernägeln, Ihrem Haar und unbeobachtet geglaubten Gesicht und Ihren Füßen entdeckte als in diesem ganzen Briefwechsel, den Sie mir vorschlagen. Wann die Zeit kommen wird, wo ich es mir nicht mehr wünsche, Ihnen zu begegnen? Ich glaube, wir haben diesen Punkt zur gleichen Zeit erreicht.

Fortsetzung dieses Briefes am nächsten Tag: Zu Ihrem Vorschlag, sich Geschichten zu erzählen: Ich habe nicht die Absicht, etwas von mir zu erzählen. Wenn es sich nicht erraten läßt, dann bedaure ich sehr. Immerhin fordere ich Sie auf, mir etwas zu erzählen. Sie haben es sich in den Kopf gesetzt, diesen Briefwechsel fortzuführen. Ich habe den Verdacht, Sie tun das, um unserer Nachwelt ein Rätsel aufzugeben. Man soll später einmal dieses Manuskript finden, es als bemerkenswert veröffentlichen und sich den Kopf darüber zerbrechen, wer wir gewesen sind: dieser Herr und jene Dame, die einander schrieben. Nun, das ist Ihre Angelegenheit. Ich bin in der Beurteilung von Manuskripten erbarmungslos. Der literarische Wert wird ohne Bedeutung sein. Immerhin wird in dieser oder jener Zeile etwas sein, was ehrlich und verzweifelt aussehen wird. Ich möchte Ihnen anvertrauen, daß ich an ein Testament denke. Ob man erraten wird, daß Sie und ich darin gemeint sind, weiß ich nicht. Einerseits möchte ich, daß jeder, der es liest, weiß, daß wir es sind, von denen ich schreibe, andererseits möchte ich das gleiche Rätselraten auslösen, wie Sie es sich mit diesem Briefwechsel vorstellen. Ich traue mir zu, ein glänzendes Testament zu schreiben. Es dürfte berühmter werden, als Ihre erdachten Briefe. 1. weil es besser geschrieben ist – 2. weil ich eine sicherere Kenntnis von uns habe, als Sie. Was bei Ihnen ausgedacht ist, das ist bei mir auf meditativen Wegen klargeworden. Ich bin ständig allein, verbrauche also meine Kräfte für mich. Damit habe ich einen gewaltigen Vorsprung vor Ihnen. Sie aber leben und denken geteilt, da Sie nicht allein leben. Trotzdem fühle ich, wie sehr Sie meine ständige Begleitung empfinden. Sie werden auch schon begriffen haben, daß mir nichts mehr daran liegt, Sie zu stören.

Das Leben ist schrecklich

Besser stick' ich lachend
Asse, Dreck in's Blechlicht
schandstrickbleich. Lese
schlicht als dicker Besen:
leben, das ist schrecklich.

Paris 1959

Das Leben ist schoen

Tod blas es in Schnee
schoen ist das Leben,
das Scheinen. Lobt es!
O selbst ein Schaden
ist schoen. Das Leben
liebend – ach Stossen,
lachende Not, es biss
deinen Schoss. Labet
das Leben, schoen ist
die Sonne. Ach, selbst
das Eisen lebt schon.

Berlin 1956

WALTER SERNER

Ich…

…wurde am 15. März 1889 in Karlsbad geboren. In dieser Stadt besuchte ich das Gymnasium, wo ich in dem römischen Schriftsteller P. Ovidius Naso die erste Bekanntschaft mit einem subtilen Geist machte und in Gestalt des Lehrkörpers mit der menschlichen Niedertracht. Ich galt als subversives Element, obwohl ich mich damals nur für Stubenmädchen interessierte und auch sonst bemühte, dem genannten Schriftsteller Ehre zu machen. Das Jus-Studium, das ich mit achtzehn Jahren begann, kam nicht zur Ausführung, sondern Wien, das zu jener Zeit eine sehr beherzigenswerte Stadt war. Mir ist es noch heute rätselhaft, wie es möglich war, daß ich die rechtshistorische Staatsprüfung bestand. Kurz darauf brachte ich einen Spielgewinn an der Hand eines Münchner Faschings durch und fuhr mit dem letzten Goldstück nach Berlin, wo ich mich vierzehn Tage hindurch langweilte, weil ich nachts schlief. Als ich anfing, es umgekehrt zu halten, amüsierte ich mich drei Jahre dermaßen, daß meine Liebe für diese Stadt ebenso unausrottbar bleibt wie die für ihren Argot. Da eine hinter meinem Rücken für mich ordnende Hand mich in Wien weiter inskribiert hatte, konnte ich der Lokkung, meine Schulden bezahlt zu sehen, insofern nicht widerstehen, als ich beabsichtigte, vier Monate in Greifswald zu schlafen. Das Resultat war trotzdem positiv, wofür ich mich bei Ovid zu bedanken habe. Ich brachte nämlich das Gespräch auf ihn, und da meine Examinatoren Menschenkenner waren und echte Humanisten, wurde ich doctor utriusque juris. Es hat mir lange Zeit hindurch sehr genützt. Denn ich entschloß mich bald darauf, keine vorgeschriebene Laufbahn zu ergreifen (gibt es eine schönere Phrase?), sondern in Europa spazierenzufahren. Der Familienvater, der merkt, daß einer keinen bürgerlichen Lebenswandel führt, ist im allgemeinen sofort davon überzeugt, daß ein ungesetzlicher geführt wird. Das weite Feld der Möglichkeiten, das zwischen diesen beiden Polen liegt, vermöchte ihm nur eine hemmungslose Phantasie zu zeigen. Der Doktortitel nun verzögert jene Überzeugung, indem er die Phantasie zivil anregt. Als der Weltkrieg ausbrach, war ich aber immerhin schon so übel beleumundet, daß mein vierjähriger Zwangsaufenthalt in der Schweiz mir mancherlei Distraktion verschaffte und im übrigen die Muße zur Niederschrift eines für jedermann lehrreichen Handbreviers, »Letzte Lockerung« betitelt, das letzthin Entschlossenheit als wertvoller erklärt als Erfahrung. In den Alpen, für die ich nicht das geringste übrig habe, schrieb ich auch die 33 hanebüchenen Geschichten »Zum blauen Affen«, die zwar einige Kenner sehr priesen, aber meinen schlechten Ruf endgültig befestigten. Als der Weltkrieg zu Ende war, stieg ich wieder in die Eisenbahn. Ich muß gestehen, daß es mich schon langweilt. Aber es ist doch von allem Angenehmen, woran der Globus nicht allzu reich ist, das am wenigsten Ermüdende. Störend empfinde ich nur, daß man mir kontinuierlich die geschmacklosesten Motive unterschiebt. Ich erkläre deshalb feierlich, daß ich weder Bordellbesitzer bin noch die rechte Hand von Boris Ssawinkow, den ich leider nicht persönlich gekannt habe; daß ich den Berlin-N-Jungen liebe, den deutschen Double-Mokka aber als scheußliche Tunke bezeichne; daß ich den Umgang mit Menschen für ein Psycho-Dancing halte und Lichtenbergs Aphorismen sowie Flauberts »November« für eine gute Vorschule; daß ich der österreichischen Memphis-Zigarette nachtrauere, nicht aber den sie einst in Massen konsumierenden Leutnants; daß ich das von mir sehr geliebte Jicky-Parfüm vermittelst eines Vaporisateurs verwende und jene nicht begreife, die mir deshalb jede Intelligenz absprechen; daß mir Politik zum Kotzen ist, der italienische Lazzo aber sympathisch; daß ich zartfühlend bin, faul, neugierig und roh; daß ich viele Französinnen für exquisite Geschöpfe halte, die meisten Russen aber für Hysteriker; daß ich weder für Skoda reise noch für den Kaiser der Sahara, sondern zu meinem Vergnügen; und daß ich einen tschechoslowakischen Paß besitze und glücklicherweise eine harte Haut.

Sein Truc

war wirklich erstklassig. Er hatte weder den Vorteil, der oft ein Nachteil ist, einfach zu sein, noch den Nachteil, Komplikationen herbeizuführen. Er reüssierte stets und immer glatt, und hatte der Betroffene einigermaßen von seiner Verblüffung sich erholt, so erwartete ihn die neue, nicht herausbringen zu können, wie es geschehen war. Fest stand allem Anschein nach bloß, daß ein Tic die Hauptrolle in den Manövern spielte, welche Mister Gam riesige Summen eintrugen und den Schwergeschädigten das komplette Nachsehen.

Als Fénor es hatte, hatte er es buchstäblich. Er stand nämlich an der Ecke der Rue Frochot, wo das Nachtrestaurant Le Rat Mort sich befindet, und sah Mister Gam nach, der langsam die Place Pigalle überquerte und, in Zwischenräumen von etwa fünf bis zwanzig Sekunden, mit dem Kopf zuckte. Das war sein Tic.

Mister Gam war längst im Nebel verschwunden, als Fénor immer noch unbeweglich dastand. Plötzlich blickte er auf und zuckte mit dem Kopf, als könnte ihm die Nachahmung jener Bewegung irgendwie Aufschluß über die Methode geben, mit deren Hilfe Mister Gam ihm zehntausend Francs abgenommen hatte. Auch ihm war es, als ob jener Tic das Wichtigste gewesen wäre. Er vermochte aber weder ihn sich zu erklären, noch den Rest. Schließlich ließ er den ganzen Hergang noch einmal an sich vorüber.

Er war von Mister Gam, dem er beim Verlassen des Gaumont-Palace begegnet war, zum Souper eingeladen worden und hatte angenommen, obwohl er von den Verlusten gehört hatte, die unter verschiedenen Umständen einige seiner Bekannten in Gesellschaft Mister Gams auf unerklärliche Weise erlitten hatten. Daß jene Umstände sich durchaus von der Gelegenheit unterschieden, die Mister Gam veranlaßt hatte, ihn zum Souper einzuladen, hatte sein anfängliches Mißtrauen verscheucht: Mister Gam konnte nicht wissen, daß er zehntausend Francs, welche ihm infolge einer zufälligen Begegnung im Gaumont-Palace übergeben worden waren, in seiner Brusttasche trug; und er konnte nicht wissen, daß er, Fénor, sich daselbst befinde, denn er hatte erst im letzten Augenblick, lediglich von einer Laune bestimmt, sich dazu entschlossen, ins Cinéma zu gehen. Beim Souper war Mister Gam, wie immer, überaus amüsant gewesen, hatte treffende Beobachtungen und witzige Bemerkungen über die anwesende Lebewelt gemacht und einige seiner Reiseabenteuer erzählt, die alle sich dadurch auszeichneten, daß banale Handlungen und groteske Zufälle einen unwahrscheinlichen und deshalb um so interessanteren Vorfall herbeigeführt hatten. Diese mit geschickter Disposition und feiner Diktion erzählten Geschichten hatten auf Fénor durchaus den Eindruck gemacht, wahr zu sein, um so mehr als Mister Gam in ihnen entweder nur eine nebensächliche Rolle spielte oder sogar eine passive. Und es war gerade während einer solchen Erzählung gewesen, als Fénor, seine Krawatte richtend, ahnungslos mit der Hand über seine linke Brustseite streifte: die harte Wölbung, welche das Portefeuille verursachte, woran er eigentlich nicht mehr gezweifelt hatte. Mister Gam schien keine Notiz von dieser Feststellung genommen zu haben und sprach in seiner suggestiven Art weiter, ohne daß seine weiche vibrierende Stimme auch nur das geringste Déséquilibre verraten hätte. Nur sein Kopfzucken, das zuvor außerordentlich häufig stattgefunden hatte, wurde nun auffällig seltener.

Fénor fröstelte. Er war überzeugt, daß dieser Tic die Lösung enthielt. Vielleicht diente er als Verständigungsmittel, vielleicht gab er Morsezeichen? Fénor grinste müde, schloß mit einer resoluten Geste den Mantelkragen und winkte einem Taxi. Als es über den Boulevard de Courcelles rollte, jubelte er innerlich auf, daß er sich beherrscht und nichts von seiner tobenden Wut sich hatte anmerken lassen; und lächelte darüber, welch fürchterliche Szenen die ihm vorhergegangenen Opfer ergebnislos aufgeführt hatten. Plötzlich wurde sein kluges Gesicht starr. Und mit einem halbunterdrückten Aufschrei schlug er sich auf die Knie: er hatte gefunden, was allein ihm eine Chance bot, Mister Gams Truc zu entdecken.

»Ich muß mich noch einmal von ihm hineinlegen lassen«, sagte er mehrmals laut vor sich hin. »Und ich muß dabei aufpassen, als befände ich mich in Todesgefahr.« –

Die nächsten Tage verbrachte Fénor fast ausschließlich mit vergeblichen Versuchen, Mister Gam auf unverdächtige Weise in den Weg zu kommen. Hierauf versuchte er es mit sorgsam gefälschten Rohrpostkarten, die Mister Gam zu Rendezvous bestellten, mit fingierten Telephongesprächen, die ihn auf vielerlei Art in eine bestimmte Straße bringen sollten, und endlich mit einer Depesche aus Melun. Nichts verfing. Fénor gab es resigniert auf, diesen Überfuchs anzulocken, und mußte sich entschließen, die so sehr herbeigesehnte Begegnung einem Zufall zu überlassen.

Dieser war ihm bereits am Abend nach diesem Entschluß hold. Fénor befand sich, eben als er aus der Rue Castiglione auf die Place Vendôme einbog, ganz plötzlich neben Mister Gam, welcher, die Hände in den Manteltaschen, unbeweglich dicht an der Mauer stand.

Fénor wich, allerdings ohne jede Überlegung, schnell zurück und bog um die nur ein paar Schritte entfernte Ecke. Hier blieb er stehen und dachte nach. Nach wenigen Sekunden war es für ihn außer Zweifel, daß Mister Gam jemandem auflauerte. Sein Plan war sofort gefaßt.

Fénor schlenderte an die Ecke heran und lugte vorsichtig hervor: Mister Gam stand nach wie vor unbeweglich da und hatte aller Wahrscheinlichkeit nach den Eingang des Hotel Ritz im Auge. Fénor lehnte sich an die Mauer, zündete sich eine Zigarette an und tat nur von Zeit zu Zeit einen Blick um die Ecke.

Endlich, nach etwa zehn Minuten Wartens, löste Mister Gams Rücken sich langsam von der Hauswand.

Fénor folgte Mister Gam in einem Abstand von ungefähr vierzig Schritten, sah, wie er in der Nähe des Hotel Ritz einem älteren, schon etwas beleibten Herrn geschickt in den Weg trat, sofort mit ihm in ein sehr lebhaftes Gespräch geriet und kurz darauf an dessen Seite das Restaurant Edouard VII. betrat. Fénor ließ eine Viertelstunde verstreichen. Dann betrat er gleichfalls das elegante Restaurant. Es gelang ihm, nicht ohne einige Schwierigkeiten, ungesehen zu bleiben und an dem hinter Gams Rücken befindlichen Tisch Platz zu nehmen. Gleichzeitig mit dem Diner bestellte er den Figaro, um eine Deckung parat zu haben, falls Mister Gam eine Wendung nach rückwärts machen sollte.

Der Mister Gam gegenübersitzende Herr war Fénor unbekannt, aber ein in jeder Hinsicht ganz ausgezeichnet gewähltes Opfer. Er trug eine fingernagelgroße Perle in der Krawatte, zwei Brillantringe, die auf mindestens fünfzigtausend Francs zu schätzen waren, und hörte, was Fénor ein hämisches Lächeln entlockte, seinem unausgesetzt sprechenden Tischgenossen mit devoter Begeisterung zu.

Fénor bedauerte sehr, daß er Mister Gams Gesicht nicht sehen konnte, beschied sich jedoch rasch, als er bemerkte, daß die Zahl der Kopfzuckungen von Minute zu Minute zunahm. Einige forschende Blicke genügten, um festzustellen, daß weder einer der Gäste an den Nebentischen noch einer der Kellner auf das Kopfzucken achtete. Man hatte es zwar allenthalben mit Verwunderung wahrgenommen, sich aber sofort damit abgefunden und es weiterhin ignoriert.

Es verstrich fast eine halbe Stunde, ohne daß der bis zum Schweißausbruch aufmerksam beobachtende Fénor irgend etwas hätte bemerken können, das seine wilde Neugier auch nur im geringsten befriedigt hätte.

Mit einem Mal aber schien es ihm, als wäre in den Ausdruck der Augen des gespannt zuhörenden älteren Herrn etwas Blödes, Glotzendes geraten, das vorher nicht dagewesen war. Fénor sah noch schärfer hin und glaubte, eine unnatürliche Unbeweglichkeit in der ganzen Haltung jenes Herrn bemerken zu können. Eine leise in ihm sich erhebende Vermutung wurde ihm fast zur Gewißheit, als er sich ein wenig zur Seite neigte und sah, daß Mister Gams linke Hand fest auf der seines Gegenübers lag. Und fast gleichzeitig geschah es.

Mister Gam ergriff mit der Rechten seine Serviette und fuhr mit ihr seinem Opfer übers Gesicht, als wollte er ihm in liebenswürdiger Weise ein Stäubchen entfernen. Seine Linke aber senkte sich blitzschnell in die fremde Brusttasche, eskamotierte das ergatterte Portefeuille in die Serviette und legte diese dann neben sich auf den Tisch.

Fénor hatte eigentlich bereits genug gesehen. Es interessierte ihn aber doch noch, zu wissen, wie Mister Gam das Portefeuille verschwinden lassen würde. Es dauerte denn auch nicht lange, da glitt die Serviette unauffällig zu Boden, genau zwischen die Füße Mister Gams, die sich alsbald unter sie schoben und, von ihr bedeckt, allerlei Bewegungen ausführten, um schließlich mit einem Ruck still zu stehen. Nach einigen Minuten beugte sich Mister Gam nachlässig zur Seite, um die Serviette aufzuheben. Dabei lancierte er schnell das Portefeuille in den linken inneren Hosenrand, in dem kunstgerecht eine kleine Tasche angebracht war…

Fénor, der das Restaurant daraufhin sofort verlassen hatte, wartete im Schatten der Vendôme-Säule, überzeugt, Mister Gam bald erscheinen zu sehen.

Nach einer Viertelstunde fuhren zwei Polizeibeamte im Taxi vor. Und nach einer weiteren Viertelstunde stürzte Mister Gams Opfer in heftigster Aufregung aus dem Restaurant, sprang in das noch wartende Taxi und fuhr in der Richtung der Rue de la Paix davon. Zweifellos zum nächsten Privatdetektiv. Fénor lächelte selbstzufrieden.

Bald darauf erschien Mister Gam unter dem Portal des Restaurants, umgeben von einer Schar schwatzender gestikulierender Kellner und den eifrig auf ihn einsprechenden Beamten, die er mit immer abweisenderen Handbewegungen sich vom Leibe hielt, und ging, als man ihn endlich in Ruhe ließ, langsamen Schrittes auf die Rue Castiglione zu.

Fénor folgte ihm bis unter die Arkaden des Hotel Continental. Der um diese Nachtstunde nur spärliche Verkehr, auf den Fénor im Nu seinen Plan aufgebaut hatte, war nicht einmal vorhanden. Das zerstreute seine letzten Bedenken.

Er rannte auf den Fußspitzen ganz nahe an Mister Gam

heran, stellte ihm von hinten ein Bein, riß dem Hingestürzten das gestohlene Portefeuille aus der Hosenbeintasche und steckte es ein.

Mister Gam war rasch wieder auf den Beinen und so verdutzt über die Anwesenheit Fénors, daß er gar nicht daran dachte, seinen über und über staubig gewordenen Mantel zu säubern. »Sie hier?« hauchte er, verwirrt suchend, sich zu sammeln.

»Allerdings.« Fénor wartete, brennende Schadenfreude in den Augen.

Mister Gam strich sich mit beiden Händen die Wangen entlang, abwechselnd Fénor und die Straße musternd. Seine kleinen grauen Augen flackerten eigentümlich.

Mit eins hielten seine Hände inne. Sein Kopf senkte sich langsam, fast unmerklich.

Fénor, dem keine der Bewegungen Mister Gams entgangen war, sah, wie er den rechten Fuß am linken Knöchel rieb. »Um festzustellen, ob der kostbare Raub noch an seinem Platz ist.« Fénor grinste höhnisch.

»Also *Sie!*« zischte im selben Augenblick Mister Gam. »Geben Sie mir wenigstens die achttausend Francs heraus, dic zuviel darin sind.«

»Sie geben also zu, mir zehntausend Franc gestohlen zu haben, Herr Hypnotiseur?«

»Patati patata.« Mister Gam nahm sich, plötzlich wieder völlig ruhig geworden, eine Zigarette. »Sie haben sich Ihr Geld nicht ungeschickt zurückgeholt. Sie mögen es behalten. Aber was nicht Ergebnis Ihrer Arbeit ist, kommt Ihnen nicht zu.«

Fénor rückte lachend an seinem Hut. »Nicht Ergebnis meiner Arbeit? Ist ein gut in den Weg gestellter Fuß ein schlechterer Truc als ein vorzüglich verwendeter Tic? Es wäre übrigens sehr liebenswürdig von Ihnen, mir den eigentlichen

Zweck Ihres köstlichen Tics zu verraten. Alle restlichen Details Ihres Arbeitens sind mir jetzt endlich klar.«

»Mit Vergnügen.« Mister Gam lächelte verbindlich. »Er dient lediglich der Verschleierung der Hypnose. Er fesselt die Aufmerksamkeit meines Mannes in hohem Grade, macht es ihm aber andererseits unmöglich, zu bemerken, daß ich ihm unausgesetzt in die Augen sehe.« Er hatte sich während dieser Worte Fénor genähert, ergriff plötzlich mit beiden Händen dessen Kopf, preßte sie fest auf die Schläfen und stierte ihm in die Augen...

Als Fénor zu sich kam, lehnte er, halb eingesunken, an einem Arkadenpfeiler. Ein Polizist stand neben ihm, klopfte ihm auf die Schulter und riet ihm freundlich, doch endlich heimzugehen. Fénor nickte mechanisch und ging.

Nach einigen Schritten erinnerte er sich. Die Zähne aufeinander knarrend, griff er in die Tasche: das Portefeuille, das er erjagt hatte, war verschwunden; aber auch sein eigenes, in dem sich allerdings bloß zweihundert Francs befunden hatten.

Er hätte sich nicht wochenlang fast krank geärgert, wenn er gewußt hätte, daß das gestohlene Portefeuille nur neunhundert Francs enthalten hatte.

KONRAD BAYER

autobiografische skizze

17.12.1932, samstag, 10 minuten (ca.) vor mitternacht, im sternbild des schützen in wien geboren.

volksschule und gymnasium in wien, ich werde 7 jahre gezwungen, das geigenspiel zu erlernen. ich verdiene zusätzliches taschengeld mit anwerben für lesezirkel, pokern etc. ich schreibe gedichte wie jeder. ich liebe trakl. ich zeichne, der surrealismus hat mich ungeheuer beeindruckt. ich gründe mit freunden den künstlerklub »genie und irrsinn«, der drei mitglieder hat und die sind wir. ich spiele banjo. wir gründen eine kleine band. matura 1951.

ich will an die akademie der bildenden künste und maler werden. meine eltern haben für diese idee weder interesse noch geld. ich gehe in kaufmännische kurse und lerne maschineschreiben, buchhaltung u. ä. ich schreibe eine menge schlechter gedichte.

im winter 1951 eröffnet der wiener art-club sein vereinslokal. hier finde ich gleichgesinnte wie hans carl artmann und gerhard rühm. ich mache gelegenheitsarbeiten, mein vater ist sehr unzufrieden und verschafft mir eine anstellung in einer bank. 6 jahre arbeite ich in dieser bank. in dieser zeit verstärkt sich meine beziehung zu artmann, rühm, oswald wiener und später friedrich achleitner. wir werden zu einer gruppe, machen lesungen, gemeinschaftsproduktionen. ich spiele wieder banjo in einem wiener nachtlokal, wo oswald wiener das kornett bläst. ich versuche zu studieren (psychologie), gebe es sofort wieder auf.

1955 schreibe ich meine erste halbwegs brauchbare geschichte (der capitän). ich spiele in einem experimentalfilm (mosaik im vertrauen; regie: peter kubelka, kamera: ferry radax), der in paris einen preis erhält. die ersten publikationen folgen. ich gewinne beim roulette und fahre nach paris. mit ende 1957 kündige ich meine stellung bei der bank. ich leite für einige monate die galerie eines freundes, des malers ernst fuchs. im winter 1958 und frühjahr 1959 literarisches cabaret mit oswald wiener, gerhard rühm und friedrich achleitner, wir schreiben unsere szenen und chansons, und spielen selbst. ferry radax hat ein neues filmprojekt und lädt mich zur mitarbeit ein. wir fahren nach monterosso bei genua. winter 1959/60. ich liefere das material zum kommentar und spiele die hauptrolle. (»sonne halt«, schwarz-weiss, 45 minuten; kurzfilmtage oberhausen 1963, museum des 20. jahrhunderts wien.) ich heirate. ich fahre mit meiner frau für einige monate nach frankreich (nach paris und in das landhaus meines freundes fritz hundertwasser). in »movens« erscheint eine gemeinschaftsarbeit mit gerhard rühm: »der fliegende holländer« aus dem zyklus kurzer spiele »kosmologie«, der 1961 an der wiener studentenbühne »die arche« aufgeführt wird. ich nehme eine rolle in einem experimentalfilm an (»am rand«, regie und kamera ferry radax, produktion: televico zürich, XII. internationale filmwoche mannheim 1963) und fahre zu diesem zweck für zwei monate kreuz und quer durch die schweiz. 1962 gründet gerhard lampersberg die »edition 62« und ich mache die redaktion, in paris erscheint »starker tobak« von oswald wiener und mir (dead language press). im mai 1963 führt das theater am lichtenwerd, wien, meinen einakter »bräutigall und anonymphe« auf. im dezember 1963 bringt der wolfgang fietkau verlag berlin das traktat »der stein der weisen«.

seit ich weiss

seit ich weiss, dass alles meine erfindung ist, vermeide ich es, mit meinen freunden zu sprechen. es wäre albern, allerdings hüte ich mich, ihnen zu sagen, dass ich sie erfunden habe, weil sie schrecklich eingebildet sind und glauben, dass sie mich erfunden haben. es würde ihre eitelkeit verletzen. ich staune über die eitelkeit und die überheblichkeit meiner erfindungen. gestern wollte jemand unter dem hinweis, dass er mir geld geliehen habe, eine grössere summe kassieren. ich versuchte, ihm die sache vorsichtig zu erklären, aber er verstand gar nichts, und ich erfand, dass er sich auf mich stürzen wollte, weil ich in meinen erfindungen streng logisch vorgehe, ich schlug ihm die türe vor der nase zu und erfand mir einen nachmittag mit sonne. es war sehr schön, aber langweilig. deshalb liess ich es 23 uhr werden, las ein buch und legte mich zu bett.

ich habe den heutigen tag erfunden und bin sehr froh darüber, auch mit der erfindung der musik bin ich sehr zufrieden.

(1958)

kriminelle ansätze

der wirt zum blutenden herzen kam höflich bis an die schwelle, um seine gäste zu empfangen. er hatte kaum die treppe verlassen, als ein kind von höchstens zehn jahren, das klein, lahm und etwas verwachsen war, eintrat. es gab einen kehligen ton von sich. der wind bewegte pfeifend das rostige blechschild, auf dem man ein rotes, von einem ,pfeil durch-

bohrtes herz sah, ein dichter, feuchter nebel stieg auf.
es wurde abend.

lorenzoni erschien selbst und hob eine handvoll feinen sandes auf, die er dem mörder ins gesicht warf.
es war fünf uhr morgens.
es war kalt und schneite.
kaum hatte lorenzoni die stube verlassen, als plötzlich ein mann hereinhuschte. er nahm einen hammer vom tisch, sprang auf das bett und befestigte eine dicke pappe an der wand, worauf er sich wieder entfernte.

während die beiden feurigen pferde auf dem pflaster des hofes scharrten, schlug ein riesenhafter lakai den wappengeschmückten wagenschlag zu.
ein kammerdiener öffnete die beiden flügel der türe und meldete:
»küsse sie, vetter, du hast handschuhe an.«
dabei warf er sich auf einen lehnstuhl, schleuderte mit einer gebärde der verzweiflung den hut weg, legte das linke bein auf das rechte knie, nahm den fuss in die hand und jammerte weiter.
dieser augenblick schien nahe zu sein.

die wirtin hörte ein geräusch an der türe, aber sie begann, sich zu entkleiden, einen dolch, den sie im mieder verborgen hatte, zog sie aus der scheide und legte ihn auf den kamin. die klinge war dreikantig geschliffen und die spitze vergiftet. die wirtin war etwa vierzig jahre alt, gross, stark, gerötet, mit einem anflug von bart. ihre arme und ihre grossen hände verrieten eine ungewöhnliche kraft. oft leuchtete aus ihrem blick eine trübe melancholie wider. ihr kleiner mund, ihre feine, gerade nase und ihr kinn waren von lieblichster form. flechten von blondem haar fielen über die wangen. eine korallenschnur umgab

einen hals von blendender weisse, wahrhaftig, ihr viel zu weites kleid liess die taille gerade noch ahnen.
am nächsten tage glänzte eine strahlende herbstsonne am himmel und der sturm hatte sich gelegt.

die plumpen schuhe der wirtin waren mit nägeln beschlagen, kurz, ausser ihren händen unterschied sie zunächst nichts von den gästen des wirtshauses.
nach einer sekunde verschwand die erscheinung wieder.
der dichter lorenzoni blieb wie versteinert stehen.
sein name war, mit pferdezähnen auf einer schwarzen holztafel abgebildet, an der türe zu lesen.
im ersten aufbrausen seines zornes wollte der poet den knaben in seinen armen ersticken; er bezwang sich aber und schob ihn auf seinen stuhl zurück. der knabe, der unwillkürlich zitterte und seine hässlichen züge verzerrte, sprach: »armer vater.«
»es ist nichts«, antwortete der dichter, der seine kaltblütigkeit wieder erlangt hatte, »ich habe eine alte wunde am bein, die zuweilen noch sehr schmerzt.«

die wirtin sass auf einem grossen, mit strohgelbem stoff überzogenen sessel und trug ein kleid von schwarzem samt, das die herrliche arbeit ihres breiten kragens und ihrer manschetten von englischer spitze erkennen liess.
trotzdem warf sie nachlässig hin.
»falsch! ich habe keinen viehhändler ermordet.«
die schmale, dünne sichel des mondes begann wild zu glänzen. die stille war vollkommen.

»vater, das wasser im krug ist gefroren«, rief der knabe.
»so zerbrich das eis.«
»es ist zu dick. vater, zerbrich doch das eis im kruge.«

die wirtin hatte lorenzoni ohne zweifel einen schlaftrunk gemischt (vielleicht opium?). er war einige stunden lang völlig betäubt, und als er erwachte, lief an dem einen ende des raumes eine lange, mit kalk beworfene mauer hin. wenn er lächelte, sah man die spitzen seiner zähne, die fast alle schwarz waren.
»verzeihung, ich folge ihnen.«
es geschah, was geschehen musste.

die gräfin war marmorbleich und in einen weiten überwurf von weissem musselin gekleidet. eine plötzliche, zuckende bewegung warf sie vom sofa herunter, während der bruder der gräfin ungeduldig im observatorium auf und ab ging.
dies nahm der dichter zum anlass, um eine behauptung aufzustellen:
»ich habe meine geheimnisse!«
»mein gott, wo nehmen sie nur die einfälle her?« konnte sich die wirtin nicht enthalten zu fragen.
»aus dem walde, wo die erdbeeren wachsen«, war die antwort des künstlers.
»dieses haus enthält drei hübsche zimmer und eine schweizer meierei, in der die gräfin als kind milchmädchen spielte.«
»ich bin ganz ohr«, keuchte der greis unter aufbietung seiner kräfte, obgleich der speichel über seine lippen zuckte.
durch eine gewaltsame anstrengung gelang es ihm, sich auf die letzte stufe zu setzen. er horchte und vernahm geräusche, somit zählte er die stufen; es waren dreizehn.
»nur zur vorsicht.« dabei kniff er die augenbrauen zusammen und machte eine gebärde. das taschentuch war von tränen durchnässt. das konnte alles verderben.
lorenzoni stand auf, ging um das haus herum und erblickte niemanden. der graf war verschwunden.

die meierei zeigte sich jetzt ohne blätterschleier. der alte josef hörte seinen herrn, als er eintrat, zu seiner grossen verwunderung ein jagdlied trällern.
»aber, sie trommeln ja ganz vorzüglich!«
»du hast gewiss vergessen, meine gewehre im jagdnecessaire putzen zu lassen!« rief lorenzoni aus, als er sich, neben seiner schildkröte, aufs stroh warf und bitterlich weinte. zu seinen füssen fühlte er etwas sehr kaltes; er griff hin, es war eine wasserpfütze. allerdings schwamm die schildkröte wie ein fischotter.
in der mitte der stube stand ein stuhl, und an der lehne hing ein strick. hierauf erhob sich ein gemurmel des unwillens unter den gästen.
»ach, der frühling, da wälzen sich die kinder lustig im grase!«
»das ist blut an ihrem hemd! sind sie verwundet, herr? warum haben sie nicht geklingelt?« antwortete josef traurig. »sie sind ein grosser bösewicht; aber jetzt weinen sie. sehen sie, das tut mir weh. wollen sie wasser?«
»nein, nur luft«, krächzte lorenzoni.
das arme kind war wieder auf die knie gefallen, faltete die händc, konntc abcr kein wort sprechen; man hörte nur seine zähne klappern.
»es ist kalt hier!« bemerkte die gräfin.
»das ist lustig!« brüllte josef, der seine aufgaben völlig vergessen zu haben schien. er hatte sich in eine ecke gedrückt und schwang drohend ein beil.
und der elende hieb so gewaltig gegen die türe, dass das schlechte schloss absprang. zuweilen rief er: »der wirt hat es mir erlaubt, und ich laufe im garten umher und sehe mich gründlich um. an der ecke links steht eine fichte. ich fange so stark zu husten an, dass die frau gräfin sagen wird: ich will ihnen gerne ein glas wasser holen.«
»richtig«, bemerkte lorenzoni, ohne die augen zu öffnen. dann

stand er auf, trat ans fenster und fing an, ein liedchen zu trällern, während er auf die scheibe trommelte.
»ich werde mir ein stückchen papier in meine schnupftabakdose legen, um seinen namen nicht zu vergessen.«
die pendule im zimmer schlug die neunte stunde.
damals trat tiefe stille ein.

die magd erschien. lorenzoni griff mit der grössten ruhe unter den rock, zog eine kleine, doppelläufige pistole hervor, zeigte sie dem mädchen und steckte sie wieder ein. die stube füllte sich langsam mit schnee.

»das ist ja grässlich«, murmelte der bruder der gräfin. dabei warf er sein fernrohr ärgerlich zu boden.

das unwetter hatte nachgelassen, die wolken aber, die der wind vor sich herjagte, waren so schwarz und hingen sehr tief, dass es fast nacht war. überdies kehrte josef zurück und führte einen hammel an der leine. josef blieb in der türe stehen und beobachtete seinen herrn mit ängstlicher spannung.
»und die pferde?« fragte lorenzoni.
»sie verwöhnen mich«, entgegnete sein diener lächelnd. dann nahm er ordentlich auf der bank neben dem ofen platz.
der wirt warf ihm einen vernichtenden Blick zu, als ob er sagen wollte: die liebe dame wird sich freuen. zu beginn des winters war er tobsüchtig geworden. er sass mit seinem langen, grauen schnurrbart neben der türe und bewachte die gäste. er hatte fünf kinder, von denen das jüngste vier, das älteste kaum zwölf jahre alt war, seine mutter war krank und endlich eine achtzigjährige, blödsinnige grossmutter.
die gräfin dachte an ihre kinder.
die blödsinnige grossmutter dachte an gar nichts.

vor dem hause wieherten vergnügt die pferde.

obwohl der wind einen hut in die stube geweht hatte, hielt ein neger mit weissem haar, sorgfältig gekleidet, in der linken hand eine sekundenuhr. er stand draussen vor dem fenster, während er mit der rechten hand nichts tat.
»sie haben eine schwarze zunge, lorenzoni!« klagte die wirtin, wobei sie dem dichter tief in die augen blickte.
»schwarz wie tinte«, antwortete dieser gelassen. »ihr habt vollkommen recht.«
nach solchen heldentaten fühlte er sich nicht mehr so unglücklich. obgleich er sonst nie lachte, lächelte er dann, setzte seine mütze, die er hatte, auf ein ohr und sang die marseillaise.
die kälte hatte nachgelassen und der sparsame josef hatte deshalb das feuer ausgelöscht.
sobald sich die wirtin erholt hatte, nahm sie die hand der alten grossmutter und fragte: »wo ist denn die arme frau gräfin?«
»sie ist mit ihren kindern im scheunenhof.«
»das wusste ich wirklich nicht«, beteuerte lorenzoni.
auf dem tisch lagen zwei brieftaschen.
die beiden pferdeknechte hatten sich an einen baum gelehnt.
die luft sagte ihnen nicht zu.

josef sank bleich, mit blutigen händen, fast bewegungslos in die arme der wirtin.
»ich will ihnen eine idee mitteilen«, unterbrach lorenzoni. »ich gedenke der gräfin einen roten rock anzuziehen und jenen federhut aufzustülpen, setze den grafen auf ein kinderstühlchen, binde ihm eine serviette um, und sie soll mit einem grossen, hölzernen messer den barbier spielen.«
die alte grossmutter musste darüber lachen.
»mut! mut!« rief der graf, als er durch die türe sprang.

vorsichtig versuchte josef die leiter zu gewinnen, die von der mitte der stube zum dachboden führte.
in diesem augenblick betrat die unglückliche gräfin hinter dem grafen die stube und fragte:
»du bist wohl nicht aus dieser gegend?«
schon hatte josef den fuss auf die oberste sprosse gesetzt, als lorenzoni ihn an seinen spindeldürren beinen packte und so stark zog, dass der alte mann sich nicht mehr halten konnte, an der leiter herunterfiel und mit dem gesicht auf alle sprossen aufschlug. das war seine lebensweise und er hatte oft und jedem, der es hören wollte, gesagt, dass er so leben müsse, sonst litte er den ganzen tag über an kopfschmerzen.
»es war kirschrot«, brüllte josef zornig.
als der graf diese worte hörte, wurde er totenblass und drohte umzusinken.
»er ist unschuldig, ich schwöre es ihnen!« erwiderte lorenzoni eifrig.
der graf blieb stehen, ungeschickt bog er sich zusammen und hielt das lange messer, welches im halbdunkel blitzte, zwischen den zähnen. als er ihm die passende lage gegeben hatte, nahm er es heraus.

die sonne sank; die ganze landschaft war äusserst still.

»ruhe!« brüllte der graf, indem er sich halb umdrehte.
»niemand?« seufzte josef erstaunt und verbeugte sich. man zeigte ihm fleisch und brot, und er folgte diesem lockmittel.

der bruder der gräfin sass noch immer in seiner sternwarte und hatte endlich »o die liebe sonne« gesagt. seine geräte und instrumente waren in einem sehr unordentlichen zustand.
von früh bis spät, besonders aber vom abend bis zum morgen,

hörte man ihn rufen: »o die liebe sonne.« aber die sonne rührte sich nicht.
nachdem der graf dies alles erfahren hatte, kehrte er in sein haus zurück und verschob seinen besuch bei dem dichter lorenzoni auf den nächsten tag.
die wirtin winkte mit der Hand. »ist es wirklich wahr, lieber lorenzoni?«
ein geheimpolizist verschwand durch die seitentüre.
in diesem augenblick hörte man glockentöne.
es war nacht geworden, man zündete strohfackeln an und band die gräfin auf eine bank, die von den wirtsleuten und der magd auf der achsel getragen wurde. dem wirt und der wirtin schien das nicht zu gefallen und sie zeigten die zähne, während die gräfin im triumph herumgetragen wurde.
nach der gräfin kam die reihe an lorenzoni, den ein riesenhafter lakai auf seinen armen herumtrug. alle, sogar die diener, die alte grossmutter und die kinder umringten lorenzoni; der eine trug seinen fuchs, der andere sein murmeltier, die dritte ein meerschweinchen, manche hatten einen dudelsack und spielten, mit einem wort, es war ein lärm. dahinter folgte der neger; fast alle trugen eine strohfackel in der hand, wie man sich vorstellen kann, und schrien wie besessen: »bravo lorenzoni, es lebe die poesie!« und die damen fielen einander in die arme.
so ging der zug in der ganzen landschaft herum.
(1957)

triumph

der junge mund wie eine rose blüht

der junge mund wie eine rose blüht

für einen gigolo

damals im hamburger hafen schlug er sie rasend
mit dem glockenklöppel in die nachtschwarzen augen
ja und dann kamen die beiden schüsse
gerade in den pelzmantel

wie ein vogel durch die flimmernde Luft und der zitronenfarbene anzug. Es ist ja viel hübscher als wenn es zehnmal erdbeereis gibt. sie sind ins bad gefahren, ich dürfte eigentlich gar nicht da der grosse bruder auf die schiefe bahn geraten ist.

aus dem spalt der augen

so ist's recht! sündige nur. lückenlos haben sich die strahlenden sommertage aneinander gereiht. er ist noch so köstlich jung. aber herr steiner! als er dann carriere machte und reich wurde. sie kommen doch zum sommernachtsball im kurhotel?
bläuliche schatten lagern sich um die grossen augen. etwas weiches seidenverhülltes (wartet nur darauf hell herausschlagen zu können) und dann ahnt man welche glut unter dem sonnigen einfluss selbst der dunkle brennende blick langsam aber unaufhaltsam wie die heftige zuneigung zu ihrem geigenlehrer auf dem strom im tal tutet ein frachter dass es eine einzige dunkelglühende rose ist. ja so köstlich jung. tu das nur mein liebling! auf den gesenkten scheitel der frau. und noch

einen nachdem wir uns neunzehn jahre nicht gesehen haben. *guten morgen* gnädige frau. nun spendet die jugend brausenden beifall: fabelhafte leistung ihres fräulein tochter. der sommer ist gekommen. es lässt sich nicht leugnen. seine grauen augen sind beinahe schwarz. mit einem federstrich mit einem scheck entzückt durch seine scharfen brillengläser dieses gesegneten sommers.
ich dürfte eigentlich gar nicht die sterne aus schneeblassem gesicht vom himmel auf seine langen kraftvollen hände holen als dir jener vornehme herr solche avancen machte.
gibt es mehr als ein herz?
(zuerst war sie ziemlich scheu)
ich schwärme für die mollige figur!
die reine unverdorbene jugend der jungen gräfin geschmeidig in den hüften wie zwei raubvögel in einer geheimnisvollen Bucht.

der junge mund in einer rose blüht.

vier reizende bardamen und der farbige mixer jonas befreien den spitzenshawl aus ihren überraschend blauen augen. – immer eine sehr schöne frau. – wie? ich schwärme für die mollige figur. zuerst war sie ziemlich scheu gewesen. wie gut du bist! er sieht in der uniform eines leutnants wunderbar aus. (so lass mich rasch die besten freunde ein wenig lieben) – ein mann am spieltisch ist der stern seines lebens. obwohl er bis ins innerste vereist war. der schnelle sportwagen über die steile auffahrt der die spuren seiner hinreissenden schönheit von einst trug. – ob das überhaupt wahr ist? was meinst du wohl?

er rief Musik mit einer beinahe mütterlichen zärtlichkeit
(1957)

für judith

wenn der montag die rosen durchs land treibt
steh ich am fenster und warte

wenn der dienstag den regen am ufer zerschlägt
dann steh ich am fenster und tanze

wenn der mittwoch für mittwoch die sonne entzweit
steh ich im fenster und schreie

wenn der donnerstag im park sein kreuz verliert
geh ich vom fenster mit kommenden schritten

wenn der freitag sein kleid in die wolken schlägt
dann steh ich am fenster und verrate dich zweimal

wenn der samstag sein haar im schornstein findet
dann steh ich am fenster und singe

wenn der sonntag den tod umsonst verschenkt
dann steh ich am fenster und warte
(1951)

SYLVIA PLATH

Papi

Du reichst nicht zu, du reichst nicht zu,
Nicht mehr länger, du schwarzer Schuh,
In dem ich gelebt habe wie ein Fuß,
Dreißig Jahre lang, arm und weiß,
Ohne Atmen und Niesen, Puh!

Papi, ich mußte dich töten.
Du starbst, bevor ich soweit war –
Marmorschwer, ein Sack voller Gott,
Scheußliches Denkmal, und ein grauer Zeh,
Groß wie ein Friscoseehund,

Und ein Kopf im unsteten Atlantik;
Bohnengrün wogt ins Blau ohne Ruh
In den Wassern vor dem schönen Nauset. –
Ich betete um deine Wiederkehr immerzu.
Ach, du.

In der deutschen Sprache, in der polnischen Stadt,
Plattgedrückt von der Walze
Der Kriege, Kriege, Kriege.
Doch der Name der Stadt ist häufig.
Meine polackischen Freunde

Sagen, es gibt ein zwei Dutzend, und
So konnt ich nie sagen, wo du
Deine Stiefel trugst, deine Wurzeln schlugst;
Ich stand vor dir angewurzelt im Grund:
Mir klebte die Zunge im Mund

In einer Stacheldrahtfalle voll Blut.
Ich, ich, ich, ich,
Ich fand niemals ein Wort an dich.
Ich dachte, jeder Deutsche seist du,
Und die Sprache obszön,

Ein ratterndes Knattern, ein Zug,
Der mich forttrug, als wär ich ein Jud.
Ein Jud nach Dachau, Auschwitz, Belsen.
Ich fing zu reden an wie ein Jud.
Ich denke, ich bin vielleicht ein Jud.

Schnee in Tirol, helles Bier in Wien,
Die sind nicht sehr rein und gut.
Mit meiner Großmutter Zigeunerin
Und mit meinen Tarockkarten glaub ich, ich bin
Vielleicht auch ein wenig ein Jud.

Meine Angst vor dir war stets absolut:
Dein Schnurrbart, und was deine *Luftwaffe* tut,
Und deine Rednergesten,
Und dein arisches Auge voll blauer Glut,
Panzermann, Panzermann, Tunichtgut!

Nicht Gott, du, nein, ein Hakenkreuz,
So schwarz, daß kein Himmel dahinter blaut.
Jede Frau liebt einen Faschisten,
Im Gesicht den Stiefel, und den, der sie haut,
Und das Herzverhau eines wie du, der das tut.

Du stehst an der Tafel, Papi,
Auf dem Bild, vor dem ich dich ruf:
Gespalten nur dein Kinn, nicht dein Huf.
Doch deshalb nicht minder ein Teufel; nein,
Nur ein Teufel, mit Stiefeln beschuht.

Du Schwarzer Mann trankst mein Herzensblut.
Man begrub dich, da war ich zehn. – Doch nie ruht
Der Teufel: Mit Zwanzig sucht ich den Tod,
Zurückkehren wollt ich in deine Hut;
Ich dachte, sogar noch die Knochen wär'n gut.

Doch sie holten mich raus aus dem Sack
Und leimten mich wiederum zu.
Seither weiß ich, was ich jetzt tu:
Ich mach ein Modell, das bist du,
Ein Mann in Schwarz mit *Meinkampf*gesicht,

Der die Folter liebt und das Blut.
Und ich sagte, ja, gut, ja, gut.
Nun, Papi, mit uns ist es endgültig aus.
Das schwarze Telefon, das riß ich heraus,
Daß die Stimme auf ewig jetzt ruht.

Wenn ich einen erschlug, schlug ich zwei im Nu –
Den Vampir der gesagt hat er war du;
Und ein Jahr lang trank er mein Blut,
Sieben Jahre, daß du es nur weißt:
Papi, bleib liegen, du bist ein Geist.

Dein schwarzes Herz durchbohrt jetzt ein Pfahl,
Und im Dorf die fanden dich niemals gut.
Sie tanzen und stampfen auf dir, du Graus.
Daß es immerzu *du* warst, das haben sie raus.
Papi, Papi, du Dreckstück, zwischen uns ist es aus.

Die Glasglocke

Eins

Es war ein verrückter, schwüler Sommer, dieser Sommer, in dem die Rosenbergs auf den elektrischen Stuhl kamen und ich nicht wußte, was ich in New York eigentlich wollte. Bei dem Gedanken an Hinrichtungen wird mir immer ganz anders. Die Vorstellung, auf den elektrischen Stuhl zu kommen, macht mich krank, aber in den Zeitungen war von nichts anderem die Rede – glotzäugige Überschriften, die mich an jeder Straßenecke und an jedem muffigen, nach Erdnüssen riechenden U-Bahn-Schlund anstarrten. Es hatte nichts mit mir zu tun, und trotzdem ließ mich die Frage nicht los, wie es wäre, die Nerven entlang bei lebendigem Leib zu verbrennen.

Ich dachte, es muß das Schlimmste auf der Welt sein. Dabei war New York schon schlimm genug. Um neun Uhr morgens hatte sich die trügerische, ländlich feuchte Kühle, die nachts irgendwie hereingesickert war, verflüchtigt wie das Ende eines angenehmen Traums. Tief unten in ihren Granitcanyons zitterten die heißen Straßen unter der Sonne wie graue Luftspiegelungen, die Dächer der Autos glühten und glitzerten, und trockener Staub wehte mir wie Asche in Augen und Rachen.

Im Radio und in der Redaktion – überall war von den Rosenbergs die Rede, bis ich an nichts anderes mehr denken konnte. Es war wie damals, als ich zum erstenmal eine Leiche sah. Noch wochenlang tauchte der Kopf dieser Leiche – oder vielmehr das, was von ihm übriggeblieben war – beim Frühstück hinter den Spiegeleiern mit Schinken auf oder hinter dem Gesicht von Buddy Willard, der schuld daran war, daß ich die Leiche überhaupt gesehen hatte, und bald hatte ich das Gefühl, ich würde diesen Kopf an einer Schnur überall mit mir herumtragen, wie einen schwarzen, nach Essig stinkenden Ballon ohne Nase.

Ich wußte, irgend etwas stimmte in diesem Sommer nicht mit mir, denn andauernd mußte ich an die Rosenbergs denken und daran, wie dumm es von mir gewesen war, all die unbequemen, teuren Kleider zu kaufen, die jetzt wie schlaffe Fische in meinem Schrank hingen, und daran, wie all die kleinen Erfolge, die ich auf dem College eingeheimst hatte, an den Marmor- und Spiegelglasfassaden der Madison Avenue abprallten und zerstoben.

Angeblich erlebte ich gerade die schönste Zeit meines Lebens.

Angeblich waren Tausende anderer Collegemädchen in ganz Amerika neidisch auf mich und wollten nichts lieber als in diesen Lackschuhen Größe 39 herumtrippeln, die ich mir in der Mittagspause bei Bloomingdale's gekauft hatte, zusammen mit einem schwarzen Lackledergürtel und einer passenden schwarzen Lacklederhandtasche. Und als in der Zeitschrift, bei der wir zwölf arbeiteten, mein Bild erschien – ich in einem engen Oberteil aus Silberlaméimitat über einer gewaltigen Wolke aus weißem Tüll, auf einem Dachgarten unter funkelnden Sternen Martini trinkend, in Gesellschaft mehrerer namenloser junger Männer von typisch amerikanischer Statur, die eigens zu diesem Anlaß eingestellt oder ausgeliehen worden waren – da glaubten offenbar alle, ich erlebte gerade eine tolle Zeit.

Sieh einer an, was in diesem Land alles passieren kann, sagten sie. Da lebt ein Mädchen neunzehn Jahre lang in irgendeinem abgelegenen Städtchen und ist so arm, daß sie sich nicht mal eine Illustrierte leisten kann, dann bekommt sie ein Stipendium fürs College, gewinnt hier einen Preis und da einen Preis, und am Ende hat sie New York im Griff wie das Lenkrad ihres eigenen Wagens.

Die Sache war nur die, daß ich gar nichts im Griff hatte, nicht einmal mich selbst. Wie ein tauber Trolleybus holperte ich vom Hotel zur Arbeit oder zu irgendwelchen Partys und von den Partys wieder zum Hotel oder zur Arbeit. Ich hätte vermutlich begeistert sein sollen, wie die meisten anderen Mädchen, aber es gelang mir nicht. Ich war ganz still und leer, so wie sich das Auge eines Wirbelsturms vorkommen muß, das inmitten von Trubel und Getöse träge seines Weges zieht.

Wir waren zu zwölft in dem Hotel.

Wir hatten bei dem Wettbewerb einer Modezeitschrift gewonnen, mit selbstgeschriebenen Aufsätzen und Geschichten und Gedichten und Werbekram, und als Preis bekam jede von uns für einen Monat einen Job in New York mit kostenlosem Aufenthalt und allen möglichen Extras, Ballettkarten und Eintrittskarten für Modeschauen, Gutscheine für einen bekannten, teuren Friseursalon, Begegnungen mit erfolgreichen Leuten aus der Branche, nach der wir uns sehnten, und Ratschläge zur Pflege unseres individuellen Teints.

Ich besitze das Make-up-Set noch, das sie mir damals schenkten, eigens zusammengestellt für jemanden mit braunen Augen und braunem Haar: ein Rechteck brauner Mascara mit einer winzigen Bürste, ein Näpfchen mit blauem Lidschatten, gerade groß genug, mit der Fingerspitze hineinzutupfen, und drei Lippenstifte von Rot bis Pink, alles untergebracht in einem vergoldeten Kästchen mit einem Spiegel an der Seite. Ich besitze auch noch ein weißes Sonnenbrillenetui aus Plastik, auf das bunte Muscheln und Münzen und ein grüner Plastikseestern aufgenäht sind.

Mir war klar, daß wir mit diesen Dingen nur überhäuft wurden, weil sie für die beteiligten Firmen kostenlose Reklame waren, aber lustig machen konnte ich mich über sie trotzdem nicht. Die Geschenke, die da auf uns niedergingen, machten mir nämlich einen Riesenspaß. Nachher habe ich sie lange weggeschlossen, aber später, als es mir wieder besser ging, habe ich sie hervorgeholt. Sie liegen noch heute irgendwo im Haus herum. Die Lippenstifte benutze ich hin und wieder, und letzte Woche habe ich den Plastikseestern von dem Sonnenbrillenetui abgetrennt und dem Baby zum Spielen gegeben.

Wir waren also zu zwölft im Hotel, auf demselben Flur, auf demselben Stockwerk, in nebeneinanderliegenden Einzelzimmern – ich fühlte mich an mein Wohnheim im College erinnert. Es war kein richtiges Hotel – ich meine, kein Hotel, in dem Frauen und Männer manchmal auf demselben Stockwerk wohnen.

Dieses Hotel – das Amazon – war nur für Frauen, zum größten Teil Mädchen in meinem Alter mit reichen Eltern, die sichergehen wollten, daß ihre Töchter so untergebracht waren, daß Männer ihnen nicht zu nahe kommen und sie nicht aufs Glatteis führen konnten; und alle diese Mädchen gingen auf todschicke Sekretärinnenschulen wie »Katy Gibbs«, wo sie im Unterricht Hüte und Seidenstrümpfe und Handschuhe tragen mußten; oder sie hatten ihre Prüfung bei »Katy Gibbs« oder anderswo gerade hinter sich und arbeiteten nun als Sekretärinnen für höhere Angestellte oder Juniorchefs, oder sie hingen einfach in New York herum und warteten darauf, daß irgendein Karrieremann sie heiratete.

Diese Mädchen machten auf mich einen schrecklich gelangweilten Eindruck. Ich sah sie auf dem Sonnendach, wie sie sich gähnend die Fingernägel lackierten und ihre Bermudabräune aufzufrischen versuchten und wie sie sich dabei anscheinend tödlich langweilten. Mit einer von ihnen unterhielt ich mich, sie fand alles langweilig – Yachten und Flugzeugfliegen, Skifahren über Weihnachten in der Schweiz, und die Männer in Brasilien ebenfalls.

Solche Mädchen machen mich krank. Ich bringe keinen

Ton heraus vor lauter Neid. Neunzehn Jahre, und kein einziges Mal war ich aus Neuengland herausgekommen, außer zu diesem Ausflug nach New York. Es war meine erste große Chance, und nun saß ich hier herum und ließ mir diese Chance wie Wasser durch die Finger rinnen.

Ich glaube, eines meiner Probleme war Doreen.

Einem Mädchen wie Doreen war ich noch nie begegnet. Sie kam von einem College für höhere Töchter im Süden und hatte weißblondes Haar, das ihr wie Zuckerwatte um den Kopf stand, blaue Augen wie durchscheinende Achatmurmeln, hart und glänzend und genauso unzerbrechlich, und einen Mund, der zu einer Art von immerwährendem Grinsen verzogen war. Es war kein boshaftes Grinsen, sondern ein belustigtes, rätselhaftes Grinsen, als wären alle Leute um sie her ziemlich albern und als könnte sie, wenn ihr danach wäre, ein paar gute Witze auf ihre Kosten reißen.

Doreen hängte sich sofort an mich. Sie gab mir das Gefühl, ich sei viel schlauer als die anderen, und sie war wirklich sehr komisch. Am Konferenztisch saß sie meistens neben mir, und wenn die prominenten Leute, die uns besuchten, ihre Vorträge hielten, flüsterte sie mir allerlei sarkastische Bemerkungen ins Ohr.

Ihr College, erzählte sie, sei so modebewußt, daß sich alle Mädchen Handtaschenbezüge aus dem gleichen Stoff wie ihre Kleider machen ließen, und wenn sie sich umzögen, hätten sie immer auch eine passende Handtasche. Solche Einzelheiten beeindruckten mich. In ihnen deutete sich ein Leben in herrlich pompöser Dekadenz an, das mich magisch anzog.

Vorwürfe machte mir Doreen nur, weil ich mir immer Mühe gab, meine Aufgaben pünktlich zu erledigen.

»Wozu rackerst du dich ab?« In einem seidenen, pfirsichfarbenen Morgenrock rekelte sie sich auf meinem Bett und bearbeitete mit einer Papierfeile ihre langen, nikotingelben Fingernägel, während ich das Konzept für ein Interview mit einer Bestsellerautorin tippte.

Das kam noch hinzu – wir anderen hatten gestärkte Sommernachthemden aus Baumwolle und gesteppte Morgenmäntel oder vielleicht Frotteebademäntel, die man auch am Strand anziehen konnte, aber Doreen trug diese langen, halb durchsichtigen Dinger aus Nylon und Spitzen und hautfarbene Morgenröcke, die irgendwie elektrisch an ihr klebten. Sie hatte einen interessanten, leicht schweißigen Geruch, der mich an die gefiederten Blätter des Amberstrauchs erinnerte, die eine Art Moschusduft verströmen, wenn man sie zwischen den Fingern zerbröselt.

»Du weißt doch, der alten Jay Cee ist es völlig schnurz, ob diese Geschichte morgen kommt oder erst Montag.« Doreen zündete sich eine Zigarette an und ließ den Rauch langsam aus den Nasenlöchern quellen, so daß ein Schleier vor ihre Augen trat. »Jay Cee ist häßlich wie die Sünde«, fuhr sie kalt fort. »Ich wette, ihr Alter macht das Licht aus, bevor er an sie rangeht, sonst müßte er kotzen.«

Jay Cee war meine Chefin, und ich hatte sie sehr gern, auch wenn Doreen über sie herzog. Sie war keine von diesen Modezicken mit falschen Wimpern und Flitterschmuck. Sie hatte Grips, und deshalb schien es mir unwichtig, daß sie abgrundtief häßlich war. Sie sprach mehrere Sprachen und kannte alle guten Autoren in der Branche.

Ich versuchte mir Jay Cee ohne ihr strenges Bürokostüm und ohne ihren offiziellen Mittagshut zusammen mit ihrem dicken Mann im Bett vorzustellen, aber es gelang mir einfach nicht. Ich hatte immer furchtbare Schwierigkeiten, mir Leute zusammen im Bett vorzustellen.

Jay Cee wollte mir etwas beibringen, alle alten Damen, denen ich je begegnet war, wollten mir etwas beibringen, doch nun glaubte ich plötzlich nicht mehr, daß sie mir etwas beibringen könnten. Ich schob den Deckel über meine Schreibmaschine und ließ ihn einklicken.

Doreen grinste: »Kluges Kind.«

Jemand klopfte an die Zimmertür.

»Wer ist da?« Ich machte mir nicht die Mühe aufzustehen.

»Ich bin's, Betsy. Kommst du mit zu der Party?«

»Warum nicht.« Ich war noch immer nicht an der Tür.

Betsy mit ihrem wippenden, blonden Pferdeschwanz und ihrem einfältig strahlenden Lächeln war direkt aus Kansas importiert worden. Ich weiß noch, wie wir beide einmal in das Büro eines Fernsehproduzenten mit blauem Kinn und Nadelstreifenanzug gerufen wurden, der irgendeinen Aufhänger für eine Sendung suchte, und wie Betsy plötzlich anfing, über männlichen und weiblichen Mais in Kansas zu reden. Sie kam so in Fahrt, daß selbst dem Produzenten die Tränen kamen, aber gebrauchen konnte er nichts davon – leider, sagte er.

Später überredete die Kosmetikredakteurin Betsy, sich das Haar abzuschneiden, und machte ein Covergirl aus ihr, und heute lächelt mir ihr Gesicht noch gelegentlich aus Anzeigen wie »Auch P. Q's Frau trägt B. H. Wragge« entgegen.

Betsy lud mich andauernd ein, mit ihr und den anderen Mädchen etwas zu unternehmen, als wollte sie mich irgendwie retten. Dagegen lud sie Doreen nie ein. Wenn wir unter uns waren, nannte Doreen sie Pollyana Cowgirl.

»Willst du in unserem Taxi mitfahren?« fragte Betsy durch die Tür.

Doreen schüttelte den Kopf.

»Schon gut, Betsy«, sagte ich. »Ich fahre mit Doreen.«

»Okay.« Ich konnte hören, wie Betsy den Flur entlangtappte.

»Wir bleiben nur, bis wir es leid sind«, sagte Doreen zu mir und drückte ihre Zigarette auf dem Fuß meiner Nachttischlampe aus, »dann gehen wir in die Stadt. Die Partys, die sie hier aufziehen, erinnern mich an diese albernen Bälle in der Schulturnhalle. Warum trommeln sie dazu immer bloß Yalies zusammen? Die sind so stumpfsinnig!«

Buddy Willard besuchte Yale, und wenn ich jetzt darüber nachdachte, war es genau das, was an ihm nicht stimmte: er war so stumpfsinnig. Es war ihm gelungen, gute Noten zu bekommen und am Cape Cod mit irgendeiner furchbaren Kellnerin namens Gladys anzubändeln, aber er besaß nicht einen Funken Phantasie. Doreen hatte Phantasie. Alles, was sie sagte, klang, als spräche eine heimliche Stimme aus meinem tiefsten Inneren.

Wir saßen in der abendlichen Rush-hour fest. Unser Taxi war eingekeilt, vor uns das Taxi mit Betsy, hinter uns eines mit vier von den anderen Mädchen, und nichts bewegte sich.

Doreen sah hinreißend aus. Sie trug ein schulterfreies weißes Kleid mit Spitzenbesatz, das dank eines knappen Korsetts um die Taille sehr eng saß, während es die Wölbungen nach oben und unten großartig zur Geltung brachte, und ihre Haut hatte unter dem matten Puder einen bronzefarbenen Glanz. Sie roch wie ein Parfümladen.

Ich trug ein enges Röhrenkleid aus schwarzer Schantungseide, das mich vierzig Dollar gekostet hatte. Es stammte von meinem Einkaufsbummel, den ich mit einem Teil des Geldes von meinem Stipendium unternommen hatte, nachdem ich erfahren hatte, daß ich zu den Glücklichen gehörte, die nach New York fahren durften. Dieses Kleid war so seltsam geschnitten, daß ich keinen Büstenhalter darunter tragen konnte, aber das war nicht weiter schlimm, denn ich war so dünn wie ein Junge und auch fast so flach, und außerdem hatte ich es gern, wenn ich mir an warmen Sommerabenden fast nackt vorkam.

Die Großstadt hatte allerdings meine Bräune gebleicht. Ich

sah gelb aus wie ein Chinese. Normalerweise hätten mich mein Kleid und meine sonderbare Farbe nervös gemacht, aber in Doreens Nähe vergaß ich meine Sorgen. Ich kam mir ungeheuer erfahren und allen höllisch überlegen vor.

Als der Mann in dem blauen Holzfällerhemd, den schwarzen Chinos und den geputzten Cowboystiefeln unter der gestreiften Markise einer Bar vortrat, von wo er unser Taxi erspäht hatte, und zu uns herüberschlenderte, machte ich mir keine Illusionen. Ich wußte genau, daß er wegen Doreen kam. Er schlängelte sich zwischen den haltenden Autos hindurch und lehnte sich mit einnehmendem Lächeln durch das offene Fenster zu uns herein.

»Und was machen zwei so nette Mädchen wie ihr an so einem schönen Abend so allein in einem Taxi, wenn ich fragen darf?«

Er hatte ein breites, weißes Zahnpastalächeln.

»Wir fahren zu einer Party«, stieß ich hervor, da Doreen plötzlich stumm geworden war und gelangweilt an ihrem spitzenbesetzten Handtäschchen herumfingerte.

»Das klingt langweilig«, sagte der Mann. »Warum kommt ihr nicht mit, und wir trinken was, drüben in der Bar? Da warten noch ein paar Freunde von mir.«

Er nickte in die Richtung einiger lässig gekleideter Männer, die sich unter der Markise herumdrückten. Sie waren ihm mit den Blicken gefolgt, und als er sich nach ihnen umsah, begannen sie zu lachen.

Das Gelächter hätte mich warnen sollen, dieses verhaltene, besserwisserische Kichern. Aber der Verkehr kam offenbar wieder in Bewegung, und ich wußte, wenn ich jetzt sitzen blieb, würde ich mir in zwei Sekunden wünschen, ich hätte diese einmalige Chance genutzt, von New York mal etwas anderes zu sehen als das, was die Leute von der Zeitschrift für uns so sorgfältig aussuchten.

»Wie wär's, Doreen?« fragte ich.

»Wie wär's, Doreen?« fragte der Mann und lächelte sein breites Lächeln. Bis heute kann ich mich nicht daran erinnern, wie er aussah, wenn er nicht lächelte. Er muß die ganze Zeit über gelächelt haben. Er muß von Natur aus gelächelt haben.

»Na schön«, sagte Doreen zu mir. Ich öffnete die Tür, und wir stiegen aus dem Taxi, gerade als es anfuhr, und machten uns auf den Weg zur Bar.

Bremsen quietschten, dann ein dumpfes Poltern.

»He, Sie da!« Unser Fahrer hatte den Kopf zum Fenster hinausgestreckt und sah uns mit dunkelrotem Gesicht wütend nach. »Was fällt Ihnen ein?!«

Er hatte so scharf gebremst, daß das folgende Taxi auf ihn geprallt war. Wir konnten sehen, wie die vier Mädchen mit den Händen fuchtelten und sich mühsam aufrappelten.

Der Mann lachte, ließ uns an der Bordsteinkante stehen, ging zurück und gab dem Fahrer inmitten eines Hupkonzerts und allerlei Geschrei einen Geldschein, dann sahen wir die Mädchen von der Zeitschrift in einer langen Prozession vorbeifahren, ein Taxi hinter dem anderen, wie eine Hochzeitsgesellschaft aus lauter Brautjungfern.

»Los, komm, Frankie«, sagte der Mann zu einem seiner Freunde in der Gruppe, worauf ein kleiner, knittriger Kerl vortrat und mit uns in die Bar kam.

Er war von der Sorte, die ich nicht ausstehen kann. Ich bin ohne Schuhe einssiebzig, und wenn ich mit kleinen Männern zusammen bin, bücke ich mich ein bißchen und knicke in der Hüfte ein, damit ich kleiner aussehe, aber dabei komme ich mir albern und krank vor, wie eine Schaubudenfigur.

Einen Moment lang hatte ich die vage Hoffnung, wir würden uns entsprechend der Größe zusammentun, dann wäre ich bei dem Mann gewesen, der uns angesprochen hatte und über einsachtzig groß war, aber er ging mit Doreen vor uns her und sah mich nicht einmal an. Ich tat, als würde ich Frankie neben mir gar nicht bemerken, und setzte mich dicht neben Doreen an den Tisch.

In der Bar war es so dunkel, daß ich außer Doreen kaum etwas erkennen konnte. Mit ihrem Blondhaar und ihrem weißen Kleid sah sie geradezu silbern aus. Ich vermute, sie reflektierte das Neonlicht über dem Tresen. Ich dagegen kam mir vor, als würde ich mit den Schatten verschmelzen, wie das Negativ von jemandem, den ich in meinen Leben noch nie gesehen hatte.

»Und was trinken wir?« fragte der Mann mit einem großen Lächeln.

»Ich glaube, ich nehme einen Old-Fashioned«, sagte Doreen zu mir.

Drinks bestellen machte mich immer fertig. Ich konnte Whisky nicht von Gin unterscheiden, und noch nie hatte ich etwas gefunden, das mir wirklich schmeckte. Buddy Willard und die anderen Jungs vom College hatten meistens nicht das Geld für hochprozentige Sachen, oder sie hielten nichts vom Trinken. Es ist erstaunlich, wie viele College-Jungs nicht trinken und nicht rauchen. Anscheinend kannte ich sie alle. Das Äußerste, was sich Buddy Willard je geleistet hatte, war eine Flasche Dubonnet, aber nur, weil er beweisen wollte, daß er auch als Medizinstudent eine ästhetische Ader hatte.

»Für mich einen Wodka«, sagte ich.

Der Mann sah mich genauer an. »Mit irgendwas drin?«

»Einfach pur«, sagte ich. »Ich trinke ihn immer pur.«

Ich dachte, ich würde mich vielleicht lächerlich machen, wenn ich ihn mit Eis oder Soda oder Gin oder sonstwas bestellte. Ich hatte mal eine Wodkawerbung gesehen, ein einfaches Glas Wodka auf einer Schneewehe, bei blauem Licht, und der Wodka sah klar und rein aus wie Wasser, deshalb dachte ich, Wodka pur könne nicht falsch sein. Ich träumte davon, ich würde mir eines Tages einen Drink kommen lassen und feststellen, daß er wunderbar schmeckte.

Der Kellner kam, und der Mann bestellte Drinks für uns vier. Trotz seiner Cowboyklamotten schien er sich in dieser Großstadtbar so heimisch zu fühlen, daß ich dachte, er sei vielleicht ein Prominenter.

Doreen sagte nichts, sie spielte nur mit ihrem Korkuntersetzer und zündete sich schließlich eine Zigarette an, aber den Mann schien das nicht zu stören. Er starrte sie in einem fort an, wie die Leute im Zoo den großen weißen Ara anstarren, während sie darauf warten, daß er ein menschliches Wort von sich gibt.

Die Drinks kamen, und meiner sah klar und rein aus wie in der Wodkawerbung.

»Was machen Sie?« fragte ich den Mann, um die Stille zu durchbrechen, die wie dichtes Dschungelgras rings um mich her aus dem Boden schoß. »Ich meine, was machen Sie hier in New York?«

Langsam und anscheinend mit großer Mühe löste er seinen Blick von Doreens Schulter. »Ich bin Diskjockcy«, sagte er. »Eigentlich müßtest du schon mal von mir gehört haben. Ich heiße Lenny Shepherd.«

»Ich kenne dich«, sagte Doreen plötzlich.

»Das freut mich aber, Süße«, sagte der Mann und brach in Lachen aus. »Das trifft sich gut. Ich bin unheimlich berühmt.«

Lenny Shepherd warf Frankie einen langen Blick zu.

»Sag mal, woher kommst du eigentlich?« fragte mich Frankie, nachdem er sich mit einem Ruck aufgesetzt hatte. »Wie heißt du?«

»Das hier ist Doreen.« Lenny ließ eine Hand um Doreens nackten Arm gleiten und drückte ihn.

Mich überraschte, daß sich Doreen nichts anmerken ließ,

obwohl sie doch mitbekam, was er tat. Sie saß einfach da, dunkel wie eine gebleichte, blonde Negerin in diesem weißen Kleid, und nippte geziert an ihrem Glas.

»Ich heiße Elly Higginbottom«, sagte ich. »Ich komme aus Chicago.« Danach fühlte ich mich sicherer. Ich wollte nicht, daß etwas von dem, was ich an diesem Abend sagte oder tat, mit mir und meinem wirklichen Namen und meiner Herkunft aus Boston in Verbindung gebracht würde.

»Also, Elly, was hältst du davon, wenn wir ein bißchen tanzen?«

Bei der Vorstellung, mit diesem Knirps in seinen hochhackigen orangefarbenen Wildlederschuhen, dem armseligen T-Shirt und der schlaffen blauen Sportjacke zu tanzen, mußte ich lachen. Wenn ich eins nicht leiden kann, dann ist es ein Mann in blauen Klamotten. Schwarz oder Grau, von mir aus auch Braun. Aber Blau finde ich lachhaft.

»Ich bin nicht in Stimmung«, sagte ich kühl, drehte ihm den Rücken zu und rückte mit meinem Sessel näher zu Doreen und Lenny.

Die beiden machten inzwischen den Eindruck, als würden sie sich seit Jahren kennen. Mit einem langen, dünnen Silberlöffel fischte Doreen die Früchte aus ihrem Glas, und jedesmal, wenn sie den Löffel an den Mund hob, knurrte Lenny und schnappte danach und tat, als wäre er ein Hund oder sonstwas, und versuchte, die Frucht von dem Löffel zu ergattern. Doreen kicherte und löffelte weiter.

Langsam kam es mir vor, als hätte ich mit dem Wodka endlich meinen Drink gefunden. Er schmeckte nach nichts, fuhr mir aber gleich bis in den Magen hinunter wie ein Schwertschluckerschwert und gab mir das Gefühl, stark und gottähnlich zu sein.

»Ich geh dann mal«, sagte Frankie und stand auf.

Ich konnte ihn bei dem Dämmerlicht nicht sehr deutlich erkennen, aber zum erstenmal hörte ich, was für eine hohe, alberne Stimme er hatte. Niemand beachtete ihn.

»He, Lenny, du schuldest mir noch was. Erinnerst du dich, Lenny, du schuldest mir was, stimmt's, Lenny?«

Ich fand es seltsam, daß Frankie seinen Freund vor uns, vor wildfremden Leuten, an irgendwelche Schulden erinnerte, aber Frankie stand tatsächlich da und sagte immer wieder das gleiche, bis Lenny ein dickes Bündel grüner Scheine aus der Hosentasche zog, einen abpflückte und ihn Frankie gab. Ich glaube, es waren zehn Dollar.

»Halt die Klappe und verschwinde.«

Einen Moment lang glaubte ich, Lenny meinte auch mich, aber dann hörte ich Doreen sagen: »Ich komme nur mit, wenn Elly auch mitkommt.« Es imponierte mir, wie gekonnt sie mit meinem falschen Namen umging.

»Ach, Elly kommt bestimmt mit, nicht wahr, Elly?« sagte Lenny und zwinkerte mir zu.

»Klar komme ich mit«, sagte ich. Frankie war unterdessen in der Nacht verschwunden, also würde ich mich an Doreen hängen. Ich wollte soviel wie möglich sehen.

Ich sah gern Leuten in kritischen Situationen zu. Wenn ich bei einem Verkehrsunfall oder einer Schlägerei zusehen oder mir ein sauer eingelegtes Baby in einem Laborglas ansehen konnte, blieb ich stehen und sah so intensiv hin, daß ich es nie mehr vergaß.

Auf diese Weise lernte ich vieles kennen, wovon ich sonst nie erfahren hätte, und auch wenn es mich überraschte oder wenn mir übel davon wurde, ließ ich mir nie etwas anmerken, sondern tat so, als hätte ich schon immer über alles Bescheid gewußt.

Worte

Äxte
Nach deren Schlag das Holz klingt,
Und die Echos!
Echos die laufen
Fort von der Mitte wie Pferde.

Der Saft
Steigt auf wie Tränen, wie das
Wasser das drängt
Zurück zu seinem Spiegel
Über dem Felsblock,

Der fällt und sich dreht,
Ein weißer Schädel,
Zerfressen von Unkrautgrün.
Nach Jahren sehe ich
Sie auf der Straße –

Worte, trocken und reiterlos,
Der unermüdliche Hufschlag.
Aber
Unverrückbare Sterne vom Grund des Teiches
Lenken ein Leben.

Reise durch Jelineks Kopf

HEIMRAD BÄCKER

nachschrift

das jüdische wohnviertel
in diesem jüdischen wohnviertel
die innerhalb des jüdischen wohnviertels
die noch außerhalb des jüdischen wohnviertels
das durch diese verordnung gebildete jüdische wohnviertel
die ordnungsgemäßige bildung des jüdischen wohnviertels
den juden ist das verlassen dieses wohnviertels
die nichtbefolgung dieser und im zuge dieser anordnung noch
weiter ergehenden anordnungen wird rücksichtslos

im interesse der erreichung zumal
bereits in laufenden transporten
über die vorausmaßnahmen alle
erforderlichen vorbereitungen
als weitere lösungsmöglichkeit
einer gleichen auffassung
nach entsprechender vorheriger genehmigung
mit dieser endlösung
sozialpolitische notwendigkeiten
der allfällig verbleibende restbestand
unter trennung der geschlechter
mit anschließendem frühstück
zum gegenstand einer aussprache
Am großen Wannsee Nr. 56/58

rathauspark burggarten volksgarten stadtpark parkanlagen auf dem beethovenplatz franz-josefs-kai schmerlingplatz das besetzen der bänke auf der ringstraße augarten gartenanlagen auf dem sterneckplatz rosenpark auf dem erzherzog-karl-platz prater (in allen seinen teilen) arenbergpark belvederegarten botanischer garten parkanlagen auf der erdberger lände hermannpark modenapark gartenanlage auf der weißgerber lände resselpark drasche-park st.-johann-park klieberpark parkanlage zwischem dem haydnpark und dem reumannhof parkanlage gegenüber dem gemeindebau margaretengürtel 76 bis 80 esterházypark johann-strauß-park parkanlagen auf dem hamerlingplatz schönbornpark bennopark neudeggerpark gartenanlage auf der roßauerlände gartenanlage auf dem treppelweg längs des donaukanals gartenanlage auf den gründen des ehemaligen bürgerversorgungshauses in der währinger straße park vor der votivkirche (auf dem hermann-göring-platz) die im clam-gallas'schen besitz stehende gartenanlage in der liechtensteinstraße 37 hüblerpark brunnhuberpark wilhelmsdorferpark miesbach-garten haydnpark steinbauerpark parkanlagen auf dem schedifkaplatz und vor der meidlinger kaserne auer-welsbach-park baumgartner-kasino-park ferdinand-wolf-park lainzer friedhofs-park guldenpark hügelpark maxingpark leitenwaldpark schimonpark streckerpark gartenanlagen des schlosses schönbrunn und des schlosses hetzendorf anlagen auf der baumgartner höhe und beim versorgungsheim in lainz märzpark auf dem grunde des ehemaligen schmelzer friedhofes kongreßpark rosensteinpark parkanlage in der richthausen-straße und auf dem frauenfelderplatz türkenschanzpark schubertpark anton-baumann-park ebner-eschenbach-park kainzpark gartenanlage auf dem aumannplatz währinger park mit der einschränkung daß aus verkehrsrücksichten die bloße durchquerung von der semperstraße zum straßenbahnhof währing gestattet bleibt heiligenstädter park saarpark strauß-lanner-park wertheimsteinpark parkanlagen auf dem mortaraplatz allerheiligenplatz brigittaplatz sachsenplatz gaußplatz gartenanlage auf der brigittenauerlände hans-smital-park jedleseer aupark floridsdorfer aupark wasserpark auf der oberen alten donau stadlauer park parkanlage auf dem bismarckplatz und dem kagraner platz gartenanlagen längs der alten donau das gesamte gebiet des wienerwaldes des bisamberges und der freudenau als ausflugsgebiet verboten

sie werden ersucht, die schlüssel an sämtlichen behältnissen, schränken usw. stecken zu lassen, ebenso die inneren wohnungsschlüssel. soweit sie die schlüssel an einem besonderen schlüsselbund haben, sind sie von diesem abzumachen und an das behältnis, zu dem sie gehören, zu stecken. den haus- und korridorschlüssel haben sie mit einem bändchen und cincm daran befestigten stück pappe zu versehen und ihren namen und wohnungs- und kennummer darauf zu schreiben. diese schlüssel haben sie dem beauftragten beamten zu übergeben. vor verlassen der wohnung ist das ihnen ausgehändigte vermögensverzeichnis.

teilweise kamen täglich 10.000 einheiten angefahren. das tempo bestimmte nicht ich; ich konnte nur eines machen, ich konnte es in so eleganten bahnen wie nur möglich fließen lassen

nun hatten wir das gas und auch den vorgang entdeckt

9228 von sedziszow nach treblinka
9229 leerzug
9230 von szydlowiec nach treblinka
9231 leerzug
9232 von szydlowiec nach treblinka
9233 leerzug
9234 von kosienice nach treblinka
9235 leerzug

krematorium	II	am tage
	II	in der nacht
	III	am tage
	III	in der nacht
	IV	am tage
	IV	in der nacht
	V	am tage
	V	in der nacht

NEDA BEI

Anagramme

was war im? fang dort an:
was war? fang rat in dom.
fragt: was? mord an iwan?
frag: wann? rast wo? da? im
im anfang war das wort.

die maden haben kino feen-nester.
die damen haben kino feen-sterne.
kein hafen. die daemonen sterben
oder nahmen diese tiefen banken.
die steifen knaben morden naehe.
die fernste monade. kein anheben.
die monaden haben keine fenster.

felle lesen hie ein mieder
seile feilen eh mein leder
leider liefen seelen heim
meine esel leihen flieder
diesel fehlen meiner eile
leser fliehen deine meile
leise flehen meine lieder

trasse aus. drachenunwesen
wesen unter drachen. ass aus.
ass. wuchernde natur. naesse.
unterwasser. dusche an nase,
nass durch treue anna. wes es.
such warnsender an stausee.
wes sau, des rache. unser tann.
raeusche. was unseren stand.
natur auch wessen adressen,
wessen aurach, dessen traun.

(fuer arnold schicker)

erle siebt ei.
ei eist leber.
sie lebt brei.
es liebt bier.
beeile: er ist!
er liebte sie.

sie heilte. bin
teile, sieh, bin
in eile, bist eh
ein leib. ist eh.
sieht in beile.
sie liebte ihn.

wenn iwi beleibt.
beliebt iwi, wenn
blei in wien lebt
bei nebel wi wint.
weil bein webt in
wien, bebt wie nil.
bein weibl weint,
beweint weibl in
witwen. bleibe in
bibeln. wie weint?
weint wie bibeln.
wenn weibi liebt,
webt leib in wein,
lebt weib in wien.
weil bin beweint,
bin weib. teil wen.
weinl beweibt in
wein. weint. blieb.
wien bleibt wien.

soldatin, wir sind liwa rot!
so nil, da wirt, dora in stiwl,
wo dir in last, waldi in rost.
wo darin list, wo radi linst,
so walt in dir, an dir, wo stil.
s wird talion. rast o wi lind,
arno ist wild.

(fuer arnold schicker II)

weiht an dille, ende zu teil;
walle heidi; zuendelt, eint.
ente will, tu. zieh die nadel,
heidi, dein tal. nutze welle.
heiz welle, dein alt, die nut.

idee heizt und weint. lalle.
heiz wie lunten. adelt leid?
weil nudel nie hitze laedt,
eilt die unzeit. wende hall,
du zeihe, teilt alle winden.

zeih weil tunten. lade lied.
zelt weiht dienen, du all ei.
leite du zehent. all windei.
zehen, ei, windelt du alt eil.

weilt ein edel hund latz ei.
die weite leiht all zunden,
die hielt allweit zu enden.
ein einzel haut wedelt lid.

die zeit heilt alle wunden.

(wust aber ging auf flor an base,
sang falb. frau in wueste barg o
fuer wolfgang sebastian baur.)

FRANZ JOSEF CZERNIN

(erde, sonett)

wie dunkel uns dein tief verschleierndes gesicht,
klaffen aus allen löchern, stammeln lässt so wund,
dass ich mich lumpen lasse, gehn in fetzen, schicht
um schicht entblösse, fasern faselnd, blutig mund,

zerreissend wörtlich, wüst: dies letzte hemd, so bunt,
gefleckt, ach scheckig, schimpflich, doch aufstachelnd, sticht
ins aug dir, das vernäht, vernarrt, da blind dir, dicht
dich hältst, gebunden, dass sich uns der stoff zu grund

selbst richtet, an- wie abgetan: ob wir so schlagen
durch all die maschen, auf dein auge, dass durch scheinen
lässt uns dies zeug verwirkt, besternt, uns übertragend

durch dich ins blaue ungesäumt? ach, dich zu meinen,
mit einem sinn und offenbar, da aus dies sagend
wir uns zum letzten deut verschmerzt, gleich dir im reinen?

(erde, sonett)

dies eingefleischte Kleid, darin ich tief versenkt,
dass es sich, stoffe blühend, glanzvoll uns entfaltet,
prächtig erscheint, schön färbend; schleierhaft beengt
es mich, doch damit uns erwirkt, hier leibhaft waltet,

ja, schaltet: schalen sind um schichten mir verhängt,
da jede silbe auf sich drängt, sinnreich uns spaltet,
dass es die blüten streut, dies so besternt, umfängt,
schmerzlich bemäntelnd uns verblümt, doch wohl gestaltet!

ach, dunkel zu gefallen, uns dies überträgt
einander musterhaft, da sich, davon durchgedrungen,
das blatt so teilt, selbst mit, bloss sich gewand jetzt legt,

staub aus, in unsren namen: wie wir sind verschlungen
herzlich im kern, der sache, da, doch neu geprägt,
dies platzt heraus, mit jeder faser nackt, entsprungen.

(erde, sonett)

wie kleidsam sich entfaltet voller glanz die pracht,
leibhaft in meinem sinn, dass euch dies gold bestrickt,
in schleier webt um schleier, redlich nah gebracht,
knüpfend selbst fernste fäden, da es sich so schickt,

dies zu besternen: ihr mein mantel seid, gemacht
aus all dem blauen, doch schwer angetan, bedrückt
bin auch, als euer kern, die sache, in betracht
gezogen fleischlich, durch die stoffe reich, erstickt

am zeug: da schmerzhaft ich jetzt bin, mit haut und haaren
damit verwirkt, sich dies gewand euch selbst auflöst,
uns wörtlich mit so teilt, dass wir uns so erfahren:

ja, bis zum letzten losen deut heraus ihr lest,
wie herzlich ich darin euch gleich im offenbaren,
da durch sich masche geht, wir unser sind, entblösst.

BRIGITTA FALKNER

Palindrome

Eine Gehung

»...Nun? Nisch, Rudi?«
»Durchaus!«
»Eidos...«
»Nee: die Grosslage...«
»Wesen...«
»Ego...«
»Geschick...«
(Echo)
»Leben! O genau! Ach....«
»*So* Gesetztes.«
»Ego?«
»Wahrung.«
»Nun...«
»Hä? Weg als nie-*so*.«
»Geh...«
»Ei, Seins-Sorge *ist* Sinn...«
»Ad rem...«
»...mir immer dann...«
»Ist sie gross?«
»Nie. Sieh...«
»Ego?«
»Seins-Lage. Wähnung nur.«
»Ha! Wo...«
»Gesetztes Ego.«
»Schau an! Ego? *(Nebel)* O check ichs?«
»Ego-Genese. Weg als Sorge.«
»Ideen & so?«
»Dies auch, Rudi. Durch-Sinnung. Nu?«
»He! Genie...«

R. Augstein. M. Heidegger

FREIBIER (F)
VOLKSKLO (V)
V
F

Sauerei!
VERBRECHERBEDARF
Radebrecherbreviere?
Aus!

SEPP, INTIM:
»MIT NIPPES«

Sauerei!
VERBRECHERBEDARF
Radebrecherbreviere?
Aus!

Palindrom [palin'dro:m], das; -s, -e (griech. palindromos = rückläufig): Buchstaben- oder Wortfolge, die vor- und rück wärts gelesen denselben (Rentner) oder einen anderen Sinn (Leben / Nebel) ergibt.

ELFRIEDE GERSTL

ort-klauberei

geseires beim aufwachen

wo bin ich
wer bin ich
wie ist mir
wer ist mir
wer ist mir wie
wieso ist mir wer irgendwie
wie(so) bin ich wo
wo bin ich
  wenn ich wo bin
bin ich in diesem blöden körper
oder mehr da draussen
und wer bitte
  setzt mich wieder zusammen

modernisierung des systems elfriede?

bin ich mir voraus
denke ich schneller
          als ich nachfühle
bin ich mir auf der spur
          auf den fersen
bekomme ich die mechanik meiner gemütlichkeit
              auf eine diskette
auf video hab ich mich ja
                  herumhampelnd
aber die beschämende nettigkeit
                     meiner natur
(ach was altmodisch)
sollte sich in einen elfriede-ego-chip
                              bannen
und wie ein suppenwürfel auftauen
                            lassen
              (oder nicht?)
ich probiers halt mit schreiben
(old fashioned
   na ja ich weiß schon)

drohung? für wen?

ich suche mir eine andere
sagt der süchtler
zu seiner
droge

die subkultur weiss wo es langgeht
wo es langgeht weiss sich
die subkultur
der kaffeehausadel
meister der depression
hält sich mit witzeerzählen
über den wassern
mit besserwissen
und ehschonkennen
der jeweiligen (denk)trends
es ist wie am kleidungssektor
wo die klassik ein plätzchen
freilässt
können sich die flippigen
niederlassen
wie auch sonst
brauchen sie einander

ANSELM GLÜCK

eiserne mimosen

9

der mann: die welt besteht.
wir nützen uns ab
und kommen schließlich um in ihr.

etwa:

die frau: ich erinnerte mich gerade noch, wie schnell mir auf einmal alles entfiel, orte schlugen vor meinen augen, fäden rissen – und ich saß da, ganz ohne mich zu nennen.

aber:
ich weiß, es hat zeiten gegeben. man schrieb die jahre der herren. was blieb, war das vergessensein, jedoch man sagt, es lauert.

der mann: nämlich:
während mir langsam die hände durch die finger rieseln, setzen andre neue symmetrien. – ihre kostüme schlagen im wind und darunter krümmen sich die jeweiligen körper durch ihren aufgabenbereich.

die frau: aber schon rutscht das haus, sagt man, die treppe
hinunter und verschwindet im asphalt

weil:
alle rollen sitzen
und die zahnräder verbeißen sich

10

sie: manchmal hab ich so genug davon.
es graust mir, wenn ich nur daran denk.

die abstoßenden körper
das stampfen und zerren
und nach dem taumel – die peinliche wiederkehr.
das laken, die im Zimmer verstreuten kleidungsstücke, die gläser – und das schon nicht mehr angebrachte vertrautsein.

der schweiß
und der schleim

aber ein andermal ist es dafür wieder das beste.

und daß alle es tun
und daß sie es sich immer ein wenig mißgönnen
und

oder:
sie stürzen sich ins unglück.
sie fallen hinein, mit all ihren schweren gefühlen, und sie finden – auch wenn von den gefühlen

nur noch die eingebildeten erinnerungsattrappen stehen – nicht und nicht mehr heraus.

ineinandergekettet verwahrlosen wir in unseren eigenheimen, oder wir liegen und warten, und

und die herzen plumpsen durch blei.

---

der mann: mein körper ist meine uniform
mein herz schlägt gegenüber
und mein gesicht sucht sich selbst in einem spiegel.

die frau: eine art leben füllt eine art zukunft wieder und wieder
und

---

sie: nach und nach verschwinden wir in pflegeheimcn

oder:
wir werden auf operationstische gewuchtet und festgeschnallt, und man beugt sich über uns.

beziehungsweise:
wenn du, sagen wir, jetzt, hinsinkst,
wenn du jetzt kippst und…
sagen wir, du liegst mit einem schlag in deinem zimmer und du bist es sozusagen fast noch selbst, aber du gehörst schon zu den dingen.
jemand findet dich, es kommt ein wenig entset-

zen auf etc, man holt dich ab – und drei, vier tage später gibt es ein letztes treffen am offenen grab.

dann bist du endlich allein.

WOLF HAAS

»Komm, süßer Tod«

Jetzt ist schon wieder was passiert.

Aber ein Tag, der so anfängt, kann ja nur noch schlechter werden. Das soll jetzt nicht irgendwie abergläubisch klingen. Ich gehöre bestimmt nicht zu den Leuten, die sich fürchten, wenn ihnen eine schwarze Katze über den Weg läuft. Oder ein Rettungsauto fährt vorbei, und du mußt dich sofort bekreuzigen, damit du nicht der nächste bist, den der Computertomograph in hunderttausend Scheiben schneidet.

Und Freitag der Dreizehnte sage ich auch nicht. Weil es ist Montag der 23. gewesen, wie der Ettore Sulzenbacher mitten in der Pötzleinsdorfer Straße gelegen ist und zum Steinerweichen geheult hat.

Wie die Frau Sulzenbacher ihn gefunden hat, hat sie zuerst geglaubt, es ist wieder der alte Jammer über den Vornamen, den sie ihrem Sohn vor sieben Jahren gegeben hat. Aber dann hat sie den Grund für seine Verzweiflung schon gesehen. Weil neben dem heulenden Ettore ist seine tote Katze Ningnong gelegen.

Ein Rettungsauto mit Blaulicht und Sirene hat die Ningnong zermanscht. Aber wie der Ettore seine tote Katze entdeckt hat, ist die Rettung schon längst über alle Berge gewesen. Die ist mit einem Tempo die Pötzleinsdorfer Straße hinuntergerauscht, daß man von Glück reden muß, daß die schwarze Ningnong das einzige Opfer geblieben ist.

Aber da nützt das ganze Heulen nichts. Die Katze war hin. Ich weiß jetzt nur nicht, ob das mehr Unglück bringt oder weniger, wenn du die schwarze Katze totfährst, die dir über den Weg läuft.

Der Sanitäter Manfred Groß hat sich darüber jedenfalls null Gedanken gemacht. Er ist in seinem Rettungsauto mit einem derartigen Zahn unterwegs gewesen, daß er es nicht einmal bemerkt hat, wie er die Ningnong zu einem schwarzen Omelett ausgewalzt hat. Er hat sich ja beeilen müssen, daß er die nächste Kreuzung noch bei Rot erwischt.

Weil bei den Rettungsfahrern ist es heutzutage ein bißchen in Mode, daß sie mitzählen, wie viele Kreuzungen sie bei einer Einsatzfahrt rot nehmen. Ein bißchen eine Rekordmentalität, wie es heute ja überall umgeht. Aber du mußt eines wissen. Der Gesetzgeber erlaubt es nicht, daß die Rettung bei Rot über die Kreuzung fährt. Die Leute glauben, daß es erlaubt ist, weil sie es so oft sehen, wie die Rettung mit Blaulicht und Sirene über eine rote Ampel donnert. Aber eigentlich ist es verboten. Rot ist rot. Auch für die Rettung.

Auch für den Manfred Groß, den seine Rettungsfahrerkollegen seit jeher nur Bimbo genannt haben. Ich weiß nicht, wie er zu dem Namen gekommen ist, aber ich vermute, es hat etwas mit seinen vorstehenden Augen und seinem dicken roten Orang-Utan-Hals zu tun gehabt. Und die Minipli-Frisur hat natürlich alles nur noch schlimmer gemacht. Aber dem Bimbo sind mit seinen achtundzwanzig Jahren schon ein bißchen die Haare ausgegangen, und eine Krankenschwester, die in ihrem früheren Beruf Friseurin war, hat ihm privat für 190 Schilling die kleinen Locken gemacht, praktisch Verschleierung. Aber interessant! Je weniger Haare er am Kopf gehabt hat, um so größer und fester ist sein Schnurrbart geworden.

Jetzt rote Ampel verboten. Ist der Bimbo natürlich erst recht bei Rot über die Kreuzung gefahren. Weil das ist ein bißchen ein Protest von den Rettungsfahrern gewesen. Gegen den Gesetzgeber. Da riskierst du Tag für Tag dein Leben für andere, damit du sie noch rechtzeitig von der Straße kratzt, bevor sie der Geier schnappt, aber glaubst du, der Gesetzgeber unterstützt dich? Glaubst du, ein Danke kommt dem Gesetzgeber über die Lippen? Oder daß er dir erlaubt, bei Rot über die Kreuzung? Vergiß es. Der Gesetzgeber legt dir noch Steine in den Weg. Und er erlaubt dir die rote Ampel nicht. Rein rechtlich gesehen.

Rein praktisch natürlich wieder eine andere Sache. Weil da war die Ningnong noch nicht einmal richtig auf dem Asphalt gelandet, ist der Bimbo Groß schon bei Rot über die nächste Kreuzung gezwitschert.

Weil du darfst eines nicht vergessen. Mit ein paar Sanitätern hat der Bimbo diese Abmachung gehabt. Ein kleines Spiel. Und wieso nicht, wenn es den Arbeitsalltag ein bißchen erleichtert? So ein Rettungsfahrer muß genug leisten, und da sage ich, warum soll man ihm nicht ein bißchen Unterhaltung gönnen, wenn es auch vielleicht – rein rechtlich gesehen – nicht ganz nach dem Buchstaben ist.

Paß auf, das hat so funktioniert: Wenn über den Funk ein Einsatz hereingekommen ist, hat der Bimbo gerufen: »Fünf!« oder »Acht!« oder von mir aus »Drei!«, je nach Standort. Und das hat bedeutet, wie viele Minuten der Bimbo zum Unfallort braucht. Und wenn der Sanitäter geantwortet hat »Mehr«, dann hat es bedeutet, daß er die Wette angenommen hat. Und wenn dann der Bimbo mit seiner Fahrt länger gebraucht hat, dann hat der Sanitäter einen Hunderter vom Bimbo bekommen, und sonst hat er dem Bimbo den Hunderter gezahlt.

Aber weil es der Bimbo fast immer geschafft hat, haben die Sanitäter die Wetten immer seltener angenommen. Jetzt hat der Bimbo immer haarsträubendere Zeiten anbieten müssen, damit ihm überhaupt noch ein Sanitäter angebissen hat. Und dann hat der Bimbo natürlich fahren müssen auf Teufel komm raus.

Ich sage nur: Südtirolerplatz – Taborstraße acht Minuten zur Hauptverkehrszeit. Das ist ein Selbstmordkommando, und jeder Beifahrer, der das einmal mitmacht, schwört sich, daß er nie wieder mit dem Bimbo wettet, nicht aus Angst um den Hunderter, sondern aus Angst um das nackte Beifahrerleben.

Der Beifahrer vom Bimbo ist an diesem Tag der Hansi Munz gewesen. Montag, das wird der Munz Hansi sein Leben lang nicht vergessen. Nicht, weil der Bimbo mit so einem Höllentempo die kilometerlange Gersthofer Straße hinuntergerauscht ist, sondern – aber warte.

JÜRG LAEDERACH

Richard Teitelbaums »Concerto grosso« für Menschen-Concertino und Roboter-Ripieno

PCL heißt Patch Control Language, und PCL ist die Programmiersprache des Teitelbaumschen Musiksystems. Richard Teitelbaum, amerikanischer Komponist, ist ein sanfter Elektroniker, der auf komplexe Weise den Original-Instrumenten wieder zu ihrem Platz verhelfen will. Der Platz ist klarerweise nicht mehr derselbe wie in der vorelektronischen Epoche, MPVU heißt Marantz Pianorecorder Vorsetzer Unit, und das Code-Monstrum bezeichnet ein solches: Der MPVU ist ein künstlicher Pianist, reduziert auf ein waagrechtes Gestänge, dessen weitere Beschreibung von der ironischen Gestalt des künstlichen Menschen kündet; dieser hier ist nichts anderes als ein Klavier-Teil, bestehend aus ebenso vielen Hämmern, wie ein Klavier Tasten hat; mit irgendwas muß er ja anschlagen. Bleiben dem menschlichen Pianisten seine zehn Finger, die er, in zwei Blöcken zu fünf, genannt Hand (plur. Hände), den Druck-Erfordernissen anpaßt, so verfügt der MPVU über 88 Finger, von denen jeder drohend über einer Taste schwebt. Dies erst, nachdem man das Gestänge in lichter Höhe aufgebockt und halbschräg-hoch über den Steinway gefahren hat.

Der künstliche Mensch jedweder Funktion erzeugt im wirklichen (gemeint ist: dem chromosomoiden Asservat mit dem Etikett »sapiens«) immense Fantasien, die jetzt, zum Jahrhundert-Ausgang, in zwei Grobraster fallen, welche jeweils etwas über ihren Denker aussagen. Für den einen ist der KM (Kunstmensch) zur Herrschaft über den Menschen berufen; also derjenige, der ihn immerhin schuf, beugt sich in vorauseilendem Masochismus vor den unentborgenen Kapazitäten seines Kindes (und befriedigt so sein unerfülltes Verehrungsbedürfnis). Grundtenor: Der Roboter wird mich schaffen, und ich kann mich nicht wehren. Für die anderen, die uns sogleich viel sympathischer (ob realistischer?) scheinen wollen, ist der KM nur an der kurzen Leine eines absolute Führerschaft beanspruchenden Programms denkbar; warum nicht eines, das PCL spricht? Schufen die einen sich ihren Herrn, sehen die anderen in den klickenden Schaltkreisen den idealen Diener, dem zu den genialen Repliken von Jacques, dem Fatalisten, allenfalls die Kenntnisse in der Diderotschen Grammatik fehlen. Grundbaß: Der Roboter wird für mich schaffen, und er kann sich nicht wehren.

Richard Teitelbaum, Musikkenner und Erbe des Edisonschen Pragmatismus, hat sich für die Herrscher-Variante entschieden: Mittels eines Schemas, das er auf dem Innenblatt seiner neuen Compact Disc mitliefert, kommandiert er neben seinem eigenen Klavier, das er altmodisch spielt, zwei weitere künstliche Pianisten und deren Klaviere. Die Befehle wiederum sind so codiert, daß eine auf dem menschenbedienten Klavier gespielte Melodie simultan zu einem Befehls-Input wird, der, über einen weiteren Computer chiffriert, die zwei künstlichen Pianisten zu so unerwarteten Antworten auf das Eins-Klavier treibt, daß die Mechanizität der künstlichen Diener auch schon beinahe wieder aufgehoben ist: über mehrere Loops, Rückmeldungsleitungen und Künstlichkeits-Aufhebungs-Programme: über eine endlos lange, labyrinthische elektronische Entfleischlichung und anschließende Re-Inkarnation stehen wir zum Schluß wieder vor drei echten Vollklavieren, die von drei, na sagen wir: authentischen Pianisten bedient werden. Die neue Definition steht: Der Mensch ist die geglückte Entmaschinisierung seines mechanischen Doppelgängers.

Die Ästhetik, beziehungsweise ihre internen Zusammenhänge befinden sich in einem Zustand der Dauer-Befragbarkeit, weil selbstverständlich jede Tonfolge in diesem Drei-Keyboard-Universum aufs unausweichlichste mit jeder anderen verbunden ist, auch wenn man ihr die Verwandtschaft nicht gleich anmerkt. Anders gesagt: Was immer Richard Teitelbaum auf seinem SCFO (Steinway Command Force One) anschlägt, es wird sogleich weiterkomponiert zu der Hinter- oder Vordergrund-Tapisserie einer genauen Klaviersymphonie. Es ist nur noch eine Frage von Geschmack und Intelligenz des Ober-Bedieners, wie natürlich er seine Marantz-Lakaien die eigenen Ideen ergänzen läßt. Richard Teitelbaum ist ein intelligenter, geschmackssicherer naturalistisch-elektronischer Komponist, der einen ganzen Ausbund an humanen Vorstellungen in Reserve hat.

Sapienti non sat, oder: Warum damit schon aufhören? Meister T. schaltet nun noch den KZDS zu, nichts Geringeres als einen »Kurzweil 250 Digital Sampler« (sic: Kurzweil ist die Fabrikmarke), womit sich menschliche Bläser mit ins System hängen und mit den Dienern und ihrem Aufseher in Dialog treten können. Anthony Braxton an Klarinetten und Saxophonen und George Lewis an der Posaune schaffen zusammen mit der Gesamtmaschine ein Concerto grosso, woraus nun jede Künstlichkeit schwand und durch musikalische Primärsubstanz ersetzt wurde. Der anfängliche Horror, nun seien die virtuosen Musiker hilflos dem System ausgeliefert, ist fehl am Platz: Dieses erweist sich als gezähmt, folgsam, präzis steuernd, mit leichtgängiger Servolenkung. Werner Uehlinger, der findigste und klügste schweizerische Musikproduzent, beträchtliches Kunsthirn mit guten Empfindungen des Bauches, setzt seine konkurrenzlos schöne Compact-Disc-Reihe (Hat Art) mit dem insgesamt eher lyrisch wirkenden Groß-Stück der drei Musiker, ihrem Koppelungssystem und den zwei Dienern so erfolgreich wie verblüffend fort. In der Ära, deren Elektronik jeden Mann in ein Kabelgeflecht, jedes Kabelgeflecht aber wiederum in den alten Jedermann verwandeln kann, bleibt der Produzent dem guten alten, ebenso unerklärlichen Hat-Trick treu: Kein Zylinder, aus dem er nicht noch ein Kaninchen zöge. Das (Ver-)Zaubern ist eine Lust, und dank Teitelbaumscher Schaltungen greift sie auch auf uns über. Gleich krallt unsere Kunsthand, wirft die Silberscheibe auf den Laser, und wir programmieren uns mit dem über Bordlautsprecher hinter den Zähnen ausgestoßenen »Now – or Never« mit ein.

PETER MATEJKA

Bouval und Pekesi machen einen Ausflug

Um die Natur zu betrachten, wurde Bouval und Pekesi ein »Ausflug an den See« verordnet. Das folgende Kammerstück gibt begabten Laiendarstellern Gelegenheit zum Nachvollzug. Ein Bühnenbild ist nicht nötig.

DARSTELLER:
BOUVAL
PEKESI

REQUISITEN:
Rucksack, darin:
Teddybär mit Kopfhörern
Laptop
Handy
Regenschirm
Fernglas
Windrad (Spielzeug)
ein Laib Bauernbrot

BOUVAL *und* PEKESI *nähern sich dem Ort der Handlung aus dem Off.*
BOUVAL *und* PEKESI *(singen):*

ala mena etlan
schwimma affa see
keffa unna wassa
schwassa inna hee

(Dies ist ein bekanntes Kinderlied in der Version der Weltsprache GLOBALALLA, die sich unter anderem durch den Wegfall des schwierigen Konsonanten »r« auszeichnet sowie dem Rhythmusgefühl des Sprechenden mehr Raum gibt als ihre nationalen Vorgänger.)

PEKESI (*schaut sich um*) Halt! Hier muß es sein!
BOUVAL Das werden wir erst sehen. *(Er nimmt den Rucksack ab, holt den Teddybär heraus, setzt ihm die Kopfhörer auf, steckt ihm ein Kabel in den Hintern, das er am Laptop anschließt. Ruft über Handy.)* Bouval an Kommunikator. Sind wir schon da?
(STIMME DES) TEDDYBÄR(S) Schau auf Laptop! Dort steht, ob!
BOUVAL (*zu* PEKESI) Schau auf Laptop!
PEKESI *(liest vom Bildschirm)* »Zur Bestätigung der Anfrage drücke F10.« (*Zu* BOUVAL) Soll ich – oder willst du?
TEDDYBÄR Tüddeldüü... tüddeldüü
BOUVAL *aktiviert Handy*
TEDDYBÄR Pekesi hat Laptop, Pekesi drückt F10.
PEKESI *(liest vom Bildschirm)* »Bouval und Pekesi sind am See.« Ich habe ja gesagt, daß wir da sind.
BUOVAL Und was jetzt?

PEKESI *(liest vom Bildschirm)* »Für Aufruf Programm Natur drücke F3.« *(drückt, liest)* »Bouval gibt Pekesi Fernglas. Fernglas ist im Rucksack. Bestätige mit F10.«
BOUVAL *sucht Fernglas, gibt es* PEKESI.
PEKESI *(drückt F10-Taste, liest)* »Pekesi betrachtet Wolken über See und spricht Kommentar Schwierigkeit 03. Kommentar wird aufgezeichnet für OMNIDAT. Für Aufzeichnung drücke Shift und A.« *(Er gibt BOUVAL das Fernglas zurück, damit er die beiden Tasten drücken kann; nimmt Fernglas von BOUVAL, betrachtet Wolken, spricht Kommentar)*

Die Wolken dort oben
sind herrlich und schön.
Man muß ihnen winken,
um sie zu versteh'n.

BOUVAL *winkt heftig den Wolken.*

Doch winkt man zu heftig
mit echtem Gefühl,
wird Regen es geben,
den nicht jeder will.
Dann greift man zum Schirme,
wenn man einen hat.
Sonst näßt es die Birne
und auch den Salat.

TEDDYBÄR Tüddeldüü… tüddeldüü
BOUVAL *aktiviert Handy*
TEDDYBÄR Wolkenbetrachtung hundert Prozent. Winken 150 Prozent. Regen fällt in zehn Minuten. Bouval schaut auf Laptop, weiter mit F4.
BOUVAL *(liest vom Bildschirm)* »Zur Erfüllung Unterpro-

gramm Natur 33 Prozent Bouval und Pekesi schauen auf See und singen Wasserlied. Vorschläge an Kommunikator.«

BOUVAL *und* PEKESI *nennen abwechselnd Lied-Titel:*

»Wenn die bunten Fahnen wehen, geht die Fahrt wohl übers Meer«

»Wir lieben die Stürme, die brausenden Wogen«

»Hej, uchnjem«

»Es steht ein Soldat am Wolgastrand«

(Die Aufzählung kann beliebig lang sein.)

TEDDYBÄR *antwortet jeweils mit*

»Nein.«

»Unmöglich.«

»Paßt überhaupt nicht.«

PEKESI Jetzt fällt mir wirklich nichts mehr ein.

BOUVAL *(über Handy)* An Kommunikator – was sollen wir singen?«

TEDDYBÄR Für Funktion Hilfe Pekesi drückt F1.

PEKESI *(liest vom Bildschirm)* »Zur Erfüllung Subprogramm Wasserlied Bouval und Pekesi singen FORELLE in Code GLOBALALLA.« *(zu* BOUVAL*)* Schnell, bevor es regnet… *(Er gibt ihm das »A«.)*

BOUVAL *und* PEKESI *(singen schnell):*

in eina bechla hella
da schossa fohollala eil
die launischa folella
folibaha willa feil

i schdanda dehemaha schdade
u sahi fohollala lu
de munta fischla bade
in kila bechla su

da fischa mita lute
wollana uhufaha schda
u sa mi kalla blute
wi si daha fischla wa...

TEDDYBÄR *(unterbricht)* Wasserlied hundert Prozent. Regen fällt in vier Minuten. Pekesi schaut auf Laptop, weiter mit F4.

PEKESI *(liest vom Bildschirm)* »Zur Erfüllung Unterprogramm Natur Rest 34 Prozent Bouval und Pekesi machen Wind mit Blasen auf Windrad. Windrad ist im Rucksack.« *(zu BOUVAL)* Her mit dem Windrad!

BOUVAL *kramt das Windrad aus dem Rucksack. Es dauert, bis die beiden die richtige Technik gefunden haben, gemeinsam aufs Windrad zu blasen. Kaum haben sie es geschafft, unterbricht*

TEDDYBÄR Wind hundert Prozent. Regen fällt JETZT. Bouval schaut auf Laptop, weiter mit F4.

PEKESI *spannt den Regenschirm auf.*

BOUVAL *(liest vom Bildschirm)* »Erfüllung Programm Natur gesamt hundert Prozent. Zum Energieausgleich Bouval und Pekesi essen Proviant. Proviant ist im Rucksack.« *(Holt den Laib Bauernbrot aus dem Rucksack, gibt ihn* PEKESI.*)*

PEKESI *(hält in der Linken den aufgespannten Regenschirm, nimmt das Brot mit der Rechten; ratlos)* Und was jetzt?

BOUVAL *(über Handy)* An Kommunikator – wie sollen wir essen?

TEDDYBÄR Für Funktion Hilfe Pekesi drückt F1.

PEKESI *(gibt Schirm und Brot an* BOUVAL, *liest vom Bildschirm)* »Halten Brot mit zwei Händen, abbeißen und essen.«

BOUVAL *und* PEKESI *wechseln Brot und Regenschirm, essen...*

TEDDYBÄR Tüddeldüü... tüddeldüü

BOUVAL *aktiviert Handy*

TEDDYBÄR Zum Schließen des Programms Pekesi drückt F7.

PEKESI *(liest vom Bildschirm)* »Zum ordnungsgemäßen Schließen des Programms Bouval und Pekesi singen Abendlied 01 in Code GLOBALALLA.«

Es wird langsam dunkel.

BOUVAL *und* PEKESI *(singen):*

da mona affagana
de gola schdena bana
a himma hella kla…

HEIDI PATAKI

zweite hilfe

so stillt sich wut. es reist die tanne,
die wurzeln auf den kopf geschlagen,
dem wipfel, in die große gasse, ein rad
schlägt aus, vier räder, wasserknie
so tief, stellt einen baum auf diese tanne
im rindenriß, die nadeln weiß vor zorn.
so sucht der leise eine leise masse?
im stillen kreischt das messer, hasser
im lärm, die nasse list wird schütter so,
will wand! will wind! im walde ist es still,
daß alle gräser beben, in den gassen
zittern die steine, hündlein, autotüren.
es schlottert alles um die wette, so lau
vor furcht, wie dort, wo vieles kälter ist.
gestillter wein, wir wissen nicht, woher
das schrille läuten kommt, die tanne
grün wurzelt ein, faßt fuß im katzenkopf
am letzten bogen meiner gasse.
sie tutet, röhrt aus tausend nadeln.
nun ist sie kahl. so stillt sich weinen.

mördergrube

ein blutbad ist die liebe, uns sei's der duft
von lilien; ein knirschgarten, so weiß erblüht
im schwanz des winters, also jetzt im märz:
mein engelszünglein geht durchs zimmer, zack!
schon reißt's die güldene waagschale nach oben,
wo morcheln, lorcheln hinter den tapeten zittern.
dies stottern nach den durchgezuckten nächten!
der blaubart hat's uns eingebrockt.
wir haben tüpfel an die wand gemalt, ein techtel-
mechtel, vom boß. so greift der schwanenhals
von uns besitz. schwansinn! vom amboß
wird der dicke schwund gehämmert:
lämmlein zur schichtbank? alle schächte
aller wunden heilt die nähe, und die dunkeln mächte
rücken eng zusamm' auf einen haufen: so liebt
ein wort das andere (wenn alle brünnlein fließen…)
gekreuzte klingen heute schon gewetzt?
mein selbstschutzapparat, mit totmannsicherung
für's aus-den-schienen-springen; mein odem stickt
mein atem stockt: der sprachgewandte greif, der
sprachgewandete, der sprachgewandelte, das ungeheuer
ruht seine pranken aus auf menschenköpfen.
erst frißt er ihre abgerissenen zungen..
ein halbes herz hängt ihm noch aus dem maul:
die billigste der religionen ist die liiebe!
das bööse ist die tat alltäglicher gewohnheit
des tatzelwurms, und mir. der taft von lilien
zum teufel! auch der saft von lilly,
ein zuber roter kirschenblätter im winterschanz des märz..
er wälzt & walkt die sprache hin & her
und denkt, wie's wär, wenn alle brünnlein flössen..

ein schuß menschlichkeit

mit kosmonautenhelm und kugelsicherer weste
ein bad zu nehmen in den inneren gewässern
so eisigkalt geronnen wie der kamp im märz
forellenherz, von der harpune aufgespießt
noch zuckend, im licht der taschenlampen unterm wasser
das schwarz ist, und ihr widerschein irrlichternd
auf der felsenwand, am türkensturz bei nacht
das glühende gefühl der kälte, atemstockend
flußschlamm aus kindertagen, um die zehen schmirgeln:
das weiße drängt sich in das schwarze, hunde jaulen
aus haselstöcken brennt ein feuer, fahl von rauch
noch schwimmt das aufgelöste schwarze haar im wasser
so weiß die brust, bis sie, beschwert vom stahl
zur tiefe sinkt zu den zerfetzten fischen
sich wiegend in der strömung, mit den wellen
des flusses, mit den düstern gräsern auf dem grund
die fischer knien um das feuer, forellenfleisch
auf blättern ausgelegt, halb roh gegessen ohne salz
sie wischen sich die finger ab an haselzweigen
die gräten klatschen in das furchtbar finstre wasser
unter der felswand, die ein bleicher knochen ist
sie pissen auf die flammen, streuen erde drauf
den rauch erstickt, am ufer zwischen schilf und fluß
ein schiefer hund, der aus dem rachen stinkt nach wolf
wärmt ihre füße. dann gehn sie wieder, in ihr raumschiff
ein bad zu nehmen in mancherlei und fremderen gewässern:
die außerirdischen, es sind die innerseelischen

faustregel ii

die erde ist längst aufgeteilt: in werbeflächen
auf allen rücken kleben ziffern, chiffren, tips
statt eines lindenblatts kaschiert ein grünes A
die stelle, wo wir wundbar sind, und wirbt
für ahornsirup, nichts kann uns mehr treffen
die immergleiche warenwelt, die wir am leibe tragen
ist tief uns schon unter die haut gegangen
bis auf die knochen; nike & nikon sind wir
von trunkenen siegesgöttinnen durchdrungen
wir sind die waren, dinge doppelt selbst
artikel! logos! *eine kühle grotte, mit kieseln*
blankgeputzt, wo hell das bächlein gluckert..
die wahren dinge? fried als sandwich-man, er lobt
was auf der welt, im universum tobt: die schlacht
zwischen Pepsi & Coke

GERHARD RÜHM

Schwarz

schatten
werfen schatten
auf schatten
die schatten werfen
auf schwarze latten
auf glatten schwarzen platten
wo schatten
auf schatten
in schwärze
sich schwarz begatten
bis sie ermatten
und schatten werfen
schatten auf schatten
von schatten
auf schatten
im schatten
beschattet
bestattet

(1997)

Gefühl

zwei riesenkäfer auf fünf hohen beinen
wandern
über meinen nackten leib
um an meinem hals sich zu vereinen

sie bohren ihre nägel mit genuss
in meine haut
und drücken zu
auch wenn jeder mit mir sterben muss

(1997)

Dahin

es ist noch eine grosse strecke zurückzulegen
ein weiter weg
und nur mit einem teddybären in den armen

(1997)

Trance

auch wenn man mich zu sehen glaubt
ich bin nicht da
ich bin auf reisen
das glas zerbrach
schrill
doch danach
war es nicht still
es klang nach totgeglaubten weisen
nach bildern blass
in einem alten buch
nicht dinge mehr
nur ihr geruch
nun such
ich
mich
als kleines kind
taste
kann nichts sehen
spüre nur den wind
ein weiches wehen
spielt im haar
ich bin nur schaum
es weht und weht
ich sehe kaum
hör nur was war
nur leise hört man es
doch laut genug
etwas das geht
und immerzu zum brunnen geht
und immer mit demselben krug (1991)

Einer geht *Knaben hamstern*, einer geht *Akkordeon verpesten* und einer geht *Tränen schnorren*. Jener soll *Scherze föhnen*, dieser soll *Zeitgeist blenden*. Man *schwindelt sich ein Leben*, spielt *mit Bergen von Kitsch*, ein *Neanderthaler* will sein *Pumpernickel* nicht hergeben, *Vielliebchen lebt im Scherz*, und überhaupt *jodelt* man sich *Dampf in die Weltpolitik*. Den Kindern muß man alles erklären *(Die Welt ist Hinterland und Qualm...)*, es endet dennoch mit einem Freßfest aus *Nierenschaumklumpen, Pudel-Frankfurtern, gebacknen Ochsenaugen* und zum Nachtisch *Marzipanglocken, Eis mit Kirschen, Gestaltmarzipan...* Wo es das alles gibt? Im *Gestaltschmerz*.

Was ist

Gestaltschmerz? Nun, darunter kann sich doch jeder etwas vorstellen, und man könnte auf der Stelle viele kluge und phantasievolle Dinge darüber hervorsprudeln. Aber gerade das wollen wir niemandem durch Vorsagen wegnehmen, der Leser soll selber der Leser sein, wir verraten darum nur, woraus das Wort besteht: aus dem englischen Wort *Gestalt* und der zweiten Hälfte des englischen Wortes *Weltschmerz*.

Wie man fast vermuten möchte, stammen diese beiden Wörter aus dem Deutschen. Und der ganze Rest. Es gibt da nämlich ein Buch *Gestaltschmerz,* und ebenfalls ein Hörspiel (von 80 des Deutschen nicht mächtigen Menschen gestammelt), und beide Werke bestehen überhaupt nur aus den Wörtern, die das Englische sich von den Deutschen geholt hat. Genauer gesagt, eine sprachliche, kulturelle, historische Momentaufnahme mit Blitzlicht, ein scharfer Schnappschuß der Geschichte: alles stammt aus einer bestimmten Ausgabe des *Concise Oxford Dictionary*. Daher ist es in Wahrheit *Oxford-Deutsch.* So heißt diese Sprache.

Oxford-Deutsch

ist mächtig. Wort um Wort nicht leicht zu stemmen. Kommt alles aus Exportanstrengungen, Unterdrückungsanstrengungen, Philosophieanstrengungen, Kriegsanstrengungen, Chemieanstrengungen, Tourismusanstrengungen … Nichts weiter als lauter Sachen, die man sich in England besonders dringend über die Deutschen merken mußte: *Judenhetze, Liebfrauenmilch, Blitzkrieg, Kindergarten, Weltbild…*

In den Werken auf Oxford-Deutsch erlebt man das Volk der Dichter und Denker ebenso wie das der Richter und Henker. Das ist deutsche Weltkultur (nämlich was die Welt davon mitgekriegt hat), exemplarisch durchexerziert in dem schaurig schönen und schier unerschöpflichen Reigen, der so harmlos mit *Jeder Wurf? Ein Ulan!* beginnt, aber auch *Jede Weltanschauung? Ein Plunder!* anzeigt und *Jedes Leben? Ein Talmi!* weiß. Welche Sprache von nur etwa 300 Wörtern, welche andere Sprache als Oxford-Deutsch gäbe so etwas her!

Lustrufe im Garten

besteht nur aus Schlagzeilen, alle auf Oxford-Deutsch, jeweils fünf Stück auf einmal, ein Gedicht von einer Zeitung! Achtundvierzigmal!

Die Schlagzeile ist eine sprachliche Form, streng, kürzer als der Aphorismus, schwieriger als das Sonett, ähnlich gerenkt wie das Sprichwort aber ohne dessen wippende Symmetrie, auf Sekundenschnelle angelegt, einprägsam, ein Fänger, eine Harpune mit Haken, oft als rhythmisches Halbrätsel gebaut, das ein Unbekanntes an ein Bekanntes schirrt, ein Sprachduktus, der nicht voll-ständig wäre, wenn er nicht kupiert klänge, ein Köder also, gestutzt und gerade dadurch in sich komplett.

Geh dir ein Leben schwindeln
Los!

…

Schnorr Dir, was Du haben mußt
Du mußt haben:

Stunden über Stunden
etwas Wasser
Wanderlust
und Takelage
drei Thaler
eine Schadenfreude
Rheinsteine
Schmalzklumpen
Masochismus-Kitsch
Schnaps und jiddisch Lied.
Das mußt Du haben.
Schnorr es Dir.

…

Ja
schwindle Dir ein Leben vor
Du Strolch

ein Talmi-Leben
schwindle Dir.

Rühe für Alpenkrieg

Schwindler im Reichstag

Weltpolitiker pokern um Zypern

Schnauzer in Flammen

Lustrufe im Garten

SISSI TAX

DANACH UND DAVOR SICH DIE ZUNGE ABBEISSEN.

sich eher davor und danach die zunge abbeißen als dazwischen. die abgebissene zunge im mund behalten oder ausspucken. oder sie hinunterschlucken. voller mund oder leerer mund. der leere mund hat den vorteil, daß noch alles zu sich genommen werden kann oder muß. der leere mund hat den vorteil, daß noch alles zu sich genommen werden kann. was beiden aber auch zum nachteil gereichen kann, bei gewissen anlässen, zu gewissen stunden.

bei gewissen anlässen, zu gewissen stunden scheint es mir angebracht, die zunge hinunterzuschlucken. wobei die gefahr besteht, sich an ihr zu verschlucken. sich am verschluckten zu erbrechen. eine handvoll erbrochener zunge. beim hinunterschlucken besteht die gefahr, daß sie im hals stecken bleibt. wobei die gefahr besteht, an ihr zu ersticken. das ist von vorteil wie von nachteil. vorteil wie nachteil bestehen darin, die zunge nicht mehr herausstrecken zu können. auch nicht mehr hineinzustecken, nicht mehr, nie mehr.

oder ist es besser, sie sich dazwischen abzubeißen. und zwischendurch eine zu rauchen. eine oder zwei. je nach zungengespür oder lungengefühl inhalieren oder nicht inhalieren. zungenzüge, lungenzüge. zungenstrudel, lungenstrudel. dazwischen. allerdings ist dazwischen nicht zwischendurch, zwischendurch nicht nebenbei, nebenbei nicht daneben, da-

neben nicht peripher, peripher nicht marginal. allerdings ist marginal nicht marginal, da marginal oral berührt und der weg zum oralen entlang dem marginalen führt. unabhängig davon, ob danach, davor oder dazwischen.
oder ist es am besten, nicht sich die zunge abzubeißen, sondern die andere zunge. die eine oder die andere zunge. oder gar andere zungen, an denen zu ersticken auch manch chance sich bietet. zungen kennen manchmal nichts.
meine zunge kennt das rauhe und das glatte, das geschmeidige und das spröde, das nachgiebige und widerständige. sie ist aufmerksam und ungenau, behutsam und nachlässig, sacht und grob. selten läßt sie sich täuschen. dann handelt es sich um zungenverwirrung oder zungenverirrung. o verwirrte zunge, o verirrte zunge. belegt, beschlagen. zungenbelag, zungenschlag. o welch zungengestammel, o welch zungengefasel. ausgefranst, zerfasert.
ob meine zunge all das, was sie kennt und kann, in- und auswendig sowie anständig kennt und kann, entzieht sich meiner kenntnis. ob all das, was sie kennt, alles ist, was die andere zunge kennt oder kann, entzieht sich auch meiner kenntnis. vom kennen oder können anderer zungen ganz zu schweigen. wobei die erkenntnis, zu viele zungen verderben gestammel, gefasel und genuß, nicht von der hand zu weisen ist. bei gewissen anlässen, zu gewissen stunden kennt meine zunge nichts. da, wo sie nichts kennt, liegt es auf der zunge oder auf der zungenspitze. mir oder der anderen zunge.
oder ist es am allerbesten und am anständigsten, nicht sich die zunge abzubeißen, sondern sie sich abbeißen zu lassen. sie mir abbeißen zu lassen. damit es zu keiner zungenverwirrung oder zungenverirrung mehr kommen kann.
o schweres los der zunge. zungenlos.

DIE FINGER DAVON LASSEN. von den in den schoß gelegten händen. von jenen in den einen oder anderen schoß gelegten händen, sie sich sogar mitunter in den einen oder anderen, gar in den einen und den anderen schoß hineinlegen. mitunter sogar unter der hand in den schoß gelegte hände. schoßhände. die finger davon zu lassen, ist die eine geschichte. die finger nicht davon zu lassen, ist die andere geschichte. sowohl in der einen wie in der anderen läßt es sich an den fingern abzählen, wohin das jeweils führt. wohin sie jeweils führt. wohin es jeweils führt.

sich die finger an den in den schoß gelegten händen zu verbrennen, ist die eine möglichkeit. die andere möglichkeit ist es, sich an den in den schoß gelegten händen die finger nicht zu verbrennen.

meine finger verbrennen sich nicht an den in den schoß hineingelegten händen. sie verbrennen sich an einem schoß oder in einem schoß. am schoß des einen oder anderen wie am schoß der einen oder anderen. o am schoß, o im schoß verbrannte finger. schoßfinger. je nach fingerspitzengefühl oder fingerfertigkeit.

fingerspitzengefühl und fingerfertigkeit berühren einander dort, wo um den finger gewickelt wird.

mitunter verbrennen sogar die fingerspitzen. dann fehlt es nicht nur an fingerspitzengefühl, sondern auch an einem gefühl für die spitzen der finger. das ist hart. denn ohne ein gefühl für die verbrannten oder nicht verbrannten spitzen der finger keine fingerfertigkeit und ohne fingerfertigkeit kein gefühl geschweige denn gespür für das gefühl in den fingern, das an die in den schoß des einen oder anderen hineingelegten hände erinnert. o schoßhände, o schoßfinger, o schosshandgefühl, o schoßfingergefühl.

ein schoß ist nicht ein schoß, am schoß scheidet es sich und im schoß scheiden sich die geister.

mein schoß ist hart oder weich, kühl oder warm, klein oder groß, tief oder flach, offen oder zu, oben oder unten. es kommt darauf an. es kommt auf die hände an, die in ihm liegen. und wie sie in ihm liegen. gefaltet, gerungen oder gebunden, oder gar ungebunden in meinem schoß.
an dieser stelle sind mir die hände gebunden, sogar die von allem gelassenen finger sind zu lassen und mit oder ohne fingerspitzengefühl alle finger. aber wozu. wozu sind die finger davon zu lassen. um sich die finger danach zu lecken. danach oder davor. danach oder davor.
danach, davor und dazwischen.

AUF ALLEN VIEREN UND ZURÜCK. gelegentlich. gelegentlich auch rückwärts, und nicht zurück. und gelegentlich sogar aufwärts und abwärts sowie himmelwärts. sang- und klanglos oder geräuschvoll. rückwärts ist es besonders erstrebenswert, da dann das, was vor einem liegt, nicht mehr zu sehen ist. aufwärts ist es besonders heilsam, da das, was unter einem liegt, nicht mehr zu sehen ist. abwärts ist es besonders vorteilhaft, da das, was hinter einem liegt, nicht mehr zu sehen ist. und himmelwärts ist es besonders heilsam, vorteilhaft und erstrebenswert, da nichts mehr von allem, was unter oder vor oder hinter oder gar über einem liegt, zu sehen ist und je zu sehen sein wird.
wer es besonders gut rückwärts kann, vermag allerlei. wer es besonders gut aufwärts kann, verliert nie die fassung. wer es besonders gut abwärts kann, läßt nichts zu wünschen übrig. und wer es besonders gut himmelwärts kann, wird fraglos zweifellos.
auf jeden fall ist es sinnvoll, es immer und stetig in allen lebenslagen und unter allen umständen auf allen vieren zu können. ob es in jedem fall sinnvoll ist, es auf jeden fall immer

und stetig zu wollen, ist ungewiß. auf jeden fall setzt besonders gut können gewiß ein hohes mass an übung und disziplin voraus und es wird zu einer solchen fertigkeit, als deren apotheose auf allen vieren wie geschmiert erscheint.
wie geschmiert auf allen vieren ist eine bewährte fortbewegungsart, die im rutschen, kriechen oder gleiten vor sich geht, ob gerutscht, gekrochen oder geglitten, es ist nicht nur eine bewährte fortbewegungsart, sondern eine ebenso bewährte haltung. horizonal wie vertikal. sie einzunehmen erfordert ein hohes maß an ausdauer und genauigkeit, da geschmiert nicht geschmiert ist.
sich wie geschmiert auf allen vieren fortzubewegen geht gelegentlich an die nieren und auf die nerven. an die nieren geht es, wenn es ohne passion vor sich geht. auf die nerven geht es, wenn es mit ambition getan wird. auf jeden fall ist es unter allen umständen und in allen lebenslagen sinnvoller, es mit passion und nicht mit ambition zu tun. was ja in allen fällen für alles tun gilt.
meine fortbewegungsart ist immer und stetig die auf allen vieren und nicht zurück. nie zurück, weder dorthin noch irgendwohin. wenn wohin, dann dahin, wo woher keine frage mehr ist.
gelegentlich schleudert es mich auf allen vieren. hin und her, aber auch hin und hinunter, sowohl hinten hinunter wie auch vorne hinunter. in diesem fall kommt mir einerseits mein hang zum horizontalen zugute, andererseits meine fähigkeit, es mit händen und füßen, auf den knien und in reih und glied ebenso zu können.

HERBERT J. WIMMER

architektur eins:

wenden aufundab zufuss (an der architektur/raum-grenze)

aus: DER SELBSTREFERENT – wust III

in memoriam ernst göschl

der weg:
toilette (cafésalzgries)
stiege (cafésalzgries)
schankraum (cafésalzgries)
marcaurelstraße
sterngasse
theodorherzlstiege (zwei absätze)
desiderfriedmannplatz
jerusalemstiege (zwei absätze)
kornhäuselturm (rückseite)
fleischmarkt

die wendungen / beiläufige winkel:

blick in den spiegel
neunzig grad nach links, handtuchroller
neunzig grad nach links, zur stiege
neunzig grad nach rechts, stiege
neunzig grad nach links, auf der stiege
neunzig grad nach links, stiege, schankraum
neunzig grad nach links, schankraum
neunzig grad nach links, schankraum, marcaurelstraße
neunzig grad nach links, marcaurelstraße, sterngasse

option des subjekts (als erinnerung): neunzig grad nach links, sterngasse, finstrerstern
option des subjekts: neunzig grad nach links, sterngasse, shakespeare & comp

option des ortes: neunzig grad nach rechts, judengasse
option des ortes: neunzig grad nach links, ruprechtsplatz, morzinstiege, neunzig grad nach rechts, auf der morzinstiege, morzinplatz
option des ortes: neunzig grad nach links, neunzig grad nach rechts, seitenstettengasse

neunzig grad nach rechts, jerusalemstiege, absatz
neunzig grad nach links, jerusalemstiege, fleischmarkt

das aufundab

zwei schritte eben zur stiege (cafésalzgries, toilette)
die stiege rauf (zwanzig stufen ?)
? schritte eben durch den schankraum

? schritte leichte steigung die marcaurel rauf
? schritte eben in die sterngasse hinein
fünf stufen rauf, herzlstiege, erster absatz
zwei schritte in der ebene
elf stufen rauf, herzlstiege, zweiter absatz
? schritte eben durch die sterngasse
? schritte eben über den desiderfriedmannplatz
zehn schritte runter, jerusalemstiege
ein schritt in der ebene
zwölf stufen runter, jerusalemstiege
ausschreiten im leicht abschüssigen, den fleischmarkt lang

zufuss:

der blick in den spiegel, ein innen im aussen, ein fliessen im ausschnitt des ausschnitts, der körper ist noch da, der alte sack, hängt in seiner struktur, das bewusstsein will wirkung haben, bemüht sich um erscheinung, stille und bewegung, bröckeln und fliessen, oppositionen und optionen, die struktur des fliessens, die fliessenden strukturen, die hölzerne treppe entspringt der wahrnehmung, ihr knarren, knarrzen bleibt auch noch, wenn sie aus der wahrnehmung verschwunden ist, krallt sich als erinnerung fest in der kaskade der täglich erneuerten hörerinnerungen mitsamt ihren stets neuen anblicksbruchstücken, die persönliche verfallsgeschwindigkeit meiner kontinuität unterscheidet sich nicht wesentlich von deiner, eurer, unserer, von der langsameren verfallsgeschwindigkeit der konstrukte wohl, wohl ein konstruierter unterschied, ohne unsere körper hätten wir uns nicht getroffen, hier nicht und da nicht, draussen herrscht noch immer die gründerzeit, immer schön restauriert, ab und zu eine baulücke, ausgefüllt mit nachkriegszeit, mit wiederaufbau, verbaute optionen, weil alle sich pausenlos erinnern bleibt die marcaurelstraße auch hinter unserem rücken ziemlich festgemauert, ein radelnder bote zischt aus dem toten winkel an den gehenden körpern vorbei, den kampf um die gehsteige haben die fussgänger verloren, botenstoffe und synaptische verbindungen, ärger wird ins unvergessliche verstärkt, dein warmer körper, hand in hand, *hardware* in *software, wo* hört sie auf, *wie* fängt sie an, *tenderware,* sanftes körperdenken, aufblitzende denkkörperchen, *flesh & flashes,* die dauerhaften gründerzeitfassaden haben sich eingefressen als wahrnehmungshandlungen der konstruktiv wahrnehmenden, rauf- und runterwandernd schneiden die autonom einander einschliessenden konstrukteure gründerzeit vor ihren anblicken her, augenblicke vor dem eintritt ins bewusstsein, vor dem auftritt im bewusstsein ereignet sich kontinuität, salamitaktik des alltags, begleitest (ein begleit-test) du mich auf ein achtel in den finsternstern? bei einem tratsch mit shakespeareandcompany? eine bleibt, einer geht weiter, einer bleibt, eine geht weiter, die körperliche ausdehnung wird weiterbewegt, die ausgedehntheit meines irreversibel verfallenden, pausenlos sich verändernd wiederholenden körpers geht unauffällig über den platz, vorbei an schützend postierten bewaffneten, am bewusstsein kleben, am körper hängen, notgedrungene gestalt, ineinander gelagert, auseinander dividiert, individierbar, individumir so individudir, mein geschlossener regenschirm neutralisiert verstärkungseffekte und lässt wiedermal einen wolkenbruch hier nicht einreissen, da kann der chaostheoretiker im dschungel borneos noch so sehr mit seinen flügeln, oder grade nicht mit seinen flügeln schlagen, kausalität ist prima, aber nicht alles, bewusstsein im modus des trotzes, mich einengend auf die *benützung synaptischer trivialleen,* die stiege runter steigen erinnerungen an vorige male auf, geschmack von kaffee und vanille, süsse kälte entzückt die oralfixierte ausdehnung des bewusstseins, knusprige trichter öffnen sich, die analfixierte ausformung des bewusstseins schreit ihr *schluss mit genuss* durchs gewölbe, das ganz aus vorigem jahrhundert zusammengeschustert ist, eine bö weht denkmalgeschützte fiakerpferdebrunze durch die ornamentverkrampfte strassenschlucht, genitalfixierte verortungen des bewusstseins werden mit frust-rationen versehen (it's a must), am unteren ende der stiege beginnt der fleischmarkt, erinnertes sinkt unter die oberfläche der aktuellen anblicke, abblicke, ein kino fällt auf, neonstuck ragt in den weg, noch ein *symbollwerk*, brandneue alte ansichten, gegen den unumkehrbaren zeitpfeil gerichtet, *blaunsteiner: ich ist eine fliessende grenze*, einfliessend, ausfliessend

(als narziss kann mich mein ich nur kränken »als narziss bin ich [*selbstverständlich*] für jede kränkung offen):

ich ist ein verstärkungseffekt, von dem *blaunsteiner* als *blaunsteiner* spri*ch*t: im sprachfluss, sprechfluss: der wahrnehmung raum geben: verdichtet den raum greifen und schrittweise erheiterung einräumen.

wien, 1996 – 11.08.1997 – 02.02.1998

EDITORISCHE NOTIZ

»Jelineks Wahl« ist der gemeinsame Titel für vier Lesungen im Rahmen der Salzburger Festspiele 1998. Robert Walser und Friedrich Glauser gelesen von Bruno Ganz; Paul Celan, Danilo Kiš und Imre Kertész gelesen von Hans Michael Rehberg; Hölderlin, Georg Trakl, Ernst Herbeck und Werner Schwab gelesen von Martin Schwab; Unica Zürn, Konrad Bayer, Walter Serner und Sylvia Plath gelesen von Angela Winkler und Martin Wuttke. Die Auswahl der Texte für das Buch ist teilweise eine andere als für die Lesungen. Das hat einfach mit dem Unterschied zwischen Hören und Lesen zu tun. Hier kann man den Spuren von »Jelineks Wahl« und Verwandtschaften folgen, das Konzept der »Wahl« liegt hier im gedachten Zusammenhang gebunden vor.

In der »Reise durch Jelineks Kopf« bildet das Buch nach, was eine Veranstaltung: ein Tag aus zwölf Stunden Wörtern und Klängen im Landestheater sein möchte: ein Leben mit Wörtern, von denen nicht nur die Dichter (wenn sie es könnten) leben, sondern alle, für die Wörter und Töne Wirklichkeit sind. Die Dichter beziehen sich aufeinander, auf ihre literarischen Ahnen, und für einen Tag wandern die Klänge aus den Konserven und vom Papier auf Beinen im Theater und seinen Gängen herum. Hier sind sie wieder, verwandt, aber auch eigen, der Leser kann sie aufeinander, auf andere Texte beziehen, die gestifteten Verwandtschaften entdecken. »Lust am Text« will das Buch machen.

Drei weitere Lesungen, die hier nicht auftauchen, weil sie den Rahmen des Buches gesprengt hätten, sollen aber erwähnt werden, die »Wahl-Verwandtschaften: Franz Josef Czernin liest eigene Gedichte und Sylvester Groth liest Georg Trakl; Marlene Streeruwitz und Imogen Kogge lesen Streeruwitz und Marlene

Haushofer; Ria Endres liest »Milena antwortet« und Ulrich Wildgruber liest Kafkas Briefe an Milena.

Ich bedanke mich bei allen Autoren für ihre unkomplizierte und gute Mitarbeit, bei den Verlagen für Großzügigkeit, bei Elfriede Jelinek für die Idee und ihr Vertrauen.

Brigitte Landes

AUTOREN UND TEXTNACHWEISE

Heimrad Bäcker,
geboren 1925 in Wien, lebt in Linz. 1941–1943 Volontär bei der Linzer Tagespost (Lokales), dann Mitarbeiter der HJ-Gebietsführung Oberdonau. 1948 Studium der Philosophie, Soziologie und Ethnologie in Wien. Seit 1968 Herausgeber der Zeitschrift *neue texte* (Zeitschrift für konkrete und konkret-visuelle Poesie). Seit 1975 Mitherausgeber der *edition neue texte* (jetzt im Droschl Verlag). »im interesse der erreichung«, »rathauspark burggarten« und »sie werden ersucht« aus: *Heimrad Bäcker: nachschrift.* Hrsg. und mit einem Nachwort von Friedrich Achleitner (Erstausgabe 1986), Copyright Droschl 1993 (edition neue texte).
»das jüdische wohnviertel«, »teilweise kamen täglich«, »nun hatten wir das gas« und »krematorium« aus: Heimrad Bäcker: nachschrift 2. Hrsg. v. Friedrich Achleitner. Copyright Droschl 1997 (edition neue texte).

Konrad Bayer,
geboren 1932 in Wien. Mit H. C. Artmann, Gerhard Rühm und Oswald Wiener Mitglied im »artclub« (gegründet 1951). 1958/59 Konstituierung der »Wiener Gruppe« mit Friedrich Achleitner, H. C. Artmann, Gerhard Rühm und Oswald Wiener. 1964 nahm er sich das Leben. Werke: »der stein des weisen«, Berlin 1963; »der kopf des vitus behring«, porträt in prosa, Olten und Freiburg 1965; »der sechste sinn« (gesammelte texte). Herausgegeben von Gerhard Rühm, Reinbek bei Hamburg 1969; »Das Gesamtwerk«. Herausgegeben von Gerhard Rühm. Reinbek bei Hamburg 1977. Alle Texte aus: Konrad Bayer, »Sämtliche Werke«, ÖBV-Klett-Cotta, Wien 1985, 1996.

Neda Bei,
geboren 1952 in Wien. Dr. jur. Theoretische, essayistische und experimentelle Texte; juristische Gebrauchstexte. Veröffentlichungen u. a.: »Das ewige Klischee« (Böhlau 1981); »Vernunft als Institution?« (edition öh 1986); »ich nagte grade am m. anagrammgedichte« (Edition Freibord 1992); mit Renate Bertlmann: »Pharphalla Desiderosa« (deA 1997); in Anthologien: B. Alms, »Blauer Streusand« (Suhrkamp Taschenbuch 1987); B. Classen, »Pornost« (Raben 1988); Franzobel/C. Steinbacher, »konzept und poesie« (Blattwerk 1996); H. Eisendle, »Fremd« (Deuticke 1997); S. Treudl, »Sidesteps – Seitensprünge« (Fischer Taschenbuch 1998); Hörspiele etc. »Anagramme« aus: »ich nagte grade am m. anagrammgedichte«, Wien 1992; und »letzte anagramme«, Wien 1996.

Paul Celan,
geboren 1920 in Czernowitz (Bukowina). Während des Krieges Lageraufenthalt in Rumänien. 1945–1947 Lektor und Übersetzer in Bukarest, von Ende 1947 bis Sommer 1948 in Wien; seit 1948 lebt er in Paris. Studium der Germanistik und Sprachwissenschaft an der Sorbonne. Er arbeitet als Schriftsteller, Übersetzer und Dozent. 1960 Georg-Büchner- Preis. 1970 stirbt er in Paris durch Selbstmord. »Die Schleuse«, »Es war Erde in ihnen«, »Soviel Gestirne« aus: Paul Celan »Die Niemandsrose«. © S. Fischer Verlag GmbH, Frankfurt am Main 1963.
»Schreib dich nicht zwischen die Welten«, »Judenwelsch, nachts«, »Das Wirkliche« aus: Paul Celan »Die Gedichte aus dem Nachlaß«. Herausgegeben von Bertrand Badiou, Jean-Claude Rambach und Barbara Wiedemann. © Suhrkamp Verlag, Frankfurt am Main 1997.

Franz Josef Czernin,
geboren 1952 in Wien. Lebt in Rettenegg (Steiermark) und in Wien, Veröffentlichungen in Literaturzeitschriften. Buchpublikationen u. a. »ossa und pelion«, 1979, »anna und franz«, »mundgymnastik und jägerlatein«. fünf sonette, 1982; »die kunst des sonetts«, 1985; »Die Reise. In achtzig flachen Hunden in die ganz tiefe Grube«, 1987. Drei Sonette aus: »Die Kunst des Sonetts«, 1985. Mit freundlicher Genehmigung des Autors.

Brigitta Falkner,
geboren 1959 in Wien. Lebt in Wien. Buchpublikationen: »Anagramme Bildtexte Comics« (Das fröhliche Wohnzimmer-Edition, Wien 1992), »TOBREVIERSCHREIVERBOT – Palindrome« (Ritter-Verlag, Wien–Klagenfurt 1996). Veröffentlichungen in Anthologien und Zeitschriften. Ausstellungen; Arbeiten für den Rundfunk. Der palindromische Text »Sauerei« erscheint hier als Erstveröffentlichung. Alle anderen Texte aus »TOBREVIERSCHREIVERBOT – Palindrome«, Klagenfurt 1998. Mit freundlicher Genehmigung des Ritter-Verlages.

Elfriede Gerstl,
geboren 1932 in Wien. Überlebte als jüdisches Kind die Nazizeit in Wien in diversen Verstecken. 1945 Besuch einer Matura-Schule. 1951 Abitur. Studium der Medizin und Psychologie. 1960 Abbruch des Studiums, Heirat. Geburt einer Tochter. Erste Veröffentlichungen seit 1958. Lebt in Wien. Preise: 1978 Theodor-Körner-Preis; 1979 Förderungspreis des Wiener Kunstfonds; 1985 Würdigungspreis des österreichischen Bundesministeriums für Unterricht und Kunst; 1990 Preis der Stadt Wien. Bücher: »Gesellschaftsspiele mit mir« (Gedichte und Kurzprosa 1962); »Spielräume« (Roman 1977, 1993); »Narren und Funktionäre« (Essays 1980) »Wiener Mischung« (Gedichte und Kurzprosa 1982); »vor der Ankunft« (Reisegedichte 1988); »Ablagerungen« (Anthologie, hrsg. mit Herbert J. Wimmer 1989); »Unter einem Hut« (Gedichte und Essays 1993); »Kleiderflug« (Texte Textilien Wohnen; mit einer diskursiven Fotoserie von Herbert J. Wimmer: »alfabet des wohnens« 1995); »Die fliegende Frieda« (Jugendbuch) 1989; »Gedichte« mit freundlicher Genehmigung der Autorin.

Friedrich Glauser,
geboren 1896 in Wien. Erziehung in der Schweiz im »Landeserziehungsheim Glarisegg«. 1915 freiwilliger Wehrdienst in der Schweizer Armee. 1916 Umzug nach Zürich. Bruch mit dem Elternhaus. 1917 erster Antrag des Vaters auf psychiatrische Untersuchung. 1918 Entmündigung. Einweisung in die Klinik Bel-Air als Morphiumsüchtiger. Wiederholte Fluchtversuche, Selbstmordversuche. 1921 Eintritt in die Fremdenlegion. 1923 Ausmusterung wegen eines Herzfehlers. Tellerwäscher im Hotel Suisse in Paris. Kündigung wegen Diebstahls. Krankenhaus-

aufenthalte, Selbstmordversuche, Einweisungen in Psychiatrien. 1925 Internierung in der Psychiatrischen Klinik Münsingen; 1928 in Basel Stelle als Hilfsgärtner. 1930 wieder in der Anstalt Münsingen. 1932 Umzug nach Paris; Glauser versucht als freier Schriftsteller und Journalist zu leben. Wieder Rezeptfälschungen, Verhaftung, Ausweisung. 1934 Internierung in der Anstalt Waldau bei Bern. 1935 Flucht nach Basel. Zunehmende schriftstellerische Tätigkeit und Veröffentlichungen. 1936 Aufnahme in den Schweizer Schriftstellerverein. 1937 Umzug nach La Bernerie in der Bretagne. 1938 Umzug mit Berthe Bendel nach Nervi bei Genua, wo er in der Nacht vor dem anberaumten Hochzeitstermin zusammenbricht und stirbt. Als Erfinder des »Wachtmeister Studer« wurde Friedrich Glauser nach seinem Tod als Autor von Kriminalromanen bekannt. Sein berühmtester Kriminalroman »Matto regiert« erscheint noch zu Lebzeiten 1937.
»Daten wollen Sie?« aus: Friedrich Glauser, Briefe Bd. II, 1935–38. Herausgegeben von Bernhard Echte. Copyright by Arche Verlag AG, Raabe und Vitali, Zürich.
»Mattos Puppentheater« aus: »Mattos Puppentheater« von Friedrich Glauser, Das erzählerische Werk Band I, Limmat Verlag, Zürich 1992.
»Morphium« aus: »Der alte Zauberer« von Friedrich Glauser, Das erzählerische Werk Band II, Limmat Verlag, Zürich 1992.
»Ehe mit Nausikaa« aus: »König Zucker« von Friedrich Glauser, Das erzählerische Werk Band III, Limmat Verlag, Zürich 1993.
»Selbstanzeige« aus: »Gesprungenes Glas« von Friedrich Glauser, Das erzählerische Werk Band IV, Limmat Verlag, Zürich 1993.

anselm glück,
geboren 1950 in Linz. Lebt in Wien. Dichter und Maler. Werke: »ich meine was ich tu« (Graz–Wien 1993), »mit der erde fliegen« (text und bilder, 1994), »die letzte jahreszeit. heft 1« (1995), »toter winkel, blinder fleck« (1996), »die letzte jahreszeit. heft 2« (1996), »eiserne mimosen (theater)« 1996. 9 und 10 aus: anselm glück: »eiserne mimosen (theater)«. Copyright Droschl 1996.

Wolf Haas,
geboren 1960 in Maria Alm am Steinernen Meer. Linguistik-Studium in Salzburg. Lektor in Swansea (Südwales); lebt seit 1990 als Werbetexter in Wien. Krimis: »Auferstehung der Toten«; »Der

Knochenmann«; »Komm, süßer Tod«, Reinbek bei Hamburg 1998. Aus »Komm, süßer Tod« (thriller 43287) mit freundlicher Genehmigung des Autors und des Verlags. Copyright © 1998 by Rowohlt Taschenbuch Verlag GmbH, Reinbek.

Ernst Herbeck,
geboren 1920 in Stockerau, Niederösterreich; war 45 Jahre lang Patient in der Niederösterreichischen Landesnervenklinik Gugging, wo er 1991 starb. Herbeck ist unter dem Pseudonym »Alexander« bekannt geworden. Veröffentlichungen u. a.: »Bebende Herzen im Leibe der Hunde« (gemeinsam mit Oswald Tschirtner) 1979, und »Alexander«, 1982. Gedichte aus: Ernst Herbeck »Im Herbst da reiht der Feenwind«, Gesammelte Texte 1960–1991, Herausgegeben von Leo Navratil, Residenz Verlag 1992. Abdruck mit freundlicher Genehmigung der österreichischen Nationalbibliothek.

Friedrich Hölderlin,
geboren 1770 zu Lauffen am Neckar, ab 1778 besuchte er das Tübinger Stift, wo er mit Hegel und Schelling verkehrte. 1794/95 stud. phil. in Jena bei Fichte, 1796 bis 1798 Hauslehrer bei der Familie Gontard in Frankfurt/M. Die Verbindung mit Susanne Gontard (»Diotima«) führte zum Bruch mit der Familie. 1802 Reise nach Bordeaux, von wo er mit Anzeichen von geistiger Zerrüttung zurückkehrte. 1805 wurde er in eine Heilanstalt gebracht, aus der er 1807 als unheilbar entlassen wurde. Tischlermeister Zimmer und seine Familie pflegten ihn in Tübingen in ihrem Haus bis zu seinem Tod 1843. Alle Gedichte aus: Stuttgarter Hölderlin Ausgabe, Zweiter Band Gedichte nach 1800. Herausgegeben von Friedrich Beissner, Stuttgart 1951.

Elfriede Jelinek,
geboren 1946 in Mürzzuschlag/Steiermark. Sie lebt in Wien und München. Zuletzt erschien ihr Roman: »Die Kinder der Toten«, Reinbek bei Hamburg 1995; ihr vorletztes Theaterstück: »Sportstück«, (1998 Reinbek bei Hamburg); »er nicht als er (zu, mit Robert Walser)«, entstand während ihrer Arbeit am Konzept für die Salzburger Lesungen und wird innerhalb der Salzburger Festspiele uraufgeführt. Die Texte sind Originalbeiträge, konzipiert für die Salzburger Lesungen 1998 und für dieses Buch.

Imre Kertész,
geboren 1929 in Budapest, wurde 1944 nach Auschwitz deportiert und 1945 in Buchenwald befreit. Seit 1953 lebt er in Budapest als Schriftsteller und Übersetzer. Werke: »Kaddisch für ein nicht geborenes Kind«, Hamburg 1996; »Roman eines Schicksallosen« (auf deutsch) Berlin 1996: »Galeerentagebuch« Berlin 1993; »Ich, ein anderer«, Berlin 1998; »Das Protokoll«: Deutsch von Kristin Schwamm. Copyright © 1994 by Rowohlt Berlin Verlag GmbH.

Danilo Kiš,
geboren 1935 in Subotica an der jugoslawisch-ungarischen Grenze. Seit 1979 überwiegend in Paris. Übersetzt Lyrik aus dem Ungarischen, Russischen und Französischen, unterrichtet an den Universitäten Bordeaux und Lille. Stirbt 1989 in Paris. Werke: »Garten, Asche«, »Ein Grabmal für Boris Dawidowitsch«, »Sanduhr«, München 1988; »Frühe Leiden«, München 1989; »Die Dachkammer«, München 1990; »Homo poeticus«, München 1994; »Der Heimatlose«, München 1996. »Die Schuld« aus: Danilo Kiš »Der Heimatlose. Erzählungen«. Aus dem Serbokroatischen von Ilma Rakusa. © 1996 Carl Hanser Verlag, München Wien.

Jürg Laederach,
Geboren 1945 in Basel, hat Mathematik und Physik studiert, anschließend Romanistik, Anglistik und Musikwissenschaft. Seit 1974 hat er Romane, Erzählungen und Essays veröffentlicht. U. a.: »Im Verlauf einer langen Erinnerung« (1977), 69 Arten den Blues zu spielen« (1984), »Flügelmeyers Wahn« (1987), »Emanuel« (1990). Mit dem Stück »Die Lehrerin verspricht der Negerin wärmere Tränen« (1978) fing Laederach an, Theaterstücke zu schreiben. »Wittgenstein in Graz« (1979), »Tod eines Kellners« (1985), »Fahles Ende kleiner Begierden«. »Vier minimale Stücke« (1982–1989). Außerdem ist er Jazzmusiker und -kritiker, spielt Klarinette und Altsaxophon und lebt in Basel. »Richard Teitelbaum...« aus: »Eccentric«. (es 1928). © Suhrkamp Verlag Frankfurt am Main 1995.

Peter Matejka,
geboren 1949 in St. Pölten, Niederösterreich. Lebt in Wien und Niederösterreich. Erste Publikationen 1968 in den »manuskrip-

ten«, ab 1969 in den »protokollen«. Bücher: »kuby – eine schöpfung«, Frankfurt/M. 1970; »der kleine Mirko« (zus. mit Hans Trummer), 1972; »Der Halbmord von Gagging« (Medusa 1984); »Die letzte Donau«, Graz 1991; Mehrere Arbeiten für das Theater: »die katzen«, 1970; »der hatschete, die wampete und der bartete«, 1971; »Proletenliebe«, 1973. »Bouval und Pekesi machen einen Ausflug«: Mit freundlicher Genehmigung des Autors.

Heidi Pataki,
geboren 1940 in Wien. Lebt als Lyrikerin und Essayistin in Wien. Präsidentin der Grazer Autorenversammlung. Veröffentlichungen u. a. in verschiedenen Literaturzeitschriften, u. a. »Wespennest, »freibord« und »Protokolle«. Gedichte aus: »freibord«, Nr. 100, Wien 1998 und mit freundlicher Genehmigung der Autorin.

Sylvia Plath,
geboren 1932 in Jammaica Plain (Massachusetts). 1956 Studienjahr in Cambridge, 1960 Heirat mit dem englischen Lyriker Ted Hughes. 1963 nahm sie sich wenige Wochen nach Erscheinen ihres Romans »Die Glasglocke« das Leben. Werke: »Die Glasglocke«, Frankfurt/M. 1968 und 1997 Frankfurt/M. 1974; »Drei Frauen«, Ein Gedicht für drei Stimmen. Aus dem Englischen von Friederike Roth, Frankfurt/M. 1991; »Sonntag bei Mintons«. Erzählungen, Frankfurt/M. 1992; »Die Tagebücher«, Frankfurt/M. 1997. »Papi« und »Worte« aus: »Ariel«, Ü: Erich Fried, Gedichte Englisch und Deutsch. © Suhrkamp Verlag Frankfurt/M. 1974. »Erstes Kapitel« aus: »Die Glasglocke«, Ü: Reinhard Kaiser. © Suhrkamp Verlag, Frankfurt/M. 1977.

Gerhard Rühm,
geboren 1930 in Wien. Studium an der Staatsakademie für Musik (Klavier und Komposition) in Wien. Seit 1954 freier Schriftsteller in Wien, seit 1964 in Berlin. Mitinitiator der »Wiener Gruppe«, Herausgeber der gleichnamigen Anthologie und der Werke Konrad Bayers. Dozent an der staatlichen Kunsthochschule in Hamburg. Lebt in Köln. Werke u. a.: »Ophelia und die Wörter. Gesammelte Theaterstücke 1954–1971«, Neuwied–Darmstadt 1972; »Gesammelte Gedichte und visuelle Texte«. Reinbek 1970; »Wahnsinn Litaneien«. Mit einer Schallplatte, München 1973. Gedichte mit freundlicher Genehmigung des Autors.

Schuldt,
1941 geboren in Hamburg, lebt dort und in New York. Zuletzt sind von ihm erschienen: »Gestaltschmerz«, Berlin 1997 und »Lustrufe im Garten, Schlagzeilen auf Oxford-Deutsch« (Copyright Droschl 1998). »Schuldts kleine Bibliothek der Dichtung und Prosa im Deutsch fremder Zungen«; Band II. Graz 1998. Danke an Schuldt für die für »Jelineks Wahl« getroffene Auswahl.

Werner Schwab,
geboren 1958, gestorben 1994 in Graz. Werke: »Fäkaliendramen«, Graz 1991, »Königskomödien«, Graz 1992; »Abfall, Bergland, Caesar«, Salzburg–Wien 1992; »Dramen III«, Graz 1994. »Das Gute und der Dreck« aus: Werner Schwab: »Der Dreck und das Gute. Das Gute und der Dreck.« Copyright Droschl 1992 (=Essay 15).

Walter Serner,
geboren 1889 in Karlsbad. Unter seinem Geburtsnamen Seligmann veröffentlichte er erste Essays und Kritiken in der »Karlsbader Zeitung«, die sein Vater herausgab. Nach Jurastudium und Promotion mußte er in die Schweiz fliehen, weil er als »Dr. W. Serner« dem Dichter Franz Jung ein medizinisches Attest ausgestellt hatte. In Zürich gab er die Zeitschrift »Sirius« heraus und schloß sich 1917 dem »Mouvement Dada« an. Sein Manifest »Letzte Lockerung« wurde von Tristan Tzara erfolgreich plagiiert, so daß bis heute Tzara als Begründer von »Dada« gilt. Serner brach mit der Bewegung, führte ein unstetes Reiseleben quer durch Europa und veröffentlichte Geschichten und Erzählungen aus dem Ganoven- und Demimonde-Milieu. 1928 zog er sich zurück. Heiratete 1938 in Prag und arbeitete als Lehrer. Serners Bücher wurden 1933 verboten und verbrannt. Er lebte bis 1942 im Prager Ghetto. Am 1. August wurde er ins Lager Theresienstadt abtransportiert und kurz darauf umgebracht. Werke: Gesammelte Werke in zehn Bänden, Herausgegeben von Thomas Milch, München 1988, Taschenbuchausgabe basierend auf der Werkausgabe »Das Gesammelte Werk« zwischen 1979 und 1984, erschienen bei Klaus R. Renner Erlangen und München. »Ich…« aus: »Der Abreiser« Materialien zu Leben und Werk, Ges. Werke Band zehn; »Sein Truc« aus: Ges. Werke Band IV, © 1979 by Verlag Klaus G. Renner, München.

Sissi Tax,
geboren 1954, aufgewachsen in Köflach/Steiermark. Sie studierte in Graz und Berlin. Seit 1982 lebt sie in Berlin. Bücher: »marie luise fleißer: schreiben, überleben. ein biografischer versuch«, 1984; zusammen mit Alfred Kolleritsch: eine Auswahl von zwanzig Jahrgängen der Literaturzeitschrift »manuskripte«, 1980; zusammen mit Oskar Pastior übersetzte sie: Gertrude Stein: »Da Hat Der Topf Ein Loch Am Ende Eine Liebesgeschichte«, 1987; Prosa: »manchmal, immer«, Graz 1995. Originalbeiträge mit freundlicher Genehmigung der Autorin.

Georg Trakl,
geboren 1887 in Salzburg. Gestorben 1914 im Garnisonsspital in Krakau. Nach seinem Tod 1919 erschien nach Trakls Plänen die Gesamtausgabe seiner »Dichtungen« und prägte damit wie kaum ein anderer die Lyrik der nachfolgenden Generation. Werke: Georg Trakl »Dichtungen und Briefe«, Hrsg. von Walther Killy und Hans Szeklenar. 2 Bände. Historisch-Kritische Ausgabe, © Otto-Müller-Verlag, Salzburg 1969.

Robert Walser,
geboren 1878 in Biel, Kanton Bern. Lehre als Bankkaufmann. Tätig als kaufmännischer Angestellter in diversen Handelsinstituten. 1895 in Basel, dann ein Jahr in Stuttgart, wo sein Bruder Karl Walser Malerei studiert. Versucht vergeblich, Schauspieler zu werden. 1896 wieder in der Schweiz mit häufig wechselnden Stellen und Adressen. 1898 erste literarische Veröffentlichungen. Er zieht häufig umher. 1905 zieht er zu seinem Bruder Karl nach Berlin. Besuch einer Dienerschule. Anstellung als Diener auf Schloß Dambrau in Oberschlesien. 1906 wieder in Berlin. 1907 erscheint der Roman »Der Gehülfe«. 1908 entsteht »Jakob von Gunten«. 1909 »Gedichte« mit Radierungen von Karl Walser. 1913 kehrt er in die Schweiz zurück. Zuerst zu seiner Schwester Lisa nach Bellelay. Dann bewohnt er sieben Jahre lang eine Mansarde im Bieler Hotel »Zum blauen Kreuz«. 1915 Militärdienst. 1916 entsteht die Erzählung »Der Spaziergang«. 1920 erscheint »Seeland«. Trotz großer schriftstellerischer Produktivität, vereinsamt Walser immer mehr. 1923 Krankenhausaufenthalt wegen Ischias. 1925 beginnt er mit dem »Räuberroman«. Er geht immer mehr spazieren, schreibt zunehmend weniger. 1929 läßt ihn seine Schwester Lisa in die Heilanstalt Waldau bei Bern einliefern.

1933 wird er verlegt in die Heil- und Pflegeanstalt Herisau, wo er bis zu seinem Lebensende bleibt und keine Zeile mehr schreibt. Einziger Besuch ist der Schriftsteller Carl Seelig, der mit ihm wandert, (»Wanderungen mit Robert Walser«). 1944 wird Seelig Walsers Vormund. 1956 am 25. Dezember stirbt Rober Walser auf einem Spaziergang an Herzschlag. Zitiert wurde aus: Robert Walser »Sämtliche Werke in 20 Bänden«. Herausgegeben von Jochen Greven. © Suhrkamp Verlag, Frankfurt am Main 1978. Mit freundlicher Genehmigung der Inhaberin der Rechte, der Carl-Seelig-Stiftung, Zürich.

Binjamin Wilkomirski,
weiß nicht, wann er geboren ist, er kennt seine Herkunft nicht und hat keinen einzigen Verwandten. Was ihm von seiner Kindheit blieb, sind Bilder aus Majdanek, aus dem Vernichtungslager, aus einem Waisenhaus in Krakau, aus den ersten Jahren bei Schweizer Pflegeeltern. Das Kind wuchs unter einem fremden Namen auf. Heute lebt Binjamin Wilkomirski als Musiker und Instrumentenbauer in der Schweiz. »Bruchstücke, Aus einer Kindheit 1939–1948« ist © 1995 im Jüdischen Verlag, Frankfurt/M. erschienen.

Herbert J. Wimmer,
geboren 1951 in Melk. Lebt seit 1971 in Wien. Seit 1975 Mitglied der Grazer Autorenversammlung. Buchpublikationen: »nervenlauf – prosa aus dem gefährlichen Alltag«, Wien; »innere stadt: roman«, Wien; »die flache kugel – transtextuelle prosa«, Wien; »unsichtbare Filme – ein relativer roman«, Wien. »*architektur* eins« aus: DER SELBSTREFERENT – wust III. Originalbeitrag mit freundlicher Genehmigung des Autors.

Unica Zürn,
geboren 1916 in Berlin. Heirat 1942. Zwei Kinder. 1949 Scheidung. Sie beginnt Kurzgeschichten und Hörfunk-Märchen zu schreiben. 1953 Begegnung mit dem Schriftsteller und Maler Hans Bellmer. Sie lebt mit ihm in Paris. 1954 »Hexentexte«, erste Veröffentlichung von Anagrammen. 1959 nimmt sie an der großen Surrealismus-Ausstellung in der Galerie Cordier in Paris teil. Sie zeichnet. Erste Anzeichen von Schizophrenie. 1960 für zwei Jahre in der psychiatrischen Klinik St. Anne in Paris. 1962 Einzelausstellung ihrer Bilder in der Galerie Le Point Cardinal. Nach

ihrer Entlassung 1963 schreibt sie wieder. Ihre Produktivität im Schreiben und Zeichnen wird immer wieder von Schüben und damit verbundenen Einlieferungen in die Psychiatrie unterbrochen. 1970 endgültige Trennung von Bellmer. Zwangseinweisung in die psychiatrische Klinik Maison Blanche. Bei einem Besuch der früheren gemeinsamen Wohnung stürzt sie sich aus dem Fenster. Werke: Gesamtausgabe in 7 Bänden. Herausgegeben von Günter Bose und Erich Brinkmann; »Erdachte Briefe«, ibid. Band 4.1, Prosa 3, Berlin 1991; Anagramme aus: ibid. Band 1, 1988.